Sur la terre comme au ciel

RENÉ BELLETTO

LE TEMPS MORT
LES TRAÎTRES MOTS OU SEPT
AVENTURES DE THOMAS NYLKAN
LIVRE D'HISTOIRE
FILM NOIR
LE REVENANT
SUR LA TERRE COMME AU CIEL
L'ENFER
LOIN DE LYON
LA MACHINE
REMARQUES

René Belletto

Sur la terre comme au ciel

Éditions J'ai lu

— Quoi que vous en disiez, ces âmes mortes cachent quelque chose...

GOGOL, *Les Ames mortes*

Alors dis Pantagruel : « Si les signes vous faschent, ô quant vous fascheront les choses signifiées ! »

RABELAIS, le *Tiers Livre*

PREMIÈRE PARTIE

I

Après ma séparation d'avec Cécile, je croyais que tout serait bien et que j'allais mener une vie de légende, mais non, depuis deux mois (deux mois déjà !), les vents de la fortune me soufflaient en pleine figure et je n'étais pas à prendre avec des pincettes, plutôt avec un filet et un trident. En voiture, il fallait que je me méfie, je conduisais en dépit des lois de la civilisation, passant ma hargne maussade sur le volant, l'accélérateur et le levier de vitesse, et j'avais dû commettre mille imprudences graves pour me retrouver si vite boulevard des Belges.

J'arrivai devant le 27 *bis* avec un quart d'heure d'avance. La maison ne se voyait pas, ou à peine. Les Tombsthay faisaient partie de ces Lyonnais privilégiés qui ont une façade sur le parc de la Tête-d'Or. D'un côté c'est la ville, de l'autre la jungle ou peu s'en faut, les grandes étendues verdoyantes, un lac, les cris des bêtes les plus diverses, lions, poules, biches, éléphants, brebis et tant d'autres.

J'étais trop énervé pour faire dans les règles un créneau pourtant facile entre un camion de déménagement et une gracile mobylette rouge. Je fonçai en marche avant. Ma volumineuse Toyota Celíca frotta horriblement le trottoir et s'immobilisa dans une secousse. Le moteur cala, ma poitrine heurta le volant. Je jurai à voix basse. De colère, j'arrachai la clé de contact si fort que le dos de ma main gauche alla se meurtrir à diverses surfaces, ce qui accrut ma rage et me fit pousser un nouveau juron, à pleins poumons, celui-là. J'en fus tout assourdi. Je faillis baisser la vitre pour laisser sortir l'excès de bruit. Puis je me préparai à attendre en regardant tomber la pluie froide.

Il faisait un temps effroyable pour la saison.

Trois déménageurs sortirent du 27, vinrent ouvrir l'arrière du camion et commencèrent à transporter des meubles. La rigueur des intempéries ne semblait pas les affecter. Leurs gestes n'auraient sans doute pas été différents par grand soleil.

Je fouillai dans mes cassettes. J'hésitai entre Manuel Barrueco et Victor Monge « Serranito ». J'avais envie d'écouter la *solea* de Serranito, celle que j'avais repiquée sur le disque noir, mais je ne la retrouvai pas tout de suite. Mon appareil bon marché n'avait ni compteur ni retour en arrière. J'ôtai la cassette, renonçant à des manipulations dont l'idée seule me rendait fébrile, et enfonçai la cassette Barrueco comme pour la faire passer dans le moteur, mlatchiriblaaaclac ! Je tombai sur sa transcription de *Cataluña*, la deuxième pièce de la *Suite espagnole* d'Albeniz.

Vers le milieu du morceau, la pluie redoubla de violence. De quoi rire. Décembre n'avait pas été plus inclément. Le monde à l'envers. Un temps à ne pas mettre un chien dehors, fût-il enragé et l'appartement exigu. Juin, l'été !

Le plus costaud des déménageurs, haut comme les arbres du boulevard et dépoitraillé jusqu'au nombril, prit un Frigidaire sous un bras et une cuisinière à gaz sous l'autre, hésita un instant, semblant attendre qu'on lui mît une commode entre les dents pour faire un voyage qui en vaille la peine, enfin se dirigea d'un pas ferme et la tête bien droite vers l'entrée du 27. Je me sentais, moi, les bras endoloris d'avoir pris deux ou trois virages à angle aigu sur les pentes de la Croix-Rousse, et au bord du frisson malgré la voiture chauffée, un gros pull et un imperméable.

Je me vêtais exagérément. J'avais peur du froid. J'avais peur de tout. Certains jours, je scrutais mon corps, redoutant d'affreuses maladies. Ainsi, la semaine précédente, j'avais eu le malheur de voir chez mon père la fin d'une émission médicale à la télé où il était question du cancer des fosses nasales. Un homme, le visage ravagé par une opération, expliquait les symptômes qui avaient précédé l'horrible découverte. J'avais été pris aussitôt d'une furieuse envie de moucher, plusieurs paquets de Kleenex dans la soirée, et je m'étais mis à examiner les conséquences de mes souffleries forcenées, à la recherche de traces sanglantes. Et le lendemain matin, désastre, une de ces grimaces compliquées qu'on exécute en se rasant avait entraîné une vague douleur dans la narine gauche. J'avais passé la journée à refaire la même grimace, désireux de vérifier à chaque instant que je souffrais bel et bien. Au début, je m'abritais dans des entrées d'immeuble ou simplement derrière ma main pour me renfrogner à l'aise, mais bientôt la panique avait balayé toute autre considération. L'esprit plein de mon obsession, je ne cherchais même plus à me dissimuler. Je faisais dix pas dans la rue, et soudain crac ! la grimace. Les enfants se mettaient à pleurer sur mon passage. Certaines personnes changeaient de trottoir. A cinq heures de l'après-midi, n'y tenant plus, j'ouvris l'annuaire à la rubrique « médecins O.R.L. » et je téléphonai. Au septième coup de fil, je tombai sur un médecin qui pouvait me recevoir tout de suite. Je fonçai à son cabinet, place Puvis-de-Chavannes. « Cette douleur, me dit-il, vous la ressentez toujours ? – Non, lui dis-je, seulement quand je fais comme ça. » Et j'y allai de ma grimace, que je réussis particulièrement abominable. Un rictus me découvrait les dents de sagesse et la pointe du nez me chatouillait le bout des oreilles. Hideux. Le Pr Houplines manifesta un étonnement apeuré et me dit d'une voix sans force : « Evidemment, si vous faites comme ça... Je comprends qu'à la longue ce soit un peu douloureux... » Deux heures plus tard, je ne pensais plus à mon nez, mais je me tâtais les aisselles pour voir si j'avais des ganglions.

Fin de *Cataluña*. Quelques secondes de silence avant *Sevilla*, du même Albeniz. Je levai la tête, peut-être parce que j'avais entendu un drôle de bruit, un bruit de moteur mais bizarre. Je vis alors, descendant le boulevard des Belges, une vieille voiture cabossée et tressautante. Elle avait laissé derrière elle, depuis l'avenue de Grande-Bretagne, des volutes de fumée noirâtre à reflets verts qui atteignaient le troisième étage des immeubles. C'était impressionnant. Les déménageurs en posèrent ce qu'ils avaient sur les bras et la regardèrent passer. Je reconnus à grand-peine une 403 Peugeot. Et je reconnus aussi, mais après coup, son conducteur hirsute et hagard :

c'était Marc, un camarade de lycée puis de conservatoire, que j'avais perdu de vue après son mariage. Nous étions tous deux d'origine espagnole et tous deux guitaristes, et nos vies avaient suivi un cours étrangement parallèle, mais, pour cette raison peut-être, nous n'avions jamais été intimes. J'aurais été content de reprendre contact avec lui. Puis je me dis que j'allais trop mal en ce moment pour faire un quelconque premier pas.

A cinq heures moins cinq, la pluie cessa d'un coup.

Barrueco est un merveilleux guitariste. Dans ce genre de répertoire, il est encore meilleur que Williams. J'interrompis *Sevilla* à regret et sortis de la Toyota. La portière ne se referma pas la première fois, mais la deuxième fois si, oh la la si, je crus que tout le véhicule allait se transporter en ripant de l'autre côté du boulevard des Belges tellement je l'avais claquée fort.

Je ne me résignais pas à sonner. J'avais autant envie de rencontrer les Tombsthay et de prendre le thé avec eux que de m'arracher une dent saine à la tenaille. Je n'en finissais pas de disposer mon imperméable autour de moi et de me passer la main dans les cheveux, jouant avec l'idée que je pouvais encore rentrer chez moi si je voulais, et continuer de ruminer en paix mon malheur. C'est alors qu'une femme aux cheveux noirs bouclés, descendue d'un taxi, s'approcha de moi et me dit :

« Excusez-moi, vous êtes monsieur David Aurphet ? »

La question la plus simple me désemparait tant était grande la confusion de mon esprit au cours de ces sombres semaines. J'étais distrait. J'étais hors du monde. Je dormais la journée et pas la nuit. Je me forçais à uriner quand je n'avais pas fait et au contraire me retenais quand une forte envie m'obligeait à marcher à petits pas. Je mettais les steaks surgelés dans la poubelle et les peaux de saucisson au Frigidaire. Je ne téléphonais plus aux amis mais appelais l'horloge parlante au moins une fois par jour. Si j'étais David Aurphet ? Il fallait se décider. Je réprimai un rire gratuit d'idiot de village.

« Oui, dis-je enfin.

— Mme Tombsthay. J'avais peur d'être en retard. Julia. Julia Tombsthay. »

En prononçant les syllabes de son nom, ses lèvres épaisses et bien dessinées semblaient suçoter un fruit très doux. Elle était jeune d'allure, un peu forte, très bien habillée. Son visage était sensuel et son expression mystérieuse, voilée par je ne sais quelle tristesse rêveuse et attachante dans un coin du regard.

Puis mon attention fut attirée par un mouvement sur le trottoir devant le 27. Une autre femme se tenait là, me tournant le dos, silhouette élancée et longs cheveux clairs. Julia Tombsthay ne disait plus rien et ne faisait pas mine d'ouvrir la grille. Je restais muet moi aussi.

Nous nous regardions. Je n'éprouvais pas de gêne réelle. Je pensais à autre chose.

Je devais ma présence ici à ce fâcheux de Varax Varaxopoulos, un compagnon d'études, garçon énorme que je ne détestais pas mais qui avait coutume de me téléphoner aux moments les plus inopportuns. Il avait deux sujets de conversation, aussi fastidieux l'un que l'autre : ses compositions musicales et ses rêves de la nuit précédente. C'était un grand original, un vrai, sans affectation. Il avait acquis une sorte de célébrité au conservatoire par une transcription qu'il avait faite pour deux harmonicas du *Boléro* de Ravel. Il m'avait réveillé le matin même vers dix heures. Me sachant cinéphile, m'avait-il dit, il n'avait pu se tenir de me communiquer un rêve étrange encore tout frais dans son esprit : voilà, j'ai rêvé qu'Ursula Andress me faisait des caresses intimes pendant que je conduisais une moissonneuse-batteuse en klaxonnant comme un fou, c'est marrant, non ? Je l'assurai qu'il y avait en effet de quoi se rouler par terre, et lui demandai s'il y avait un autre événement d'importance qui lui avait donné l'heureuse idée de me tirer de mon premier sommeil. « Eh bien oui, figure-toi. (Il avait fini par se douter qu'il me cassait un peu les pieds.) Tu m'as bien dit que tu avais du mal à trouver des cours particuliers ? Est-ce que tu as pensé à Bouvet ? Tu te souviens comme il était sympa, en plus il t'aimait bien, je suis sûr qu'il aura une idée », etc.

Le conseil du gros Varax était fort judicieux. A midi moins dix j'appelai Philippe Bouvet, un brave homme tout secoué de tics que j'avais eu comme professeur de musique au lycée du Parc. Il me remit aussitôt malgré tant d'années passées et m'accueillit avec chaleur. Je tombais bien, me dit-il : deux jours avant, au cours d'un cocktail en l'honneur de je ne sais plus quoi concernant l'auditorium Maurice Ravel, Mme Tombsthay lui avait dit qu'elle cherchait un professeur de guitare pour sa fille, quelqu'un de confiance, le plus rapidement possible, et il avait promis de s'en occuper. Il me donna leur numéro. Il allait appeler lui-même pour me recommander. Il me reverrait avec plaisir à l'occasion.

Sans la regarder vraiment, je sentis que la femme du 27 nous observait. Au moment même où je dirigeai mon regard vers elle, hop, elle reprit sa position initiale et je ne vis plus que son dos, sa ligne fine, sa chevelure aux reflets roux encore frémissante.

« De toute façon, mon mari et ma fille sont là, dit enfin Julia Tombsthay. Une nouvelle voisine », ajouta-t-elle.

La nouvelle voisine se retourna, mais cette fois d'un franc mouvement qui fit voler ses cheveux, et elle marcha sur nous. Elle portait une jupe et un pull. Bras frileusement croisés, elle était tout élégante et toute jolie. Quelque chose pourtant... Quoi ? Je ne le sus pas tout d'abord. Je savais seulement que j'avais vu quelque chose d'anormal, d'effrayant. Et soudain... Son visage, c'était son visage ! Tout le côté gauche, caché en partie par ses cheveux, était différent, différent du côté droit, l'œil un peu plus bas, plus étroit, la bouche plus mince et tordue, et plus pâle, mais la peau de la joue et du front plus sombre — plus rugueuse, moins élastique et moins mobile, me sembla-t-il quand elle se fut approchée et qu'elle parla... Un accident, ou plutôt une malformation de naissance.

« Bonjour. Mlle Ledieu, Edwige Ledieu. J'habite ici depuis ce matin, j'ai pensé qu'on pouvait faire connaissance tout de suite... »

Elle s'adressait surtout à Mme Tombsthay, à qui elle tendit la main.

« C'est une bonne idée. Mme Tombsthay.

— Monsieur Tombsthay ? dit Edwige Ledieu en tournant son visage vers moi moitié laid moitié beau.

« – Non, je...

– M. Aurphet est le professeur de guitare de ma fille.

– Pardon. »

Bref silence. Je réussissais sans peine à masquer mon dégoût – dégoût que, tout bien considéré, je n'éprouvais pas, ou plus. Edwige Ledieu, en revanche, laissait paraître une pointe d'ironie et même d'insolence dans son attitude, surtout en énonçant sa question déplacée sur mon identité. On aurait dit qu'elle nous surprenait en flagrant délit d'adultère et s'en divertissait. Ou bien cette ironie que je lui prêtais s'expliquait-elle tout simplement par sa difformité, je veux dire par son œil à demi fermé en une caricature d'expression malicieuse – et la maladresse de cette prise de contact un peu forcée par la volonté pitoyable de montrer une fois pour toutes son visage à ses voisins ? Pourtant, on cessait très vite de trouver Edwige Ledieu pitoyable. Je ne savais.

« Vous êtes contente de vos déménageurs ? dit Mme Tombsthay pour dire quelque chose.

– Très contente. Ils sont chers, mais rapides et très propres. Je n'aurai pas grand-chose à faire après leur départ. »

Lesdits déménageurs opéraient, imperturbables. Celui que j'avais déjà remarqué venait de se poser sur la tête une armoire d'une demi-tonne sans en être davantage embarrassé que d'un chapeau de paille. Après un nouveau silence, Edwige Ledieu exprima l'espoir et d'ailleurs la certitude que de bons rapports de voisinage allaient s'établir entre elle et les Tombsthay, croisa les bras et s'en fut. Julia Tombsthay fut sur le point de faire un commentaire, puis se retint.

Elle ouvrit la grille, bloquée par un système électrique.

« Allez-y », dit-elle en s'effaçant, mais de telle manière que je fus obligé de la frôler.

Gazon entretenu au millimètre et allées de gravier. La maison, d'un étage, était vaste, blanche, un peu tarabiscotée mais pas trop. Par la porte du garage restée ouverte, j'aperçus le groin funèbre et prétentieux d'une 604 Peugeot toute neuve.

Nous escaladâmes le perron. Malgré mon indifférence, je devais bien m'avouer que Julia Tombsthay était une femme très désirable. Sa croupe remuante dans son tailleur étroit aurait fait briller l'œil d'un mort.

Elle me laissa seul dans un salon immense et surchargé de plantes et d'objets, parmi lesquels un piano. Près de moi, un chat roux dormait ou feignait de dormir. Les trop nombreuses plantes vertes, certaines gigantesques, commençaient déjà à m'oppresser. L'une d'elles me chatouillait même la joue, c'était agaçant. Je me déplaçai de dix centimètres. Je rêvais d'un bon sécateur pour faire un peu de place, clac clac clac. Par une fenêtre, on voyait une haie de fusains et les arbres du boulevard des Belges, de l'autre côté la pièce s'achevait en une immense baie vitrée courbe. Nul autre spectacle que la végétation du jardin et du parc. Bref, au cœur de l'Amazonie la verdure ne devait pas être plus présente que dans l'immense salon des Tombsthay.

Mon hôtesse revint. J'avais déjà trouvé qu'elle faisait jeune, mais la robe d'intérieur rose qu'elle avait revêtue la rajeunissait encore de cinq à huit ans.

« Mon mari arrive dans trois minutes et ma fille dans cinq. Et le thé dans dix minutes », dit-elle avec un sourire qui la rajeunissait de trois ans.

Encore quelques métamorphoses dans le même sens, me dis-je, et il faudrait aller quérir un landau pour Julia Tombsthay et l'y déposer en lui faisant a-reu, bll, bll, boulou boulou.

« C'est l'endroit de Lyon rêvé, pour habiter, dis-je, désireux d'être aimable.

— Oui. Sur le parc, c'est merveilleux. Vous vous êtes approché de la baie ? »

Je m'approchai. Au centre, trois panneaux étroits, sortes de portes-fenêtres au fin cadre métallique, permettaient en principe d'accéder au jardin, mais, du fait de leur étroitesse et de la dénivellation relativement importante, m'expliqua Julia Tombsthay, ils faisaient office de simples fenêtres. C'était bizarre, mal conçu. Le panneau central était entrouvert.

« Si vous voulez, on peut aller voir le jardin, on a le temps. La pluie s'est arrêtée.

— D'accord », dis-je, toujours pour être aimable.

Je me levai et la suivis.

Nous descendîmes les marches d'un autre perron, symétrique du premier. L'endroit valait certes la peine d'être vu. Je me souviens de mon arrivée dans le jardin des Tombsthay comme d'un moment frappant de mon aventure cet été-là. J'eus l'impression de poser le pied dans un autre monde, d'autant plus que le soleil, absent depuis de si nombreux et si longs jours, parvenait enfin à se faufiler entre les nuages et donnait à toute chose un aspect inhabituel. La maison et les alentours avaient la beauté et l'étrangeté d'un décor de cinéma. Je levai les yeux vers le ciel. Je quittais à la seconde les rigueurs de l'hiver, et soudain l'été touchait ma joue de sa première caresse !

On apercevait un bout de la maison du 27, une petite fenêtre au premier étage.

Nous traversâmes le jardin, plein de plantes et de fleurs dont j'ignorais le nom. La pluie avait eu raison du vent, et les hauts arbres du parc étaient plus immobiles que jamais. De lointains piaillements, sifflements et rugissements se détachaient dans le silence tout neuf.

« On ne se croirait pas en ville, n'est-ce pas ? dit Julia Tombsthay. Il y a une allée goudronnée entre le jardin et le parc, mais elle est cachée par la haie. Il faut vraiment être près du portail pour la voir. »

Un petit portail en bois, à droite quand on tournait le dos à la maison, donnait accès au parc. Je m'approchai. Là je vis un homme, debout au milieu de l'allée goudronnée rose. Il tenait un vaste parapluie bleu clair à carreaux. L'idée m'effleura sans raison précise qu'il venait peut-être de se reculer à l'instant, et qu'auparavant il nous observait. Il portait un blouson de cuir marron ouvert sur une chemise blanche. Ses longs cheveux blond cendré, plats, vaguement séparés par une raie au milieu, formaient une frange épaisse sur son front. Il était grand, aussi grand que moi. Il demeura immobile, me fixa une seconde de trop et passa son chemin, son parapluie de carnaval toujours ouvert au-dessus de sa tête.

Je rejoignis Julia Tombsthay penchée sur des fleurs jaunes. Elle se redressa.

« J'ai été contente quand M. Bouvet nous a appris

que vous étiez disponible en juillet. Après ce qu'il nous a dit à votre sujet, Viviane n'aurait pas voulu d'autre professeur, je la connais. Et elle aurait été déçue de ne pas commencer maintenant. »

Nous nous trouvions face à face et elle me regardait, du même regard que tout à l'heure sur le trottoir. Cherchait-elle à me séduire ? Pensée absurde. Un rideau bougea à la petite fenêtre du 27. Edwige Ledieu devait explorer son nouveau domaine. Allait-elle vivre seule ici ? Je ne pouvais chasser de mon esprit son visage malmené.

Je repris ma place, non loin du chat roux recroquevillé. Je dus me relever aussitôt, car M. Tombsthay, Graham Tombsthay, fit son entrée dans la pièce. Nous nous serrâmes la main.

« Comment allez-vous ? me dit-il.

— Bien, je vous remercie.

— Si vous voulez quitter votre imperméable », dit sa femme.

Je ne voulais pas, je n'avais pas trop chaud, mais je l'ôtai quand même et me rassis. Graham Tombsthay, âgé d'une cinquantaine d'années, avait un léger type étranger et s'exprimait avec une pointe d'accent chantant assez agréable. Il était bronzé, y compris sur le crâne. On aurait pu compter les cheveux qui lui restaient à cet endroit sur les doigts d'une seule main même un peu estropiée, ce qui ne l'empêchait pas de les coiffer artistement. L'un d'entre eux, le plus vivace, marquait l'avant du crâne d'une oreille à l'autre, comme un trait de crayon. Un deuxième, sur le côté, tentait courageusement d'occuper le terrain par des méandres et des tortillons, tandis qu'un troisième fuyait en franche diagonale et allait se perdre vers l'arrière. Sans doute préoccupé par cet état de choses, Graham Tombsthay se passait la main dans la tignasse toutes les trente secondes en inclinant la tête avec une expression douloureuse. Cette pratique ne dérangeait pas l'ordonnance des trois survivants, signe qu'ils devaient être maintenus par quelque produit à base de colle. Graham Tombsthay avait tort de s'inquiéter : son regard bleu profond, l'ovale harmonieux de son visage, sa musculature discrète mais perceptible sous le costume du bon tailleur faisaient de lui un homme fort séduisant.

« Philippe Bouvet, que j'ai dû rencontrer au moins une fois, vous a chaudement recommandé... »

Aimable, adorable Bouvet ! Je le revois encore (lycée du Parc, salle 1, 1957) me dire, en s'empoignant les testicules à deux mains et en se les remontant jusqu'au nombril selon un geste qui lui était familier : « Mais, mon petit ami, la guitare, ce n'est pas un instrument ! » Que la guitare fût bel et bien un instrument, qu'on pût même considérer comme le plus beau et le plus attachant des instruments, je m'attribue le mérite de l'en avoir convaincu. Et je m'attribue aussi le mérite d'avoir fait du troisième fils de son second mariage, assez rapidement, un assez bon guitariste. Mais passons, ces temps sont lointains.

« Vous exercez dans un conservatoire ? demanda Graham Tombsthay.

– Non. J'ai bien passé le C.A. – c'est le concours qui permet d'enseigner dans un conservatoire –, mais les postes qu'on m'a proposés ensuite étaient trop éloignés de Lyon. Je ne pouvais pas quitter Lyon à l'époque, ou plutôt je ne voulais pas. Je les ai refusés et j'ai fini par perdre le bénéfice du concours. Sans trop de regret, d'ailleurs. J'ai donné des cours particuliers tout en étant professeur de français, situation à laquelle me préparaient également – et même surtout, devrais-je dire – mes études. Cette année, c'est l'enseignement du français que j'ai décidé d'abandonner. »

Ouf. Qu'est-ce qui me prenait de châtier ainsi mon langage ? Je ne me sentais pas à l'aise dans ce salon d'un hectare, sous l'œil attentif des Tombsthay. Tout en ayant frais aux extrémités, je me mis à transpirer légèrement.

J'entendis des portes claquées, des pas martelant un escalier à vive allure.

« Il faudra que nous décidions... », commença Julia Tombsthay.

A ce moment, Viviane Tombsthay fit son apparition. Je ne vis d'elle d'abord que de longs et épais cheveux châtains coiffés à la diable. Ses grands yeux clairs se posèrent aussitôt sur moi. Avant d'entrer vraiment, elle se tint une demi-seconde l'épaule appuyée au montant de la porte, tête inclinée, hanche saillante, une jambe un peu repliée ne reposant sur le sol que par l'extrémité du pied. Apparition est le mot juste. Tant de grâce et de beauté n'étaient pas de ce monde, me dis-je pendant cette demi-seconde. Viviane Tombsthay, quinze ans, irrita je ne sais quel espoir de vie et de bonheur moribond mais toujours présent au fond de moi. J'en fus tout décontenancé. Ma transpiration légère se transforma en ruissellement, ma bouche béa, ma gorge se serra, mon ventre se noua, le cœur me poignit.

Cela ne pouvait durer, et ne dura pas. Viviane s'anima, une partie du charme se dissipa, elle redevint la simple adolescente terriblement mignonne qu'elle était en réalité. Elle traversa la pièce en coutournant diverses plantations, le piano, une toile sur un chevalet, quatre fauteuils et une chaîne stéréo qui, à en juger par la dimension des haut-parleurs, devait s'entendre de l'étranger, et vint me serrer la main. Ses longs cils battirent.

« M. David Aurphet, dit Mme Tombsthay. Viviane, ma fille.

— Bonjour, mademoiselle.

— Bonjour. »

Elle s'assit sur le canapé à côté de moi, de l'autre côté du chat. Elle se laissa tomber sans trop plier les jambes, son *jean* n'y aurait pas résisté.

« J'allais demander à M. Aurphet son avis sur la fréquence des cours. Viviane a très envie de faire de la guitare, c'est certain, et elle est en vacances...

— J'ai une amie qui prenait trois cours par semaine, dit Viviane avec un rien d'agressivité. J'aimerais faire pareil, elle joue drôlement bien. Elle habite Genève. Maintenant, elle prend des cours avec Maria Livia Sao-Marcos, vous connaissez ? »

Je commençais à récupérer un peu et à me détendre, mais ma sueur se glaçait.

« Oui, j'ai son disque Villa-Lobos.

— Elle joue bien, non ? Mon amie dit que c'est formidable.

— Oui. »

Je renonçai à lui expliquer qu'elle jouait trop lentement cette musique et qu'on avait le temps de faire la sieste entre chaque note, je devinais qu'elle l'aurait mal pris. Je me promis de lui passer à la suite la deuxième étude de Villa-Lobos par Sao-Marcos et par Manuel Barrueco, elle comprendrait d'elle-même.

« Vous avez déjà fait un peu de guitare ?

– Un peu.

– Qu'est-ce que vous en pensez ? dit le père. De trois cours par semaine ?

– Evidemment, c'est beaucoup. Mais en travaillant bien entre chaque cours, ça peut donner de très bons résultats. »

Va pour trois cours, dirent les parents. Nous convînmes du lundi, mercredi et vendredi en fin d'après-midi. Puis Mme Tombsthay partit dans la cuisine voir où en était le thé. Au moment où j'allais demander à Viviane ce qu'elle avait comme guitare, le père me dit :

« Il y a aussi le problème de l'instrument. Viviane a bien une guitare, que lui a vendue cette amie, justement, assez cher d'ailleurs, mais elle prétend qu'elle ne vaut rien.

– Non, elle ne vaut rien, dit Viviane. Si tu entendais celle de Martine, la nouvelle... Vous voulez que j'aille chercher ma guitare ? dit-elle en se tournant vers moi, toujours un peu agressive.

– Oui, si vous voulez. »

Elle s'en alla. Galopade dans l'escalier, portes claquées.

Je ne savais pas où se trouvait la cuisine et ne le sais toujours pas avec exactitude, mais la circulation des sons dans la maison était telle qu'on entendait tout ce qui s'y passait. Pendant le silence qui suivit le départ de Viviane, des bribes de conversation concernant un gâteau aux poires nous parvinrent.

« C'est le gâteau préféré de M. Tombsthay, disait une voix de femme, celle de la bonne sans doute.

Surtout l'après-midi. Vous savez ce que je dis souvent, madame, il ne faut pas laisser les hommes avoir faim, ça les rend grognons.

– Quelqu'un joue du piano ? demandai-je à Graham Tombsthay en désignant le splendide quart de queue de bois noir incrusté de dessins dorés.

– J'ai joué, il y a bien longtemps. Je le traîne de déménagement en déménagement, et je le fais accorder chaque fois. Il a beaucoup voyagé. Il me vient de mes grands-parents maternels. J'y suis attaché. J'aime les beaux objets. Je les collectionne, même. »

Il m'offrit un petit cigare, que je refusai.

« Je ne fume plus », ajoutai-je après une hésitation.

Il alluma son cigare et fuma avec volupté. Il sourit. Je constatai que son sourire l'enlaidissait et lui donnait l'air mauvais, presque haineux. Sans doute le savait-il, car il le dissimulait derrière sa main.

Viviane arriva avec la guitare, puis sa mère, puis le thé et le gâteau. La bonne était une dame d'allure distinguée aux cheveux tout blancs. Je sortis mon diapason de ma poche (j'ai toujours un diapason dans la poche) et j'accordai la guitare, une Granada sans intérêt. Viviane avait raison, on aurait tendu les cordes au-dessus d'une lessiveuse qu'on n'aurait pas obtenu un son plus sec, plus plat et plus caverneux. Néanmoins, pour faire sérieux, je jouai une petite moitié de la pièce d'Augustín Barrios Mangoré dite *La Cathédrale*, un plaisant enchaînement de gammes et d'arpèges véloces qui sortit assez bien malgré l'émotion et mes doigts froids. L'œil de la petite déesse se mit à briller. Je devinais en elle un vrai amateur de guitare. Les amoureux de l'instrument

24

forment une race à part, et se reconnaissent entre eux aussi sûrement que des Esquimaux.

Je posai la guitare. Je n'osai pas dire aux parents que le mieux qu'ils avaient à faire, c'était de la remplir de terreau et de planter un géranium dans la rosace, ce serait ravissant, mais j'exprimai néanmoins ma franche opinion, sans regarder Viviane.

« Effectivement, c'est une mauvaise guitare. De plus, le manche est voilé, ce qui la rend fausse et difficile à jouer.

— Une mauvaise guitare, c'est décourageant pour l'étude, dit Viviane. Un mauvais piano, c'est quand même un piano, une mauvaise guitare c'est pas une guitare. »

Elle répétait une phrase lue ou entendue. Je la regardai en me retenant de sourire. Une violente envie de fumer me prit. J'avais arrêté, curieusement, au moment où Cécile et moi nous étions quittés.

« C'est un peu vrai, dis-je.

— Très bien, dit Graham Tombsthay avec empressement. (Passant du calcul tatillon à une prodigalité excessive, selon un mouvement coutumier des gens fortunés.) Dans ces conditions, autant acheter à Viviane un très bon instrument, et, pourquoi pas, ce qu'on trouvera de mieux à Lyon. J'espère que cela la stimulera.

— Quand ? dit Viviane, très sérieuse. Demain ?

— Si tu veux, ma chérie, demain. »

Julia Tombsthay avait servi le thé elle-même. Je me mis à boire et à grignoter. Ce n'était pas commode, du canapé, je faisais tomber des miettes partout, et si je prenais ma tasse à la main je me brûlais. J'avais envie de jeter le plateau dans les plantes vertes et de quitter les lieux en sifflotant.

« Vous pourrez nous conseiller ? dit Julia Tombs-thay.

– Volontiers. Mais vous savez, c'est sur place qu'il faut voir. Il peut y avoir de grosses différences entre deux guitares de même fabrication et de même prix. Si vous voulez, je peux aller choisir avec vous. Mais je ne voudrais pas m'imposer...

– Je n'osais pas vous le demander », dit Julia Tombsthay.

Le gâteau aux poires était délicieux. Graham Tombsthay en avait mangé deux parts sans mastication apparente que je n'avais pas fini la moitié de la mienne.

« Si tu dois partir..., lui dit sa femme. Tu m'avais dit...

– Non, ça va. J'ai encore un moment. »

Il me scrutait de son œil de velours.

« Vous auriez le temps, demain après-midi ? me dit Julia Tombsthay.

– Oui. »

Nous prîmes rendez-vous pour le lendemain cinq heures à La Lyre lyonnaise, place Bellecour.

« J'ai des horaires capricieux et contraignants, dit Graham Tombsthay. Beaucoup de réunions, pas toujours utiles. »

Il ajouta, devant mon expression qui pouvait passer pour interrogatrice :

« Je m'occupe d'une usine qui fabrique des appareils destinés à mesurer les vibrations, toutes sortes de vibrations... »

Bouvet m'en avait parlé. Graham Tombsthay était un industriel de choc. Trois ans auparavant, il avait choisi d'implanter son usine dans la région lyonnaise, à Ecully, près des laboratoires Boiron. L'utilité de ses appareils (dont il était en outre l'inventeur) avait été peu à peu reconnue partout dans le monde, et il en était devenu le premier fournisseur. Pour ces raisons, il jouissait de la considération de la municipalité lyonnaise et participait étroitement à la vie mondaine de la ville.

Il avait envie d'en dire plus, mais je ne trouvai pas sur-le-champ une question intelligente à poser, sa femme et sa fille prirent l'air distrait, et nous parlâmes finalement du temps. Julia Tombsthay ne détachait guère de moi son regard énigmatique et lascif. Quant à Viviane, elle en rajoutait dans le genre : mes parents, très peu pour moi. Bref, chacun à sa façon tentait d'accrocher mon intérêt. C'était épuisant.

Le thé et le gâteau absorbés, je remerciai et pris congé.

« Je vous raccompagne », dit Graham Tombsthay.

Il n'avait pas été question d'argent. Je compris qu'il attendait d'être seul avec moi. Julia Tombsthay semblait tellement s'offrir à moi par la douce pression prolongée de sa main que j'en fus presque effrayé. Pourquoi moi, et pourquoi si vite ? J'étais intrigué. Peut-être était-ce sa façon de faire habituelle quand un homme l'intéressait. Ou bien je tombais au bon moment, je ne savais. Viviane m'adressa un au revoir machinal et quitta aussitôt la pièce, lourds cheveux flottants, pull ample et *jean* on ne peut plus serré.

« Voulez-vous voir le jardin ? me dit Graham Tombsthay quand nous fûmes dehors. C'est un des charmes de cette maison.

— Oui, je... Je l'ai déjà vu tout à l'heure, votre femme m'a fait visiter. En effet c'est étonnant, ces maisons sur le parc de la Tête-d'Or », dis-je pour dissiper une petite gêne que j'étais sans doute seul à ressentir.

Ma voiture lui plut beaucoup.

« Une ancienne Toyota Celica, et moutarde ! Elles étaient tellement plus jolies que les nouvelles ! (Désignant le garage du menton :) Je viens d'acheter une 604. Par hasard, pourrait-on dire. Ils ont un peu essayé de copier les grosses BMW, vous ne trouvez pas ?

— Oui, c'est frappant. »

Je ne lui dis pas que mon opinion profonde était que les 604 ressemblaient aux BMW comme le singe ressemble à l'homme, d'ailleurs je crois qu'il aurait été de mon avis. Il me dit au dernier moment :

« Avant que nous nous séparions... Je vous préparerai un chèque couvrant un mois de cours, ma femme vous le remettra la prochaine fois si je ne suis pas là. Si vous vouliez me dire votre tarif...

— Cent cinquante francs par leçon.

— Très bien. A bientôt, j'espère.

— J'espère aussi. Au revoir, monsieur. »

Le boulevard des Belges était tout mouillé. Il faisait plus chaud, mais le soleil restait empêtré dans les nuages, ce qui n'était pas pour me déplaire : j'adore les ciels voilés. Je remontai dans ma Toyota moutarde aux sièges noirs avachis mais d'autant plus confortables. Graham Tombsthay attendit que j'aie mis le moteur en route pour rejoindre sa maison dans la forêt.

Le camion de déménagement n'était plus là. Je passai devant le 27. Les grilles étaient ouvertes. Edwidge Ledieu s'apprêtait à monter dans une petite Austin du même jaune que ma voiture. Elle m'adressa un signe de tête discret, auquel je répondis par une grimace hideuse, comme je pus le vérifier en laissant mon visage en l'état et en me regardant dans le rétroviseur. Je n'ai jamais su sourire, et il m'arrive aussi de dissimuler mon sourire derrière ma main.

La séance chez les Tombsthay et leur thé de malheur m'avaient énervé. J'arrivai pied au plancher au feu rouge du quai et dus ensuite freiner à mort pour ne pas piquer une tête dans le Rhône. Sur le pont Morand, où je restai bloqué dix minutes par la circulation, quelques grosses gouttes de pluie attardées brouillèrent le pare-brise. J'avais mis une autre cassette au hasard, j'étais tombé sur le *Prélude et fugue en fa mineur* du *Clavier bien tempéré* de Bach, et pendant vingt secondes Edwin Fisher joua au même rythme que les essuie-glaces. Puis ça se détraqua.

Je vivais alors au 17, montée de la Grande-Côte, entre la rue René-Leynaud et la rue des Tables-Claudiennes, tout contre le modeste jardin des Plantes lyonnais. C'était mon troisième logement en deux mois. Les immeubles étaient vétustes, le quartier passait pour mal famé, et on pouvait encore trouver là des appartements agréables à des loyers bon marché. J'occupais un trois-pièces au troisième et dernier étage d'un immeuble bourré d'Italiens. Tout le bas de la rue était peuplé d'Italiens, le milieu de Noirs et le haut de Nord-Africains. Les frontières étaient assez strictes, sauf le samedi soir où les Nord-Africains dévalaient la côte au grand galop en brandissant des couteaux, des gourdins ou même des haches. Le samedi soir également, des jeunes gens venus des banlieues lointaines, après s'être faussé le jugement à force de boissons alcoolisées et de conversations vociférantes dans les cafés de la place des Terreaux, remontaient parfois vers la Croix-Rousse et assommaient le promeneur attardé. Il fallait être prudent.

La pièce sur la rue était franchement jolie : grande, biscornue, pleine de cheminées (une, à vrai dire) et de fenêtres (trois côte à côte, à meneaux et vitres teintées, avec un large rebord où l'on pouvait s'asseoir et observer la petite vie de la rue piétonne). Rien à dire de la cuisine, c'était une cuisine. La chambre, je ne l'utilisais plus. Je l'avais crue calme lorsque j'avais visité l'appartement, parce qu'elle donnait sur l'arrière. Or la voie rapide qui monte à la Croix-Rousse, invisible mais toute proche, entretenait un vacarme hypocrite qui semblait sourdre des murs et du sol. Impossible de dormir, à moins d'être particulièrement fatigué et de se coucher particulièrement tard. Dans ces conditions, si on prenait la précaution de se bourrer les oreilles de boules Quiès et l'estomac d'une quantité de somnifères proche de la dose mortelle, on parvenait à sombrer dans un cauchemar agité entre deux heures et demie et quatre heures moins le quart du matin, guère plus. Aussi, après quelques jours, j'avais transporté mon lit dans la pièce de devant, et c'est là que je passais mes jours et mes nuits.

Cent cinquante multiplié par trois multiplié par quatre. Mille huit cents francs par mois d'un seul coup, c'était inespéré. Rentré chez moi, je voulus remercier Varax Varaxopoulos. Je cherchai longtemps son numéro parce que ce n'était jamais moi qui l'appelais. Il se réjouit sincèrement de ce que son idée ait porté si vite des fruits si développés. Je répète que je ne détestais pas ce personnage charnu, qui avait déjà des bajoues au lycée. Il était très fort à l'époque en jeux de mots et pitreries, et m'avait beaucoup fait rire. Puis ce talent l'avait abandonné. J'avais habité assez longtemps à deux pas de chez lui, avec Cécile, sans plus le fréquenter. Simplement, il avait pris l'habitude de me téléphoner de temps à autre.

« Et ces gens, ils sont comment ?

— Un peu bizarres. Tous les trois. Je me demande si l'industriel est vraiment le père de la fille. Je crois qu'il ne l'a pas regardée une seule fois dans les yeux pendant tout le temps que j'ai été là-bas. Et la mère... Elle est bizarre aussi. Ils ont l'air d'avoir de drôles de rapports.

— Dis donc, à propos de jeune fille, ça me rappelle un rêve que j'ai fait cette nuit, je peux te le raconter ?

— Bien sûr, avec plaisir.

— Voilà. Il y avait une jeune fille, justement, elle était debout sur le toit d'une maison, puis je me rendais compte que le toit en fait c'était un tapis volant, et tout d'un coup la fille se transformait en hyène debout sur ses pattes arrière, puis la fille ou la hyène, je ne sais pas, se mettait à jouer de la trompette en me regardant, et il y avait de grosses bulles qui sortaient de la trompette...

— C'est incroyable, dis-je. Et... au point de vue musique, où en es-tu ? »

Au point de vue musique, toujours la même chose, il travaillait à son concerto pour cinq pianos et il se livrait à diverses transcriptions, comme d'habitude, pour se détendre.

« Je m'occupe en ce moment des deux arias de la Reine de la Nuit, tu sais, dans *La Flûte enchantée,* de Mozart ? J'ai eu l'idée avant-hier de les transcrire pour voix de basse et quatuor de saxophones, qu'est-ce que tu en penses ? Il me semble que ça va renouveler la partition. »

Un renouvellement frappant, en effet. Je laissai Varax à ses multiples rêves et allai prendre une douche. J'en prenais une douzaine par jour. Je me douchais pour un oui pour un non, parce que j'avais froid, ou chaud, ou parce que j'étais énervé ou complètement amorphe, ou pour rien.

Après la douche, je passai mes derniers habits propres, sortis ma splendide Ramirez de son étui et fis une heure de guitare.

Je redéchiffrais ces temps-ci la *Deuxième Suite* pour luth de Bach, en changeant quelques doigtés et surtout en supprimant des liaisons (lesquelles, en trop grand nombre, enlèvent de la stabilité au jeu et paradoxalement le rendent plus difficile).

C'était l'heure de plus grande animation dans la montée de la Grande-Côte. Le martèlement des pas sur le pavé était obsédant, même les fenêtres fermées.

Vers sept heures je pris faim, une faim dont le petit goûter chez les Tombsthay n'avait fait que hâter la venue. Mon estomac produisait des bruits d'évier qui se débouche. Entre ces bruits et ceux de la rue, je m'entendais à peine jouer. Je rassemblai le peu de victuailles qui traînaient dans le frigo et dans le placard, et mangeai tout, du riz en salade auquel l'âge donnait un arrière-goût de crevette, trois tranches de rosette que je fis griller dans une poêle et sur lesquelles je cassai deux œufs, une demi-boîte de ravioli, une croûte de gruyère et une poire blette dont je parvins à grand-peine à sauver un centimètre cube.

Je repris ma guitare. Un effet retard du thé faisait se tire-bouchonner chaque nerf de mon corps. Je m'acharnai à finir mon travail sur la *Deuxième Suite*, et j'y parvins. Je me rendis compte ensuite avec satisfaction que je pouvais la jouer de mémoire, sauf la fugue, longue et complexe.

A neuf heures, épuisé, je me demandai si j'allais plutôt aller au cinéma, ou voir mon père, ou traîner dans Lyon, ou rester chez moi à lire, lorsqu'un coup de fil de Julia Tombsthay vint mettre fin à mes hésitations.

II

Elle devint ma maîtresse le soir même. Malgré son attitude provocante quelques heures auparavant, l'événement m'étonna. Et ma possibilité de le vivre avec plaisir, cet événement, m'étonna encore davantage. En effet, tout désir sexuel m'avait abandonné depuis des semaines, voire depuis des mois. Après Cécile, pourtant, j'avais cru, si j'ose dire, dur comme fer que j'allais inlassablement voler de femme en femme, mais hélas ! les trois jours passés avec Suzanne, une amie de faculté, m'avaient détrompé, toujours si j'ose dire.

Non, d'ailleurs, comme ces fines plaisanteries pourraient le laisser supposer, que je fusse alors incapable d'accomplir ma besogne virile, mais le cœur n'y était pas, j'aspirais à la solitude, au recueillement, je voulais cuver en paix la grande tristesse et le grand désarroi qui m'avaient accablé contre toute attente à l'instant où j'avais quitté, irrémédiablement, Cécile.

Suzanne revenait d'Alger après une absence de plus de trois ans. Elle ne savait trop où loger dans l'immédiat. Cécile lui avait donné le numéro de mon père, chez qui je vivais provisoirement. Je m'étais dit : parfait, le Ciel répond à mes vœux, je voulais une luronne, la voici, consentante et bien proportionnée, alors hardi, que jours et nuits se passent en plaisirs de chair. Ainsi m'étais-je dit, et je m'étais mis en quête d'un nid d'amour.

J'étais assez lié à l'époque avec Albert Pifret-Chastagnoul, le célèbre portraitiste lyonnais, un peintre raté de soixante-six ans qui depuis trente ans inondait la région Rhône-Alpes de ses portraits repoussants. Il habitait Craponne mais avait un atelier-pied-à-terre place Bellecour, au quatrième étage de l'immeuble de la librairie Decitre. Il m'en laissa la disposition d'autant plus volontiers que, homme à femmes lui-même, du genre vieux beau salace, il était tout émoustillé à l'idée des réjouissances dont son logis allait être le théâtre.

Je m'étais donc installé chez Pifret-Chastagnoul avec Suzanne, en principe pour une semaine, parmi ses portraits d'une laideur de cauchemar. La malheureuse Suzanne en avait la nausée et m'avait proposé de les retourner contre le mur pendant que nous occupions les lieux.

Je lui avais bien fait la leçon : en cas de rencontre avec le maître, surtout elle devait l'accabler d'éloges. Comme beaucoup d'artistes, il était d'une susceptibilité tatillonne. Même si ses toiles provoquaient des arrêts du cœur à force de hideur brutale, le seul discours à lui tenir était que depuis Vinci et Michel-Ange, Rembrandt à la rigueur, l'art occidental n'avait connu qu'un seul sommet, Albert Pifret-Chastagnoul. Il n'avait pas eu l'occasion de voir Suzanne, mais n'avait pas manqué de me demander plus tard : « Au fait, votre amie, mes portraits ?...

Comment les a-t-elle trouvés ? – Ah ! magnifiques, m'étais-je écrié, magnifiques. Ce que l'art de la représentation picturale a connu de plus achevé, de plus fort et de plus délicat depuis le paléolithique, ne cessait-elle de me répéter. C'est bien simple, lui dis-je, j'étais chez vous comme vous savez pour... (petit coup de coude dans les côtes) eh bien... Un vrai problème, elle ne pouvait s'arracher à vos tableaux, impossible de la décoller du mur, j'étais obligé de la prendre par-derrière », etc.

Au bout de trois jours, Suzanne et moi avions mis fin à l'aventure d'un commun accord. Je lui avais parlé franchement. Je m'étais rendu compte que je ne souhaitais pas ce que j'avais cru souhaiter. Je me trouvais (à peu près) dans la situation de ces personnages de dessins animés qui continuent de galoper au-dessus d'un abîme et ne tombent que lorsqu'ils s'en aperçoivent.

Ensuite, j'avais vécu quelque temps dans un petit meublé rue Pipéroux, près de Grange-Blanche. Le locataire précédent avait eu l'heureuse idée, avant de partir, de plier en deux le matelas, une paillasse sans souplesse, et de le coincer entre le sommier et le mur. Quand j'avais voulu faire le lit, impossible de déplier le matelas. J'avais le choix entre dormir au sommet d'une montagne ou au fond d'une crevasse.

Puis j'avais habité aux Brotteaux, puis...

« Vous avez oublié votre diapason, me dit Julia Tombsthay d'une voix naturelle. J'ai pensé qu'il pouvait vous faire défaut et que vous souhaiteriez peut-être le récupérer, le plus tôt possible. »

Elle avait l'art de supprimer toute gêne en toute circonstance, comme j'allais en avoir la preuve maintes fois. Tout prétexte pour me revoir le soir même ne pouvait être qu'énorme : celui dont elle usait était si délibérément énorme et avoué qu'il en devenait simple et direct. Je jouai le même jeu sans trop de maladresse je crois. Je convins qu'en effet j'avais besoin de mon diapason, mais voilà, comment faire, je ne voulais surtout pas la déranger... Aucun dérangement, me répondit-elle, elle pouvait même me l'apporter, en deux coups d'accélérateur elle était dans mon quartier, si toutefois, bien sûr...

Bref, trois phrases plus tard, elle m'annonçait sa venue pour dix heures.

Mon appartement était en grand désordre et malpropre. Je mis à profit la petite heure que j'avais devant moi pour faire un brin de ménage, j'entends par là que je rassemblai les plus volumineux des détritus qui jonchaient le sol, ceux contre lesquels on risquait de se blesser le pied en butant, les jetai dans la cheminée et y mis le feu. Il en résulta des vapeurs nauséabondes qui m'obligèrent à ouvrir les trois fenêtres. Quelqu'un allait-il alerter les pompiers, comme cela se fait en ville au moindre filet de fumée anormal ? Non, personne ne les alerta.

Je rangeai aussi les livres, disques et cassettes qui traînaient, donnai un vague coup de balai, non prévu, mais il est bien connu que le ménage entraîne le ménage, enfin je nettoyai à tout hasard la poubelle et ses abords immédiats, à la cuisine : le couvercle de cette poubelle pourtant neuve ne s'ouvrait que timidement quand on actionnait la pédale, si bien que les deux tiers des ordures que j'y précipitais de mon haut nonchalant ou hargneux rebondissaient sur le couvercle, ou y glissaient à une lenteur de limace quand il s'agissait par exemple de nouilles à la tomate que je n'avais pu finir malgré ma bonne volonté, car je n'avais guère d'appétit tous ces temps.

Puis je pris une douche, une de plus, et me brossai les dents de justesse. Le tube de dentifrice était plat depuis des jours. Je me reprochai ma négligence. Je parvins à faire apparaître à coups de marteau une perle de dentifrice au bout du tube, mais c'était vraiment la dernière. Par bonheur, les habits que j'avais passés l'après-midi étaient très convenables, un *jean* de velours noir à fines côtes, une chemise blanche pleine de boutons et de pattes, un gros pull bleu clair qui à vrai dire commençait à me tenir un peu chaud.

J'allai jusqu'à cirer mes chaussures.

Et j'attendis. J'avais très envie de voir Julia Tombsthay. J'attendis en jouant quelques valses de Lauro, si prestes et gracieuses.

La position du guitariste, replié, refermé sur son instrument comme une fleur au crépuscule, position si émouvante, si propice au recueillement et à l'expression quasi religieuse du plus intime de l'être, ne favorise guère par ailleurs le fonctionnement de la digestion, et les œufs, que j'avais absorbés trop vite, de plus achetés au petit libre-service douteux de la rue Burdeau, et dont la poule qui les avait pondus devait être décédée depuis des lustres, ces œufs s'étaient installés dans mon estomac et refusaient tout net d'aller plus loin. J'arrêtai de jouer et fis quelques pas pour tenter de fléchir leur farouche résolution, sans succès. J'absorbai alors une quantité de bicarbonate de soude à faire roter un radiateur en fonte. Ce fut efficace. Une minute plus tard, je prenais une inspiration profonde, ou plutôt elle se prit toute seule, et j'émettais un rot extraordinaire, bref, sec, puissant, BRON ! puis je laissai échapper l'excédent d'air aspiré en faisant faire à mes lèvres : blblblblblbl...

A dix heures pile, Julia Tombsthay frappa à ma porte.

On entrait directement dans la grande pièce.

« Voilà », dit-elle en posant le diapason sur la table.

Son sourire si jeune et si attrayant me fit du bien et dissipa le léger malaise qui m'avait envahi malgré tout.

« Si vous voulez vous asseoir... »

Je lui désignai le lit, disposé le long du mur en face des fenêtres. C'était le seul siège convenable. Je le recouvrais souvent d'une couverture de laine multicolore et y jetais deux énormes coussins pour le faire ressembler à un canapé. Pendant qu'elle s'asseyait, je refermai les trois fenêtres. Il faisait plus doux, mais quand même. Je l'entendis se relever aussitôt. Quand je me retournai, elle était près de moi, à côté du pupitre.

« C'est ce que vous jouez en ce moment ?

— Oui. C'est très joli.

— Il faudra que vous nous jouiez de la guitare, un jour. Mon mari a parlé de vous inviter à dîner. Il aimerait bien vous entendre. Je crois que vous lui avez beaucoup plu. A lui aussi, ajouta-t-elle de façon charmante. Ce sont vos partitions, là ? »

J'en avais plusieurs mètres, sur deux étagères.

« Oui.

— Vous en avez beaucoup.

— Oui. J'ai tout. Presque tout. Presque tout ce qui a été publié pour guitare. C'est ma grande richesse. »

Nous nous regardâmes sans plus rien dire. Voilà,

c'était fait. Nos visages se rapprochèrent au même moment et nous échangeâmes un baiser rapide, léger, très agréable, sans autre contact entre nous que celui de nos lèvres.

« Elle est jolie, cette pièce, avec ces fenêtres. La cheminée marche ?

— Oui. Si on accepte de porter un masque. Le tirage se fait surtout dans la pièce. »

Elle sourit, puis reprit l'air rêveur et mystérieux qui m'avait d'abord frappé chez elle.

« Vous savez, je ne voudrais pas que vous pensiez... »

Je l'interrompis doucement :

« Je vous assure d'avance que je ne pense rien de tel... de vous. »

Voilà qui était bien tourné. Et sincère. Elle sourit à nouveau.

« Vous êtes gentil. Mais laissez-moi vous le dire quand même... Je ne voudrais pas que vous pensiez que j'ai l'habitude d'agir ainsi avec tous les hommes, même avec ceux qui me sont aussi sympathiques que vous. Il est vrai que c'est rare, qu'un homme me soit aussi sympathique que vous. »

Elle alla se rasseoir.

« Je n'ai jamais eu... d'aventure depuis trois ans, depuis que je vis de nouveau avec Graham.

— Vous n'avez pas toujours vécu ensemble ?

— Non. C'est compliqué. Enfin non, c'est tout simple...

— Je peux vous offrir du café, ou de l'eau-de-vie de prune. Je n'ai pas grand-chose.

— Oui, je veux bien.

— De l'eau-de-vie ?

— Oui. »

40

Je remplis deux petits verres et vins m'installer près d'elle.

« Graham est né aux Indes. Il a passé une partie de sa vie en Angleterre. C'est là qu'on s'est mariés. Et séparés, juste après la naissance de Viviane. C'est drôle, mais c'est comme ça. Nous nous sommes revus douze ans plus tard, à Paris. C'était juste avant que Graham décide d'installer son usine à Lyon, et... et voilà. Vous avez quel âge ?

— Trente-quatre ans.

— Je suis contente d'être venue vous voir. »

Elle prit ma main, la posa sur ses cuisses et la caressa.

« Je vais dire des choses sottes. Je ferais mieux de me taire. Vous êtes tellement doux et gentil. J'ai l'impression que vous êtes particulièrement séduisant, en ce moment, parce que vous ne cherchez pas à séduire. J'ai l'impression que vous n'allez pas bien...

— C'est un peu vrai. »

Elle me dévisagea.

« Pas au point... de faire des bêtises, quand même ?

— Non. Pas au point de faire des bêtises. »

Curieuse question. Au ton de sa voix et à sa façon de me regarder, je crus un instant qu'elle allait me proposer quelque chose de fou, une mission-suicide ou je ne sais quoi. Cette idée saugrenue me quitta aussitôt, lorsqu'elle porta ma main à sa bouche et la baisa. C'était très excitant.

« Vous avez une jolie chevalière. »

Je portais à l'auriculaire de la main droite une chevalière en or qui me venait de ma mère.

« Votre mère est morte ?

– Non. »

Elle se pencha vers moi. Je l'embrassai. Peu après, je commençai à dégrafer sa robe. Elle m'aida. Elle avait un corps de jeune femme brune et sportive. Ses fesses étaient dures sous la main. Il s'ensuivait un contraste intéressant avec la grande douceur de la pénétration.

Je n'avais pas fait l'amour depuis longtemps, elle non plus, j'avais très envie d'elle et elle de moi, et nous nous abandonnâmes deux heures durant à mille remuements récréatifs.

Je me retrouvai un peu éberlué au milieu de la nuit, après son départ. Un peu malheureux aussi et angoissé sans savoir pourquoi. J'entrouvris une fenêtre et m'assis sur le rebord. Le ciel était empli d'étoiles. La température se réchauffait.

Puis je ne pensai à rien.

Plus tard, je me mis au lit, vite, en tirant le drap par-dessus ma tête, comme si quelqu'un allait me prendre.

Je m'éveillai à onze heures. En posant le pied par terre, je ressentis une nette douleur au testicule gauche et j'en fus aussitôt alarmé. Allons bon. La journée de la veille me paraissait lointaine, irréelle. Se pouvait-il que moi et Mme Tombsthay... D'autant plus qu'en partant elle ne m'avait rien dit de précis. J'avais l'impression d'une aventure finie.

Plus un brin de café, même si j'avais raclé les parois de la boîte avec une lame de rasoir. J'en avais offert à Julia par distraction et, toujours par distraction, j'avais cru moi-même le matin qu'il en restait. Je m'habillai, établis une liste d'un mètre cinquante, fis un gros paquet de mes habits sales et partis faire des courses, malgré mon horreur de sortir le matin avant d'avoir pris un petit déjeuner.

Le soleil brillait, enfin.

Je revins du libre-service chargé comme un bourricot. La guerre pouvait éclater, interminable et âpre, elle ne me prendrait pas au dépourvu. J'entendis les voisins du deuxième s'engueuler, comme tous les jours. Leurs cris remplissaient tout l'escalier. Elle était une jeune Italienne, lui un Français vieux et pas très propre. Il avait coutume d'appeler son épouse de tendres noms d'animaux ou de fleurs, et le curieux est qu'il ne renonçait pas à de telles appellations au plus fort de l'engueulade. « Mais, mon joli canard tout rose, hurlait-il cette fois, tu vois pas que tu commences à nous faire chier ? » Apparemment, elle ne voyait pas, car il braila de plus belle : « Attention à la beigne, ma petite marguerite en sucre, attention à la beigne ! », et schblum ! en pleine poire, elle la prenait, sa beigne, les deux enfants s'en mêlaient et ça hurlait, ça hurlait, à finir de grimper l'escalier à la course !

Chez moi, le téléphone sonnait. C'était mon père.

« Je pensais justement aller te voir vers midi, lui dis-je.

— Dis donc, tu sais pas ? »

Sa voix d'habitude forte et claire était altérée.

« Non.

— Ta mère revient. Elle a écrit. Je viens de recevoir la lettre. »

Silence. Je compris qu'il se soulageait de l'index de la chatouille d'une larme.

« D'où ? Elle a écrit d'où ?

– De Lausanne. Elle me dit de t'avertir. Elle n'a pas ton adresse, forcément.

– J'arrive. A tout de suite. »

Mon père habitait Villeurbanne, à l'angle de la rue Flachet et du cours Emile-Zola, au quatrième sans ascenseur. J'avais une clé. Je le trouvai prostré dans un fauteuil de la grande pièce, celle qui donnait sur le cours Emile-Zola. Il était hébété. Il ne savait plus où il en était.

« Au fond, je suis content, me dit-il, tu sais bien. Mais il faut le temps de m'habituer. »

Je l'embrassai sur le front.

« Tu m'offres un petit déjeuner ? Je n'ai rien pris ce matin.

– Comment ça se fait ?

– Plus de café. Et puis l'appétit, en ce moment, il est capricieux. Mais maintenant j'ai faim. J'ai l'impression de ne m'être rien mis dans le vide-ordures depuis la dernière éclipse de lune. »

J'aimais bien faire rire mon père. Il aimait bien aussi. Mais quand j'étais plus jeune et qu'il rentrait fatigué ou contrarié du travail, il arrivait que mes plaisanteries obstinées l'agaçassent, au bout d'un moment il se mettait en colère (sans pouvoir s'empêcher de rigoler) et ça finissait parfois très mal, par des baffes ou autre. Alors c'était ma mère qui prenait le fou rire.

A la cuisine, je dévorai cinq tartines de beurre-confiture trempées dans du café au lait, quatre cinquièmes de café et un cinquième de lait. Nous parlions, ou plutôt mon père parlait. Je me sentais beaucoup mieux qu'à mon réveil. Les plaisirs de la chair retrouvés avec Julia, un cours particulier des plus lucratifs, ce succulent petit déjeuner, un père heureux du retour de sa femme volage... Moi-même j'en étais heureux, d'une joie que nulle amertume ne gâtait encore. Une bouffée d'enthousiasme gonfla ma poitrine. Sans ma douleur au testicule, j'aurais presque souhaité maintenant vider jusqu'à la lie ce calice mêlé de nectar et de fiel, comme dit le poète : au fond de cette coupe, où je buvais la vie, peut-être restait-il une goutte de miel !

« Pourquoi Lausanne ? dis-je, la bouche pleine.

– Son fabricant de machines-outils a une maison là-bas. Au bord du lac. Tu penses ! Je crois comprendre que ta mère y est seule. Va savoir ce qui se passe. Enfin, je pense qu'elle sera là d'ici à la fin juillet. »

Tout en me parlant, il parcourait des yeux la lettre, mais ne me la montra pas. Comment préférer un autre homme à mon père ? Il était formidable, grand, mince, souple, drôle, rieur...

Il avait été mis en retraite anticipée deux ans auparavant. Ma mère l'avait quitté à ce moment-là. Ce n'était pas la première fois. Mais c'était sa plus longue absence.

Un morceau de la dernière tartine se détacha, tomba dans le bol et m'éclaboussa le visage.

Avant de partir, je posai à mon père la question rituelle concernant les travaux auxquels il se livrait dans la cave. Jadis, quand il était prisonnier en Allemagne, il avait conçu plusieurs mouvements perpétuels qu'il s'était appliqué à réaliser dans la suite de sa vie. Tous avaient gardé une perpétuelle immobilité, et me servaient de jouets quand j'étais enfant. Il lui en restait un à fabriquer, le plus compliqué et le plus cher. Il en avait commandé les éléments à diverses usines.

Ainsi, j'allais bientôt revoir ma mère...

Je dormis une heure. Le lit avait conservé l'odeur de Julia.

J'avais le visage tout boursouflé de savon à barbe, et je levais déjà le rasoir pour me faire une peau bien nette, opération que je n'ai jamais trouvée fastidieuse mais qui au contraire me procure un vif plaisir, lorsque le téléphone sonna. C'était Varax, évidemment. Grisé par le succès de son précédent conseil, il en avait un autre à mon service.

« Tu penses toujours déménager ? me dit-il.

— Oui, à l'occasion, pourquoi ?

— Eh bien voilà, ce matin j'ai pris l'apéro avec un journaliste du *Progrès*, qui doit faire un article sur mes compositions. Un type très bien, entre parenthèses. Sa petite amie travaille aussi au *Progrès*, mais aux petites annonces, tu comprends ? Elle s'appelle Gisèle Hénaut. Il te suffirait de passer un coup de fil, et elle peut te donner des tuyaux intéressants avant que le journal ne paraisse, tu comprends ? J'en ai parlé au type, il est d'accord. »

Sacré Varax. Je le remerciai, sincèrement qui plus est, puis le renseignai sur ma situation immédiate – des flocons de savon à barbe qui volaient partout, l'appartement comme ravagé par une tourmente de neige, je n'y verrais bientôt plus à un mètre – et promis de le rappeler très vite.

A cinq heures moins cinq, pomponné, la mine fraîche, j'entrai à La Lyre lyonnaise. Je leur avais fait vendre pas mal de guitares. Le vendeur, idiot et intéressé, accourut pour me serrer la main avec un sourire saliveux qui lui réunissait facilement les pointes des lèvres derrière la nuque, mais c'est monsieur Aurphet, comment ça va monsieur Aurphet, et qué ce c'est qui vous fallait monsieur Aur-phet ? J'expliquai à ce vil marchand : des amis allaient arriver, désireux d'acquérir un bon, un très bon instrument...

« Vous tombez bien, me dit-il, on a reçu vendredi dernier un lot de six Yamaha, un nouveau modèle à six mille francs, si... »

Pour le faire bisquer, je jouai au gardien du château qui joue au châtelain. J'eus un geste de la main levée à hauteur de visage et signifiant : plus haut, la barre, mon ami, un client de mon gabarit, pensez donc, un peu de sérieux, voyons, laissez de côté S.V.P. le genre de mandoline à suspendre dans le vestibule et m'allez ouvrir le grand coffre du fond ! tout en lui disant :

« En Kohno ou en Ramirez, il vous reste quelque chose ? »

Son œil s'alluma et jeta des gerbes d'éclairs dans le magasin, avec tout le bois qu'il y avait là ce fut un miracle si un incendie ne se déclara pas.

D'une voix dont il contrôlait mal la justesse :

« Oui, une Kohno et deux Ramirez... Vous voulez voir ?

– Oui. Montrez-moi aussi les Yamaha, à tout hasard. »

Pendant son absence, Viviane et Julia arrivèrent. Un jeune homme les accompagnait, blond, pas très grand, au joli visage un peu mou. Elles me le présentèrent. Il s'appelait Alain, ce qui ne m'étonna pas outre mesure, car il avait une tête à s'appeler Alain. Julia se conduisait avec moi comme si rien ne s'était passé. J'admirai ses talents de comédienne. Quant à Viviane, vêtue du même *jean* que la veille, c'est ses longues jambes que j'admirais. Si elles étaient aussi bien faites qu'il était loisible de l'imaginer, comment supporter une vie qui ne donnerait pas l'occasion de les voir et de les toucher ? J'étais étonné par mes propres pensées. Et ce testicule qui faisait mal...

Le vendeur avait disposé en un clin d'œil les neuf guitares sur la table de la salle principale du magasin. Je m'assurai d'un frôlement de l'index qu'il n'y avait pas de trésor parmi les Yamaha, ce qui n'aurait rien eu d'impossible, et me consacrai à la Kohno et aux Ramirez. Pendant que je les accordais avec soin, Viviane prit dans la sienne la main du dénommé Alain, peut-être pour m'impressionner. Combien ? demanda Julia au marchand. Je l'avais avertie du prix auquel elle devait s'attendre pour l'instrument qu'elle et son mari semblaient disposés à offrir à Viviane, et elle ne broncha pas quand le marchand, yeux plissés et salive torrentueuse, lui répondit en se grattant les omoplates et en dansant le charleston d'excitation mercantile : dix-huit mille la Kohno, onze mille les Ramirez.

Je jouai quelques notes. La Kohno était un peu meilleure que la meilleure des Ramirez. Les basses étaient plus claires, et le manche plus court (comme celui des Fleta) rendait le jeu plus facile.

« Kohno ! C'est rigolo ! C'est quoi, comme marque ? demanda Alain, dont j'appris plus tard qu'il avait dix-huit ans et faisait des études de droit, et dont ce fut toute la conversation ce jour-là.

– Japonais. »

Julia parut inquiète. Je la rassurai. Pour les guitares, comme pour le reste, les Japonais avaient atteint en un temps record un haut niveau de qualité. Même chose d'ailleurs pour les guitaristes. Il devenait rare qu'au palmarès des concours internationaux ne figurent pas un ou deux Japonais. Un jour où il avait bu, ce qui n'était pas dans ses habitudes, Varax avait émis l'hypothèse qu'on les fabriquait dans les mêmes usines que les guitares, sur une chaîne spéciale.

« Tenez, essayez, dis-je à Viviane en lui cédant ma place. On entend mieux quand c'est quelqu'un d'autre qui joue », ajoutai-je pour la mettre à l'aise.

Mais elle n'avait pas besoin d'être mise à l'aise, le seul problème était son *jean*, qui se tendit dangereusement sur ses belles cuisses pendant qu'elle s'asseyait, sinon elle fit sonner gentiment et pas mal du tout quelques accords sur chacune des deux guitares.

« Peut-être que cette... Ramirez, ce serait suffisant ? » dit Julia.

Viviane me jeta un regard furtif de complicité, me sembla-t-il, mais j'avais déjà compris depuis le début qu'elle voulait de toute façon la plus chère. Je ne répondis pas tout de suite, et Julia dit :

« Qu'est-ce que vous nous conseillez ? Qu'est-ce que vous prendriez pour vous ?

— Pour moi, indépendamment du prix, je prendrais sans hésitation la Kohno. »

C'était vrai. De plus les Tombsthay n'étaient pas sur la paille, et j'avais envie de faire plaisir à Viviane. Viviane le comprit fort bien et me remercia d'un sourire à peine perceptible dont niaisement je fus tout fier, mais l'adolescente têtue et désagréable était aussi une fée aux pouvoirs étendus.

« Eh bien, d'accord », dit Julia, qui aurait pu racheter la boutique et l'immeuble sans conséquence notable pour leurs comptes de fin de mois.

Le vendeur, qui tentait d'affecter l'indifférence, parvint de justesse à transformer en profond soupir le hurlement de triomphe qui lui secouait déjà les entrailles. J'en eus chaud pour lui. L'affaire fut faite et Viviane sortit de La Lyre lyonnaise, tenant d'une main sa Kohno dans un solide et splendide étui marron japonais, de l'autre la taille de son fadasse Alain.

« Qu'est-ce que tu fais, maintenant ? lui dit sa mère.

— On va chez Alain. Qu'est-ce qu'elle est belle, cette guitare !

— Tu rentres dîner ?

— Non. »

Pas un mot de plus. Elle me tendit la main.

« Merci, dit-elle. A demain. »

Alain, moins impoli que sot et mou, nous fit un vague signe de la tête, et ils s'éloignèrent en direction des quais de Saône.

« Je ne l'aime pas, me dit Julia. Et il ne m'aime pas non plus. Je n'ai pas beaucoup de temps maintenant, mais si vous voulez, ce soir, on pourrait se revoir ? »

J'en étais ému d'avance.

« Oui, j'aimerais bien.

— Vers la même heure ?

— Oui. Quand vous voulez. »

Elle était garée à deux pas, place Antonin-Poncet. Je la raccompagnai. Nous traversâmes la place Bellecour.

« Je saurai combien il faut y mettre, pour qu'elle soit un peu moins déplaisante, dit-elle.

— Cet Alain, c'est son petit ami ? »

Elle comprit le sens de ma question.

« Je ne sais pas. Sûrement. Il y en a eu d'autres. »
Elle s'en moquait totalement.

« Et votre mari... qu'est-ce qu'il en pense ? »

Elle haussa les épaules, façon de dire qu'il s'en moquait aussi.

« Vous ne connaissez pas Viviane. Et vous ne le connaissez pas, lui. D'ailleurs, quand il a revu sa fille, elle avait douze ans, et c'était déjà une femme. Il n'y avait plus grand-chose à faire.

– J'avais d'abord pensé que ce n'était pas vraiment sa fille.

– Si, c'est bien la sienne. »

Nous nous arrêtâmes à l'entrée du parking. J'avais envie de passer ma main dans les boucles brunes de Julia.

« Je ne vous l'ai pas dit hier soir, mais je vous trouve très jolie... »

Elle sourit et me caressa la joue, une vraie grosse caresse, avec la paume et la main.

« A ce soir. Je suis impatiente. »

Et elle s'en alla.

Elle me fit encore un signe avant de monter dans son Austin Allegro blanche.

Je me retournai et m'apprêtais à traverser devant le cinéma Royal pour rejoindre la rue Boissac où j'avais laissé mon propre véhicule, ma belle Celica moutarde, lorsque j'aperçus la longue silhouette d'Edwige Ledieu debout devant le Royal, au bord du trottoir, immobile, les yeux fixés sur moi. Je reconnus immédiatement la nouvelle voisine des Tombsthay – et je sus immédiatement qu'elle avait été le témoin de la faveur dont m'avait gratifié Julia.

Il fallait prendre une décision. Je la pris et marchai droit sur elle.

Il est difficile de traverser une rue quand quelqu'un vous attend sur le trottoir d'en face. Difficile d'éviter la démarche raidie, l'œil hagard et le sourire crétin, même parfois lorsque la personne est un être proche. A plus forte raison dans les circonstances présentes. Et sans parler du visage de Mlle Ledieu, cette partie gauche dénaturée dont la vue provoquait une tension dont je ne voulais rien laisser paraître, à aucun prix.

Je me tirai avec les honneurs de cette épreuve multiple.

Pourtant, sans son infirmité, serais-je allé aussi volontiers échanger quelques propos aimables avec elle ? Sans doute non, pas de la même façon. Et cela, hélas, elle ne pouvait que le supposer. J'arrivai devant elle.

« Bonjour. Vous sortez du cinéma ? » dis-je à tout hasard.

Or elle sortait bel et bien du Royal, où l'on passait *La Fugue*, d'Arthur Penn.

« Vous l'avez vu ? » me demanda-t-elle.

La Fugue. Night Moves, en américain. Gene Hackman, le « privé », se rend dans une luxueuse villa où une femme lui demande de retrouver sa fille disparue. Vers le milieu du film, l'enquête semble terminée. Mais Gene Hackman sent que la vérité lui échappe, il s'obstine, et l'intrigue redémarre, la tension monte, on s'éloigne de l'anecdote initiale à la vitesse d'une balle de revolver, jusqu'au dernier quart d'heure, homérique et dantesque, Gene Hackman est seul en pleine mer sur un petit bateau, une statue d'idole grimaçante remonte du fond des eaux, un avion au museau aussi rébarbatif que l'idole fond sur lui des hauteurs du ciel...

On ne comprend pas vraiment ce qui se passe.

Si j'avais vu *La Fugue*, d'Arthur Penn ?

« Cinq fois, dis-je avec quelque fatuité. La cinquième ici, au Royal, mercredi dernier, le premier jour.

— Moi, c'est seulement la deuxième fois. Je suis venue aujourd'hui parce que les séances de l'après-midi sont en version originale. Vous ne le saviez pas ?

— Si, mais je l'ai vu quatre fois en version originale. J'avais envie de voir ce que ça donnait en français. On devient vicieux... Vous allez souvent au cinéma ?

— Tous les jours, si je peux. Je vois tout. J'adore le cinéma. »

En quelques secondes, le cinématographe nous rapprocha plus que ne l'aurait fait un an de cohabitation dans un cachot sans fenêtre de deux mètres sur trois, le pied retenu à la même chaîne. Ce fut au point que je lui proposai tout naturellement d'aller continuer la conversation dans quelque débit de boissons des environs, par exemple le bar de l'*Hôtel des Etrangers*, rue Stella.

Elle accepta.

Nous nous mîmes en route. Je marchais à sa droite, et je ne voyais d'elle qu'un beau profil de belle femme, un mélange savant de Greta Garbo et de Katharine Hepburn. Elle devait avoir trente ans. Elle n'était pas rousse, mais ses longs cheveux clairs ondulés avaient de fugaces reflets roux qui attiraient l'attention à chaque seconde. Je l'interrogeai sur son déménagement.

« Tout va bien. Je n'ai plus que mes affiches de

films préférés à coller aux murs », dit-elle en souriant.

Quel malheur que ce visage abîmé ! Edwige Ledieu avait intérêt à ne pas sourire, elle le savait et devait s'en empêcher le plus souvent possible, mais cette fois cela lui avait échappé. La partie comme morte de sa chair transformait tout sourire en une grimace... hideuse, il faut bien le dire, qu'on aurait préféré ne pas voir...

A un moment – nous remontions la rue de la République –, nous passâmes devant un magasin de caméras, appareils de projection et autres articles du même genre.

« Ça vous intéresse ? Vous voulez regarder la vitrine ? demandai-je en ralentissant le pas, moins parce qu'elle avait marqué, me sembla-t-il, un léger temps d'arrêt que pour rompre le silence consécutif à son malheureux sourire.

– Non, pas vraiment. Enfin si, j'ai un vieux magnétoscope que je voudrais changer. Il marche encore bien, mais on fait tellement plus perfectionné, maintenant. J'en ai déjà vu pas mal, ces jours-ci. Je crois que je vais bientôt me décider.

– Vous avez aussi des films sur cassettes, alors ?

– Oui, beaucoup. »

Nous arrivâmes place de la République. Edwige Ledieu avait une démarche souple, harmonieuse, que j'avais déjà admirée la veille.

Je connaissais bien le bar de l'*Hôtel des Etrangers*. Pour deux ou trois fois plus cher, on était vingt ou trente fois mieux que dans la plupart des cafés du centre. Nous nous installâmes. A cette heure, nous étions les seuls clients. J'ôtai ma veste, pour me donner une contenance, mais le regrettai aussitôt car la climatisation fonctionnait, excessive à mon goût.

Edwige Ledieu commanda un café et un cognac (de l'un et de l'autre, je le sus plus tard, elle faisait d'effrayantes consommations), moi un cocktail de jus de fruits baptisé d'un nom ridicule.

« Vous êtes professeur de musique ? De guitare ?

– Oui. »

Je lui dis deux mots de ma vie.

« Vous donnez des cours depuis longtemps, à la fille de Mme... Tombsthay ? C'est bien leur nom ?

– Oui. Non, pas depuis longtemps. Je n'ai pas encore commencé. Demain, ce sera la première fois. »

Avait-elle eu son expression malicieuse en évoquant Julia ? Malicieuse, ou malheureuse ? Et nous avait-elle vraiment vus tout à l'heure ? N'étais-je pas en train de me faire des idées ? Je continuai, sur le ton de la conversation :

« J'avais rendez-vous avec elles cet après-midi, la mère et la fille, pour les conseiller dans l'achat d'une guitare. »

Je remis discrètement ma veste. Sous prétexte que le temps s'arrangeait, on entretenait dans les endroits chics des températures à faire tousser des Lapons.

« Vous habitiez déjà Lyon, avant, ou vous venez d'une autre ville ?

– Non, j'habitais Lyon, à Saint-Irénée. Je vivais avec ma mère. Ma mère est morte, il y a trois semaines. Juste trois semaines. »

Je marmonnai quelque formule inutile. Une serveuse apporta les boissons, différente de celle qui avait pris notre commande, mignonne, et dont on aurait pu dénombrer approximativement les poils pubiens quand elle se penchait tant étaient lâche son décolleté et légère sa vêture. Elle sourit à Edwige, parce qu'elle s'était trompée et avait posé devant elle le cocktail de jus de fruits, sans paraître remarquer son visage. Il faut dire qu'Edwige était alors à son avantage, les traits au repos, sa chevelure croulante dissimulant presque ce qu'il fallait ne pas voir et qu'une douce lumière bleutée tombant du côté opposé laissait d'ailleurs dans l'ombre.

« Ma mère s'occupait d'une régie. Je travaillais avec elle. Enfin, je l'aidais un peu. Sa mort m'a beaucoup affectée. J'ai voulu changer un peu de vie. J'ai commencé par déménager. Avec nos relations, je n'ai eu aucun mal à trouver quelque chose d'intéressant. J'ai vendu notre maison à Saint-Irénée et j'ai acheté boulevard des Belges. J'ai mis un certain temps à me décider, mais maintenant je suis contente. C'est un bel endroit de Lyon. »

Je me demandai comment elle passait ses journées. Elle n'avait pas l'air de quelqu'un qui s'ennuie.

« La régie de votre maman s'appelait comment ?

— Régie Ledieu, simplement. Elle existe toujours, mais j'ai décidé de ne plus m'en occuper du tout. Sans ma mère... J'ai pris un employé.

— Je vous demande ça parce que j'ai beaucoup déménagé moi-même, ces derniers temps. Mais ça ne me dit rien. »

Notre dialogue menaça bientôt de s'enliser. Nous comprîmes tous deux qu'il fallait vite en revenir au cinéma. Edwige reparla de *La Fugue* et en évoqua les grands moments.

Elle en oublia un.

« Vous n'avez pas aimé la scène de la projection ?

Vous savez, quand Gene Hackman comprend qu'il est arrivé quelque chose à la petite en voyant le film de l'accident de voiture ?

– Oui. Il y a une scène qui ressemble un peu à celle-ci dans *Bobby Deerfield*, je ne sais pas si vous vous souvenez, quand Al Pacino se fait passer le film de l'accident où est mort son ami ? »

Et ainsi pendant trois quarts d'heure. Nous avions une même passion pour le cinéma américain et souvent pour les mêmes films, par exemple *L'enfer est à lui*, de Raoul Walsh, dont elle me dit qu'elle l'avait enregistré sur son magnétoscope. Je songeai alors qu'un rendez-vous couvait entre Edwige et moi, imminent, un film vu ensemble, au cinéma ou même chez elle. Je m'en réjouissais plutôt, lorsqu'un incident survint, une maladresse de ma part, stupide, incompréhensible...

« Justement, *Bobby Deerfield* et *La Prisonnière du désert* vont repasser au C.N.P., me dit-elle. Et d'autres films américains plus anciens. Je crois même que j'ai le programme dans mon sac, attendez... »

Elle fouilla dans son sac et me le tendit. Je le parcourus en vitesse. Puis je lui rendis le papier. Elle avança la main, par réflexe, mais elle me dit :

« Non, gardez-le, j'en ai un autre chez moi, deux même. »

Et elle retira sa main, au moment précis où je lâchais ce maudit programme, qui tomba sur la table. Nous voulûmes le reprendre ensemble, nos doigts se touchèrent, et là, imbécile que je fus, je retirai ma main comme si je venais de la poser par mégarde sur une plaque rougie. Je renonce à tenter d'expliquer ce qui s'était passé en moi.

Je me serais battu. J'avais envie de me lever et de

prendre Edwige dans mes bras, de lui dire que j'étais un maladroit imbécile, que mon geste ne signifiait rien, qu'en manière de pénitence j'étais prêt à dévorer sa tasse et mon verre sans en recracher une poussière, mais qu'elle n'aille surtout pas penser, grand Dieu...

Peut-être aurais-je dû. Peut-être aurait-ce été moins grave que le malentendu. Mais nous fîmes l'un et l'autre comme si de rien n'était. Elle avait un grand pouvoir sur elle-même. J'en aurais versé des larmes.

Ou alors j'imaginais tout...

Un quart d'heure plus tard, je la laissai près de son Austin garée rue Jean-de-Tournes.

« Elle est moutarde, comme ma Toyota », dis-je sans conviction.

Et nous nous séparâmes sur un au revoir hasardeux. Je rentrai chez moi tout morose.

Quand je débrayais, quand je m'asseyais ou me levais, ou quand je marchais d'un pas vigoureux, mon testicule gauche se rappelait à mon bon souvenir. La même douleur m'aurait plongé dans une folle panique deux jours auparavant. Pour l'heure, je ne ressentais qu'une inquiétude raisonnable, diffuse. Je me dis simplement que si j'avais encore mal le lendemain, je consulterais un spécialiste, et on n'en parlerait plus.

Et j'oubliai tout, passé et avenir, quand Julia Tombsthay arriva.

Quinze secondes après son entrée, quinze secondes presque silencieuses, nous étions sur le lit, poussant des gémissements qui, en ce qui concerne Julia, devinrent bientôt de délicieux petits cris de chiot. Elle avait un corps ferme, presque trop ferme, et des poils si abondants et longs qu'ils crissaient fortement contre les miens, à mourir de volupté, tandis que nous faisions l'amour avec une rage polissonne, qui nous mena en divers points de la pièce (j'envoyai d'une ruade valser pupitre et partitions) et jusque sur le rebord de la fenêtre, laquelle j'avais laissée ouverte parce que c'était décidément l'été, je rassurai Julia en lui disant qu'on ne pouvait rien voir de la rue, je le savais, et que l'immeuble d'en face était promis à la démolition et inoccupé depuis plus de deux mois, m'avait dit la veuve du rez-de-chaussée, celle qui faisait griller chaque vendredi du poisson à l'odeur insoutenable.

Plus tard, je me reposai un long moment la tête posée sur le ventre de Julia. Ses poils avaient l'aspect ébouriffé qu'ont les hautes herbes quand la neige est partie. Plus tard encore – j'avais refermé les fenêtres, la nuit fraîchissait –, tout en buvant de l'eau-de-vie de prune, je m'enquis avec franchise d'éventuelles tendances jalouses de son époux et des formes qu'elles étaient susceptibles de prendre.

Elle hésita.

« Quand j'ai rencontré Graham la première fois, j'ai été très amoureuse de lui. Tandis que moi, je n'étais qu'une des nombreuses femmes de sa vie. Il ne faisait pas trop attention à moi.

– Mais vous vous êtes mariés ? Il y a eu Viviane ? »

Elle fit la moue.

« Oui, on s'est mariés... Il avait envie de se marier à ce moment-là. Quant à Viviane... oui, bien sûr. Je sais qu'il a eu d'autres enfants, au moins deux. Quand on

59

s'est retrouvés, douze ans plus tard, c'est lui qui s'est entiché de moi. Il m'a souvent dit que pour lui ç'avait été comme une première rencontre. Et là, oui, il a été jaloux, au point de me faire peur. Puis plus du tout. Du moins je crois. Il faut dire que moi... je me suis remise avec lui en grande partie par intérêt. Ou plutôt... Je voulais une maison, de l'argent autant que possible, mais une maison avec un mari et ma fille, vous voyez le genre. Mais c'était trop tard. L'expérience n'a pas été concluante. Graham l'a compris peu à peu, et... Il a toujours été un homme à femmes, je pense que rien n'est changé de ce côté, la question n'est pas là, mais... je sais qu'il m'en veut. Je me suis souvent dit qu'il me détestait. Il est indifférent avec affectation, depuis longtemps. Mais je ne l'ai pas trompé. Parce que je n'en ai pas eu envie. Même après qu'on a cessé de coucher ensemble. Je ne sais pas ce qu'il imagine, ni ce qu'il dirait si... Franchement je ne sais pas. On se parle peu. Je peux dire que je connais mal mon mari. »

Elle avait pris un long détour pour me répondre. Elle ajouta, après un sourire et une caresse :

« Vous êtes satisfait ?

— Presque, dis-je sur le même ton.

— Je suis injuste. En fait, je vous parle parce que je suis contente de vous parler. »

Je ne lui dis pas qu'à mon avis, s'il la détestait, elle le détestait aussi, et très fort. Non parce qu'elle l'aimait encore ou autres fariboles, mais il m'arriva de penser au fil de ses confidences ou semi-confidences qu'elle le haïssait d'une haine toute pure, toute crue. Elle continua d'elle-même, et pour elle-même :

« Pendant nos années de séparation, j'ai connu beaucoup d'hommes. »

Nouveau sourire, nouvelle caresse.

« Et j'ai beaucoup voyagé, aussi. J'ai de la famille en Angleterre.

– Et... Viviane ? »

Elle ne comprit pas très bien ce que je voulais dire par cette question. Moi non plus.

« Viviane... Parfois elle m'accompagnait, parfois non. Viviane... »

J'attendais la suite.

« Elle m'énerve un peu, en ce moment. Elle est insupportable. »

Je n'insistai pas.

« J'ai pris un verre avec votre voisine, cet après-midi. Je l'ai rencontrée par hasard.

– Ma voisine ? Ah ! oui... Et alors ?

– C'est quelqu'un d'intéressant. Je l'ai rencontrée devant le Royal. Je me demande si elle nous a vus nous dire au revoir. »

Julia partie, je pensai comme la veille, mais d'une façon différente, que mon aventure avec elle était peut-être terminée. Puis je pensai à Edwige Ledieu avec un serrement de cœur. M'étais-je fait une ennemie de cette amie possible ? Ou une amie-ennemie ? Et serait-il déplacé de lui téléphoner bientôt ?

Je jouai un peu de guitare et me couchai, épuisé. Mais de forts vrombissements m'empêchèrent de trouver le sommeil. Des mouches et autres insectes avaient envahi la pièce par escadrons au début de la soirée et menaient grand tapage dans l'obscurité imparfaite (il n'y avait pas de volets aux fenêtres). Je dus me relever. Je ne pouvais exterminer les coupables un par un, comme je l'avais cru d'abord, l'été n'y aurait pas suffi. Je me souvins alors qu'une bombe insecticide me suivait dans mes déménagements. Je la cherchai pendant dix minutes et la retrouvai sous l'évier de la cuisine, où j'avais regardé vingt fois, enveloppée dans une serpillière malodorante, et j'en profitai pour la jeter à la poubelle. Puis je vaporisai une quantité de gaz assassin à faire vaciller un taureau de combat, mais, soit que le produit eût perdu de sa virulence, soit que les insectes cette année-là ou dans ce quartier-là fussent d'une espèce la plus coriace, je ne réussis qu'à les exciter davantage : se débattant au cœur de la mort sans fin que je leur avais infligée, ils rassemblaient toutes leurs énergies vitales et se livraient aux acrobaties les plus audacieuses, les plus désordonnées et les plus tonitruantes. On se serait cru aux moments forts d'Indianapolis. Infernal. Le vacarme et la frénésie de l'agonie étaient trente fois pires que ceux de la vie.

Je ne parvins à m'assoupir qu'au lever du jour.

III

Un de mes amis avait eu jadis une orchite, sorte
d'infection des bourses qui les lui rendait douloureu-
ses et les gonflait aux dimensions d'un melon. Je
retrouvai sa trace par ses parents (il habitait maintenant Chambéry) et lui téléphonai. Il avait vu à
l'époque, me dit-il, un grand médecin lyonnais, le
Dr David Zébron, un dermatologue qui s'était peu à
peu spécialisé dans les affections de la biroute et de
ses parages.

Je téléphonai donc à Zébron, car j'avais toujours
mal. Il était deux heures et je pataugeais dans les
cadavres de mouches.

Je tombai sur une dame des plus aimables. Non,
hélas ! pas de rendez-vous cette semaine, me répondit-elle. La semaine suivante, alors ? Non plus. Et...
la suivante ? Ah ! non, malheureusement non, encore
moins. Je m'apprêtais à lui demander si vers Pâques
de l'année à venir les rendez-vous s'éclaircissaient un
peu, lorsqu'elle me dit : « Est-ce que c'est urgent ? »
Je bafouillai : « Euh... oui, non, je ne crois pas », d'un
ton si misérable qu'elle trouva une solution : « Bon,
attendez... Venez vendredi à cinq heures, dix-sept

heures, je vois qu'il y a une défection. Normalement, on réserve les défections pour les urgences, mais enfin... Cela vous est-il possible ? »

Ça l'était. Le rendez-vous fut pris. Comme je pouvais m'y attendre, je constatai une nette amélioration de mon état dès que j'eus raccroché, et je songeai alors que, physiologiquement et psychologiquement, la reprise d'activités sexuelles, dans les circonstances qui étaient celles de cette période de ma vie, expliquait sans doute ces vagues lourdeurs et élancements dans les parties plaisantes de mon individu. Oui, mais pourquoi d'un seul côté ? Et la douleur ne devenait-elle pas plus forte à nouveau ? Bref, j'avais rendez-vous le surlendemain avec un couillologue notoire, il fallait me calmer et n'y plus penser.

Je sortis, pris la Toyota, que je trouvai bien sale, et roulai au hasard. Je n'avais pas faim, mais je sentais que j'aurais faim le soir, et envie de viande fraîche, de préférence à mes éternels conserves et surgelés. Je m'arrêtai devant une grande boucherie à Saint-Priest où j'avais échoué après une heure de route. J'adore la viande, mais je déteste les bouchers. C'est pourquoi je mangeais tant de conserves et de surgelés depuis que je n'étais plus avec Cécile. Les bouchers sont les pires des commerçants. Je les ai en horreur. Ils le sentent et m'en font voir de toutes les couleurs.

Une jeune fille était devant moi. Elle voulait un steak.

« Un steak pour madame ! claironna le boucher, un grand poilu entre deux âges. Un bon steak bien tendre, ma petite dame ?

— Non, marmonnai-je à l'intention de la petite

dame, un bien dégueulasse à couper à la scie circulaire. »

Elle étouffa de la main un bref fou rire puis désigna une pièce de rumsteck :

« Oui, dans ce morceau. »

Pendant que le boucher lui en découpait une tranche, elle se tourna vers moi et se remit à rire. Elle était jeunette et mignonne.

« Et pour monsieur, ce sera ? m'apostropha le voleur avec un sourire d'une sincérité criante.

— Un steak aussi, dans le même morceau. »

Il affecta de n'avoir pas entendu la fin de ma phrase, et, comme ils me font toujours, alla pêcher sous son étal une longue dentelle noirâtre sur laquelle aurait pissé un chien affamé sans soupçonner que ça se mangeait.

« Un joli steak, comme ça ?

— Euh... non, je préférerais dans le même morceau, là... »

Une telle exigence le mit hors de lui. Son sourire éclatait d'une sincérité toujours plus intense. On s'attendait presque à le voir se fendiller et se répandre sur le sol dans un bruit de verre brisé.

« Mais bien sûr, monsieur, comme vous voulez ! »

Il se vengea en me taillant un pavé sur lequel aurait pu vivre une armée durant une longue saison d'hiver.

« Comme grosseur, ça va ? »

Je contre-attaquai sur le mode plaisant : s'il m'en supprimait les neuf dixièmes, lui dis-je, ce serait parfait, j'en aurais jusqu'au mois prochain, à condition certes de tenir table ouverte tous les soirs. Je finis par obtenir satisfaction. La petite cliente, que j'entendais rire, se servait à divers présentoirs en pommes chips, boîtes de haricots, aliments pour chats, et nous payâmes en même temps. Le hasard voulut que j'eusse alors dans mon portefeuille un billet de cent francs qui n'était pas sans ressembler au premier steak proposé par le boucher, taché, crevé, froissé. Delacroix y était méconnaissable, on aurait dit un portrait de Pifret-Chastagnoul. La dame de la caisse me rendit la monnaie d'un air dégoûté. Quant au boucher, je le voyais dans une glace affûter un long couteau en me fixant d'un sale œil.

Je me retrouvai sur le trottoir avec la jeune fille toujours riante.

« Ils sont terribles, ces bouchers, dis-je. Dès qu'ils voient un homme, il faut qu'ils essaient de le rouler. Vous habitez Saint-Priest ? »

Elle me désigna une H.L.M. toute proche.

« J'habite là.

— C'est trop près pour que je vous propose de vous raccompagner en voiture, alors...

— Oui, c'est trop près. Et puis, mes enfants jouent dans le parc. Qu'est-ce qu'ils diraient s'ils me voyaient arriver avec un homme ?

— Vous avez des enfants ? C'est incroyable. Ne le prenez pas mal, mais je vous donnais entre quinze et vingt ans.

— Eh non, j'en ai bientôt trente. Et j'ai deux enfants...

— Excusez-moi, je...

— Non, ce n'est rien, au contraire, dit-elle en riant.

— Vous travaillez ?

— Non. J'avais commencé des études par correspondance, plus jeune, puis je me suis mariée. »

J'ouvris la portière de la Toyota, jetai mon steak sur le siège du passager et m'installai.

« Vous vous appelez comment ?

– Martine.

– Moi, David. (Je mis la voiture en route.) Eh bien... au revoir, Martine...

– Au revoir. »

Elle partit en direction de son H.L.M. Elle était un peu embarrassée, moi aussi.

Je rentrai en ville à toute vitesse. Je récupérai mes habits à la laverie de la rue Imbert-Colomès, la plus proche mais où on me rendait de grands slips Kangourou à la place de mes chemises. Chez moi, je téléphonai à mon père. Il me dit qu'il se laissait pousser la moustache, comme au bon vieux temps. Puis j'écoutai deux fois de suite la magnifique *solea* de Serranito, si brillante et si recueillie à la fois.

A cinq heures vingt, je me douchai et allai donner mon premier cours de guitare à Viviane Tombsthay. Il me restait trois exemplaires du tome I de la méthode de Nicolas Alfonso, que j'avais oublié de leur faire acheter à La Lyre lyonnaise. J'en pris un avec moi, le moins abîmé.

C'est Graham Tombsthay qui m'ouvrit la grille, avant même que je sonne. Il était vêtu d'un superbe costume marron clair et fleurait l'eau de toilette de prince.

« Justement je partais, me dit-il. (Il me prit le bras et m'accompagna jusqu'au perron.) J'espère que Viviane vous donnera satisfaction. En tout cas, elle semble disposée à travailler. Je ne l'ai jamais vue si enthousiaste.

– Je vais faire de mon mieux, dis-je.

– Avant que je vous laisse : ma femme et moi avons pensé vous inviter à dîner. Est-ce que vous seriez d'accord pour venir un soir ? Est-ce que vous avez le temps ? »

Le temps ? Ma foi oui, j'avais le temps. J'avais même le temps de venir prendre mes trois repas chez eux tous les jours s'ils voulaient. Ce n'était pas une question de temps. Mais mes rapports avec sa femme, si brutalement intimes... Je trouvais Graham Tombsthay à la fois aimable, mélancolique et nerveux. Et scrutateur. Il avait passé la main sur son crâne et la laissa posée sur sa nuque en attendant ma réponse, tête inclinée. Soudain, l'espace d'un instant, je n'aurais pas été autrement surpris de l'entendre me dire : « A propos, avec Julia, ça se passe bien ? Vous allez continuer ? Les essais sont satisfaisants ? » et autres absurdités grossières. Mais alors pourquoi m'inviter ? Simple civilité, ou raison plus retorse – un homme aussi occupé perdrait-il son temps avec un quasi-domestique, que de surcroît il connaissait à peine ?

Je chassai ces idées saugrenues.

Il fallait évidemment accepter, vite et d'un ton dégagé. Je me découvris bon comédien moi aussi. Nous convînmes du lundi suivant, je resterais après le cours.

« Julia vous en reparlera », me dit-il en ouvrant la porte.

Pourquoi « Julia » et non « ma femme », comme tout à l'heure ? Julia arriva dans le couloir. Elle me serra la main sous l'œil bleu profond et de plus en plus attentif de Graham.

« Tu n'es pas encore parti ? lui dit-elle. Tu vas être en retard !

— C'est vrai, il faut que je me dépêche. A bientôt, monsieur Aurphet. »

Il ne reparla pas de son invitation devant sa femme.

Il ne me quitta pas des yeux jusqu'à ce que la porte, refermée, s'interposât entre nos regards. N'avait-il pas attendu mon arrivée pour s'en aller ? Pour voir comment sa femme et moi allions nous comporter ? Ou simplement pour me rencontrer, et me faire les yeux doux ? Julia m'avait dit que je lui avais beaucoup plu...

Mais assez, je supposais trop, sous l'effet d'une vague culpabilité sans doute. Si je me mettais à interpréter le moindre haussement de sourcils, palpitation de narines et crispation des lèvres, je n'allais plus vivre. Et je voulais vivre.

Je renonçai à ennuyer Julia avec de nouvelles questions sur la jalousie de son mari. Après tout, elle devait savoir ce qu'elle faisait. De plus, dans leur maison de rêve, j'étais intimidé. Julia devenait un peu plus Mme Tombsthay, femme de l'industriel bien connu, et un peu moins la délicieuse maîtresse des soirs précédents. Et pourtant...

« Je risque de ne pas être libre d'ici à vendredi, peut-être même samedi, me dit-elle quand nous fûmes seuls. Mais je vous téléphonerai. Venez, Viviane est au petit salon. Elle ne lâche plus sa guitare. »

Elle frappa à la porte. Viviane vint ouvrir.

« A tout à l'heure, dit Julia. Travaillez bien. »

Ce petit salon, comme le grand, donnait sur le parc de la Tête-d'Or. Plantes vertes et bibelots y étaient un peu moins nombreux. On avait moins l'impression d'être chez un antiquaire excentrique, mais tout autant dans un aquarium, en partie à cause d'une vaste ouverture vitrée plus large que haute. Le soleil, venant de gauche, se reflétait dans l'écran d'une superbe télévision et de là se plantait tout droit dans mon œil. Deux chaises datant d'une époque reculée étaient disposées près de la fenêtre.

Je serrai la main de Viviane, qu'elle me tendit sans raison d'un peu loin, au point d'être obligée de se pencher.

« Dans l'autre salon on voit le parc en Todd-Ao, ici c'est seulement le cinémascope », lui dis-je.

Remarque qui en valait une autre. Il fallait bien dire quelque chose à l'adolescente éclatante, à l'enfant au corps de femme qui m'observait sans pitié, et dont les milliards de cheveux châtains emmêlés à jamais changèrent de couleur à chaque instant quand elle alla prendre sa guitare entre un pouf rose et un cèdre nain, ou ce que je supposais être un cèdre nain, tant étaient prompts et variés les jeux de lumière de ce côté de la maison.

« Vous avez de la chance d'habiter un endroit pareil. On se sent vraiment ailleurs.

— Oui, mais on est quand même ici, dit-elle.

— C'est ça le charme, non ? »

« Oui » réticent. Nous nous installâmes. Je remarquai le pupitre au bois foncé, incrusté de motifs en nacre ondoyants comme des serpents.

« Mon père dit qu'à une vente aux enchères il pourrait monter jusqu'à trente mille francs. »

Elle me regarda. Elle comprit dans les grandes lignes ce que je pensais de cette intéressante information, car elle ajouta aussitôt :

« Je vous dis ça comme ça, moi je m'en fous. Mon

70

père achète depuis des années toutes sortes d'objets de valeur. Il y en a plein la maison, on ne saura bientôt plus où les mettre. »

Je vérifiai l'accord de la Kohno.

« Elle se désaccorde tout le temps, c'est normal ? me dit-elle.

– Oui. C'est parce que les cordes sont neuves. Il faut qu'elles trouvent leur place. Elle est très bien accordée, bravo. »

Seule avec moi, sans public, Viviane la ramenait moins, comme on dit. Pendant les quarante-cinq minutes que durait le cours, elle se montra une élève attentive, appliquée, docile. Je lui fis déchiffrer d'emblée une petite valse de Carcassi, un maigre défilé de notes qui s'enchaînaient un peu bêtement sur un rythme à 3/4, et qui n'évoquaient certes pas les fastes grisants et fracassants d'un salon viennois où évoluent deux cents couples entraînés par autant de violons, mais enfin c'était une vraie valse, plus attrayante qu'un quelconque exercice anonyme.

Viviane était toute contente. Rien n'est plus exaltant au début que de réveiller et recréer une partition même très simple, d'interpréter ces signes de rien du tout et de leur donner organisation et signification. Elle n'eut aucun mal à respecter une bonne tenue de l'instrument, dont je lui expliquai les avantages. Elle avait un niveau de solfège honnête, bien suffisant en tout cas pour les deux tomes d'Alfonso. Et elle était évidemment musicienne. Pour le reste, je vis que les problèmes viendraient de sa main droite, peu agile. Je m'en assurai en lui faisant exécuter quelques arpèges sur les cordes à vide, puis nous finîmes la leçon par le déchiffrage de la première portée d'une étude en arpèges de Mauro Giuliani, un peu trop difficile pour elle, mais cela faisait partie de mes (rares) principes pédagogiques.

Je fus moi aussi très sérieux pendant le cours, très professionnel – sans aller néanmoins jusqu'à ne pas remarquer les seins ronds, un peu forts, nus sous la chemise, de mon élève unique et favorite, le front très lisse, la rectitude et la finesse du nez (le nez de son père à la réflexion), et toujours les longues jambes parfaites et les grands yeux clairs troublants, toujours enfin le petit quelque chose insituable et inexprimable qui me fascinait en Viviane, et aussi peut-être m'effarouchait.

Le cours terminé, j'essayai mieux la Kohno. Je jouai en entier l'étude de Giuliani, en mi mineur, tonalité qui laisse sonner le plus de cordes à vide sur la guitare, quatre, et permet d'entretenir dans les pièces en arpèges une rumeur plaisante et impressionnante – en entier et en un clin d'œil, sliiiitchiiii-ououou, à peine commencée déjà finie. Bravo. La main droite, à moi, c'était mon fort. C'est pourquoi je faisais assez bonne figure dans le répertoire flamenco et, après Giuliani, j'y allai d'une *granadina* bien fournie, arpèges, gammes, trémolos et *rasgueados* crépitant dans tous les sens. La petite fée en resta sur son joli derrière. La Kohno jouait toute seule, une merveille. Elle était pour l'instant moins percutante et contrastée que ma Ramirez, mais ça changerait vite. Si j'avais eu une telle guitare à quinze ans...

Je la tendis à Viviane. En la reprenant, elle s'embarrassa, eut un geste maladroit et m'envoya l'extrémité du manche en pleine figure. Le coup fut assez rude pour que je laissasse échapper un aïe ! et que je portasse la main à mon maxillaire endolori.

« Je vous ai fait mal ? s'écria Viviane en se dressant.

— Non, lui dis-je, ce n'est rien. Huit jours dans le plâtre et il n'y paraîtra plus. »

Elle fut étonnée, surprise que je plaisante, et sensible à mon type de plaisanterie. Elle eut un franc sourire, comme au bord du rire, où il tomba l'instant d'après car le chat roux, hypocritement tapi et somnolent jusqu'alors sous quelque plante tropicale, sauta soudain d'un vaste bond sur mon dossier de chaise et assura son équilibre en plantant ses griffes dans mon épaule gauche. Je ne savais plus ce qui m'arrivait. Je poussai un nouveau aïe ! en quittant mon siège au plus vite, comme si j'allais plonger par la fenêtre pour échapper à l'horreur qui m'agressait.

« C'est le chat, dit Viviane, la main devant la bouche. Excusez-moi, je ris, mais... Il vous a fait mal ?

— Non, dis-je en reprenant mes esprits, ça va. La chirurgie fait des miracles, de nos jours. »

J'étais certain que Viviane ne riait pas souvent ainsi. Sans le savoir vraiment, j'étais en train de gagner en bonne partie sa confiance par mon numéro comique volontaire et involontaire. Elle me proposa des soins que je refusai.

« C'est mauvais, les griffures de chat. Tu vas voir, Sabot ! »

Cela à l'adresse du chat, qui s'appelait Sabot et qui avait de nouveau disparu. Elle était sur le point de me demander de voir mon épaule, mais elle n'osa pas. Je rangeai ma guitare dans son étui en rêvant de suspendre la sale bête au lustre par la moustache.

Quand je me redressai, Viviane ne riait plus du

tout. Et même, à la façon dont elle me regardait, je devinai avec certitude l'imminence d'une importante déclaration, qui vint en effet :

« Ma mère vous a sûrement dit que je couchais avec tout le monde ? »

Poum ! Une bombe dans la pièce. Je fus stupéfait, moins de ce qu'elle me disait, puisque sa mère m'avait bel et bien laissé entendre quelque chose d'approchant, que de sa façon de dire soudaine et crue. Je me servis de cette stupéfaction pour paraître sincère quand je lui répondis :

« Non, pas du tout, quelle idée ! »

Perspicace, la fille des Tombsthay. A moins que... A moins que quoi ? Qu'elle n'ait filé sa mère depuis deux jours ? Avec la complicité de son ami Alain, un sur les toits l'autre dans les égouts ? Je me traitai d'imbécile.

Sabot m'observait de derrière le pouf. En voilà un, pensai-je, qui n'avait pas intérêt à me tomber sous le sabot en ce moment.

« Et si c'était vrai ? dit Viviane, très tendue.

— Non, je vous assure que non.

— Non, que je couche avec tout le monde ? »

Aïe. Troisième aïe. Instants délicats. L'adolescente en crise m'élisant pour son médecin de l'âme... Mais Viviane avait trop de grâce et d'éclat pour se perdre et se ternir tout à fait dans la banalité d'une situation. Et je devais, moi, éviter à tout prix de jouer le rôle du frère aîné.

« C'est votre vie à vous, et ça ne regarde que vous », dis-je doucement, l'esprit plein de l'idée d'une cigarette que je me voyais allumer et fumer en trois bouffées.

Puis je ne pus me retenir :

« Pourquoi pensez-vous que votre mère a pu me parler de choses pareilles ?

— Mes parents me détestent. Enfin, non, mais ça revient au même. Mon père ne dirait rien, mais ma mère... Il suffit qu'elle rencontre quelqu'un qui lui plaise... »

Elle faillit m'irriter. Je fus de nouveau repris de soupçons idiots.

« Ecoutez, j'ai vu vos parents pour la première fois avant-hier...

— Moi aussi, vous m'avez vue pour la première fois avant-hier, et je suis bien en train de vous parler.

— Pourquoi ? »

Elle baissa les paupières. Ses cils étaient si longs que toute la verdure de la pièce en frémit comme sous l'effet d'une brise d'avril. J'exagère. Aujourd'hui encore, je suis nerveux en repensant à cette scène de haute voltige.

« Je ne sais pas... Est-ce qu'elle vous a dit qu'avec mon père ils ont été séparés plus de dix ans ? »

Je n'hésitai pas :

« Oui, elle m'en a parlé. »

Elle devint un peu méfiante et agressive.

« Vous voyez qu'elle vous a déjà parlé ! Ce qu'elle ne vous a sûrement pas dit, c'est que pendant ces années-là elle s'est débarrassée de moi autant qu'elle a pu. J'ai été dans des pensions, dans de la famille, des gens que je ne pouvais pas sentir, en Angleterre ou ailleurs. »

Silence. Je regardai par la fenêtre. Le portail de communication entre le jardin et le parc était juste en face. Par une trouée dans le feuillage, il me sembla reconnaître la stature et les longs cheveux lisses de l'homme que j'avais vu lors de ma première visite.

Viviane reprit d'une voix plus calme :

« De toute façon, mes parents se détestent entre eux. Ma mère n'a jamais pardonné à mon père de l'avoir laissée seule, avec moi à élever.

– Vous êtes sûre... que vous n'exagérez pas ? Il y a des moments où on a tendance à tout grossir, à se raconter des histoires...

– Non, je n'exagère pas. Vous, vous n'allez rien dire ?

– Non.

– C'est vrai ?

– Je vous le promets.

– Je ne veux pas avoir l'air ridicule. Je regrette même...

– De m'avoir dit tout ça ?

– Oui.

– Non, vous avez bien fait. »

Mon Dieu non, elle n'était pas ridicule. Elle donnait même noble allure à son rôle pourtant ingrat d'héroïne de film psychologique récent. J'eus soudain envie d'aller lui faire un gros et doux baiser dans le cou, en écartant du nez ses lourds cheveux, mais c'était une autre des erreurs à éviter, le genre ami de la famille qui profite des circonstances, une main tapotant l'épaule en geste de réconfort paternel et bourru, et l'autre se glissant sournoisement entre les cuisses de la jolie déprimée. Je ne sais comment me voyait Viviane alors, mais sûrement pas comme un partenaire possible. Et moi-même, je crois pouvoir dire que je ne la désirais pas encore vraiment.

Je mis ma veste.

« Vous restez à Lyon tout l'été ?

– Je ne sais pas. Mes parents sont obligés de rester, ils prendront leurs vacances en septembre. J'aimerais bien partir fin juillet en Espagne, dans le Sud. Mon père a une maison là-bas. Il en a partout. C'est au bord de la mer, près d'Almería. J'espère qu'ils me donneront la permission. Sinon je partirai quand même, n'importe où. Et vous ?

— Je n'ai aucun projet. Peut-être que je ne bougerai pas de Lyon. »

Je pris congé de Viviane. Elle se rassit avec sa guitare et me laissa sortir seul.

« A vendredi, dis-je.

— Oui. Excusez-moi de vous avoir raconté tout ça...

— Vous avez bien fait. Bon travail.

— Merci, au revoir. »

Du couloir, je l'entendis jouer la valse de Carcassi.

« Ça s'est bien passé ? me demanda Julia.

— Très bien. Elle aime la guitare. Le peu de guitare qu'elle a déjà fait lui profite, elle ne part pas vraiment de zéro. Votre mari m'a invité à dîner lundi prochain.

— Oui, il m'en a parlé.

— C'est lui qui a décidé ?

— Oui, bien sûr. Je me suis contentée de lui dire pourquoi pas. Ça vous ennuie ?

— Un peu.

— Il ne faut pas. Tout se passera bien, vous verrez. »

Dans un petit coin de ma tête, depuis deux jours, je ne pensais qu'à faire l'amour avec Julia. Sauf empêchement, me dit-elle, elle viendrait chez moi le vendredi, en début d'après-midi.

Je partis.

Je ne remarquai aucun mouvement du côté de chez

Edwige Ledieu, pas plus qu'en arrivant. Sur le quai, je fus doublé par une grosse BMW blanche, à laquelle je prêtai attention parce qu'elle était toute neuve et rutilante. Son conducteur, dont je ne vis que la nuque, avait les cheveux longs, plutôt blonds et plats de l'homme du parc.

Je pus voir à l'aide de deux glaces les marques laissées derrière mon épaule par les griffes du chat, deux petites lignes presque parallèles qui commençaient à se boursoufler. Je me badigeonnai de teinture de Merfène en grimaçant. Un peu plus tard, je mangeai mon gros steak avec volupté. Je dus reconnaître qu'il était délicieux. J'eus une pensée attendrie pour Martine, mère de famille impubère ou peu s'en fallait, dont le mari n'allait pas tarder à tourner le bouton de la télé pour regarder les informations.

Mes pâtes bouillaient, trop fort, avec un glougloutement hargneux. Je me levai et coupai le gaz d'un geste plus hargneux encore, comme si c'était de leur faute. Je les goûtai en me brûlant la langue. Je les trouvai cuites à point.

Je terminai mon repas par des asperges en conserve minuscules, natives de l'autre bout du monde. J'en posai quatre ou cinq sur des toasts un peu rances tartinés de mayonnaise en tube au goût inconnu de moi, et engloutis le tout. C'était bizarre, mais non sans charme.

L'appétit revenait bel et bien.

Hélas ! malgré l'amélioration de mon état que je constatais ces jours-ci, commença ensuite une de ces soirées d'ennui radical dont j'avais le secret depuis deux mois. Cela ressemblait à un accès de maladie.

Les instants s'écoulaient, interminables, d'une monotonie à hurler pour la rompre. Je ne savais pas quoi faire de ma peau, s'il fallait sortir ou rester chez moi, être assis ou debout, lire un livre ou en déchirer mélancoliquement les pages. A trente-quatre ans, la vie était toujours pour moi une attente, mais je me disais dans ces moments-là qu'il n'y avait rien à attendre, que ce temps qui passait, ces nourritures que j'absorbais, mes mains, que je regardais parfois, les voisins qui criaient, Cécile, Julia, le crépuscule, la veille et le lendemain, l'immeuble désert d'en face, les mouches mortes, mes trois fenêtres, c'était cela la vie et rien d'autre, et il n'y avait rien, rien à attendre.

Comme souvent, je me rabattis sur la musique, bien que la musique elle-même ne fût pas alors d'une efficacité infaillible. J'écoutai la première face de la *Passion selon saint Matthieu* de Bach. Mon installation hi-fi était médiocre, sauf par bonheur la tête de lecture de la platine, d'acquisition récente, qui avait amélioré de façon spectaculaire la qualité de l'ensemble. Une merveille de la technique. Je m'étais ruiné. Je m'extasiais chaque fois que je passais un disque. Par rapport à avant, c'était le jour et la nuit. Je redécouvrais certains de mes enregistrements, dont cette tête de lecture allait réveiller les moindres nuances au plus profond des sillons les plus usés. J'en fis encore l'expérience ce soir-là avec un très ancien quarante-cinq-tours lisse comme une toile cirée du duo de guitares Pomponio Martinez Zarate, leur premier disque en France, de la marque lyonnaise Teppaz aujourd'hui disparue.

Aller au cinéma ? Je feuilletai *Lyon-Poche* dix fois de suite. J'avais vu tous les films, et je trouvai brusquement la chair triste. Fuir ! Là-bas, fuir ! Où, sinon au C.N.P.-Opéra revoir pour la sixième fois *Bobby Deerfield* qui passait à vingt-deux heures quarante-cinq ? Mais je n'avais pas envie de bouger. Pas envie de rester immobile non plus. Je n'avais envie de rien.

Les époux Pomponio Martinez Zarate jouaient le banal *Intermezzo* de Manuel Ponce et les *petizadas* 2 et 6 de Villa-Lobos. Incroyable. Ce disque, passé sur un électrophone normal, ne produisait plus qu'un murmure grelottant, comme une pluie de mai sur de la tôle ondulée, tandis que là j'avais l'impression que les musiciens se déchaînaient dans mon dos, tant, par vertu essentielle, allait chercher le son au creux le plus lointain de la matière cette étonnante tête de lecture qui aurait arraché la *Neuvième* à un plat à tarte.

Puis j'en eus assez des disques et des cassettes, et j'allumai la radio. On n'a pas à choisir et on ignore ce qu'on va entendre. Suspense et espoir délicieux, d'autant plus vifs si d'aventure on explore les ondes courtes, où il y a dix stations par millimètre. C'était une de nos plaisanteries traditionnelles, avec Cécile, certains dimanches après-midi de désœuvrement sans limites, où nous nous proposions en manière de dérision d'écouter les ondes courtes.

Je mis France-Musique. Hélas ! c'était l'époque où une succession de réformes imbéciles salopaient, souillaient et contaminaient à jamais cette source de plaisirs musicaux que constituait jadis France-Musique. J'attendais à cette heure-ci la suite de l'intégrale des quatuors de Haydn, or je tombai sur une émission de folklore kurde, la première d'une série de quatre-vingts, comme l'expliqua pendant dix minutes un speaker jovial. J'appris plus tard dans une revue de radio que le producteur de l'émission sur Haydn avait été congédié. Il était parti en claquant la porte et en traitant les nouveaux de trous du kurde. L'émission suivante, consacrée aux jeunes espoirs de la musique contemporaine, s'appelait *Crac et vrac !* et commença par une pièce intitulée *Chute libre*. Après un quart d'heure de silence, on entendait un piano qui s'écrasait sur un trottoir.

A onze heures moins vingt-cinq, n'y tenant plus, je fonçai au C.N.P.-Opéra et revis *Bobby Deerfield*. Bien m'en prit. J'en sortis détendu et content, et je dormis bien cette nuit-là. Marthe Keller m'avait moins gêné que d'habitude dans son rôle de femme mourante qui apprend la joie de vivre à Al Pacino, et même, je l'avais trouvée émouvante.

Je retournai au C.N.P. le lendemain après-midi à la séance de quatre heures. On passait *Liaisons secrètes, Strangers When We Meet*, de Richard Quine, avec Kirk Douglas, Kim Novak et Walter Matthau. J'avais déjà vu ce film, mais à la télé, chez mon père, qui regardait tout.

A la sortie, je rencontrai Edwige Ledieu. Je n'en fus pas autrement surpris. Elle fit d'abord semblant de m'ignorer, je le crains, mais un mouvement de foule nous précipita presque front contre front, et nous en vînmes forcément à nous saluer et à échanger quelques mots.

Elle n'avait aimé que médiocrement le film. (Entre parenthèses : liaisons secrètes ! Etrangers, quand nous nous rencontrons ! Julia, Edwige, le bar de l'*Hôtel des Etrangers* ! La vie a parfois l'ironie et la coïncidence lourdes... Mais il en était ainsi.)

« Moi non plus, je n'ai pas tellement aimé, dis-je, sauf le dernier quart d'heure. L'histoire devient plus symbolique. Vous avez vu *La Fille sur la balançoire*, de Richard Fleischer ?

– Oui. C'est bien meilleur. »

Je le savais, que c'était bien meilleur. Je n'avais pas besoin qu'on me le dise.

« Oui, mais j'y pense à cause de la fin, la dernière séquence, plus du tout réaliste, vous vous souvenez ? »

Nous étions debout sur le trottoir, face à face. Autour de nous, les gens s'éparpillaient. Le soleil déclinant dorait toute la rue Edouard-Herriot jusqu'à la place des Terreaux.

« Oui. Joan Collins est merveilleuse. Mais j'aime moins Ray Milland, dans ce film en tout cas. »

Pas de doute, Edwige Ledieu me cherchait des poux.

« Vous avez raison, dis-je. J'ai toujours regretté que le rôle ne soit pas tenu par James Mason. »

La foudroyante pertinence de ma remarque la laissa muette. Quand on pense à James Mason comme partenaire de Joan Collins dans *La Fille sur la balançoire*, on ne peut plus se sortir cette idée de la tête. C'est un regret qu'on traîne jusque sur son lit de mort.

Edwige en fut agacée. De toute façon, elle était déjà agressive avant. Et moi, je dois avouer à ma honte que j'avais envie non pas d'être méchant avec elle, ce serait trop dire, mais de la contrarier un peu. Peut-être pour tuer dans l'œuf toute manifestation de pitié. Ou pour provoquer après coup une grande pitié... Mieux vaut ne pas s'interroger trop avant. Et quand je lui proposai d'aller prendre un verre comme la dernière fois, elle accepta en partie – c'est du moins ce que j'imaginai – pour continuer la lutte, toujours naturellement sur le terrain cinéphilique.

« Vous avez remarqué, me dit-elle quand nous fûmes attablés près d'une vitre dans le café bien protégé de la place Saint-Nizier, comme Walter Matthau ressemble à Paul Meurisse.

– Oui, bien sûr. Mais je trouve que c'est surtout Alan Ladd vieillissant qui ressemble à Paul Meurisse. Si vous avez vu *L'Or du Hollandais* de Delmer Daves ou *Tonnerre sur Timberland* de Robert Webb, vous comprendrez tout de suite ce que je veux dire. Et je me demande, dis-je encore, m'excitant tout seul, si je ne suis pas le seul cinéphile au monde à avoir perçu une ressemblance proprement surnaturelle parfois entre Jean-Pierre Léaud et Dick Rivers, vous savez, le chanteur yé-yé ? »

Irritant, pédant, tête à claques, voilà ce que j'étais, malgré mon ton volontairement emphatique. Edwige m'observait sans mot dire. Encore quelques rodomontades du même tabac (ah ! comme j'en aurais bien grillé une !) et elle allait me gratifier d'un soufflet.

Pour l'heure, le silence, la défaite, la haine passive de l'ennemi m'incitèrent à m'acharner, à le frapper à terre !

« A propos de Walter Matthau, continuai-je dans mon élan frénétique, vous avez remarqué que chaque fois qu'il joue avec Kirk Douglas il se fait étriller par lui ? On vient de les voir dans *Liaisons secrètes*, mais c'est vrai aussi, je ne sais pas, moi, dans *La Rivière de nos amours*, d'André de Toth, un exemple entre cinquante mille. »

J'aurais été bien en peine de donner un troisième exemple... Elle eut un pauvre soubresaut de résistance :

« Oui, je me souviens, dans *La Rivière de nos amours*. J'ai l'affiche chez moi.

– Moi aussi, dis-je, en espagnol. *Pacto de honor,* c'est le titre espagnol. »

Insupportable, odieux. Allait-elle m'envoyer son cognac dans l'œil, pour me défigurer, comme elle, ou se mettre à pleurer ? Ou alors elle s'en moquait complètement, et je me faisais mon petit cinéma tout seul...

« En américain *The Indian Fighters*, en français *La Rivière de nos amours*, en espagnol *Pacto de honor,* c'est rigolo, non ? Je l'ai vu dans un village qui s'appelle La Escala, sur la Costa Brava. Version espagnole, évidemment, *¿ cómo va usted, señor Capitán ?* Tordant. C'était le dernier jour. J'ai demandé l'affiche au gérant. Il me l'a donnée très gentiment. Les deux punaises du bas, il les a enlevées à la main, mais pour celles du haut il ne s'est pas cassé la tête, il a tiré d'un coup sec, fraiaac ! J'ai fait la grimace comme s'il m'arrachait une oreille. Mais j'ai bien réparé avec du scotch. »

Ouf. Je me calmai d'un coup. Edwige le sentit, ne m'envoya pas son verre à la figure ni ne pleura, mais demanda conseil pour l'achat de quelques disques de guitare, instrument qu'elle connaissait peu. Je me sentais penaud. C'était la deuxième fois que je me conduisais comme un crétin avec elle. Je lui notai quelques titres sur un papier.

« Si vous ne trouvez pas tout, dites-le-moi, je vous enregistrerai une cassette ou deux. A propos, vous avez acheté un magnétoscope ?

– Pas encore. Demain après-midi. Je crois que je me suis décidée. C'est un bel appareil, vous verrez. »

Je verrais ? Ah ! bon.

Je la quittai un peu avant sept heures. Je devais récupérer ma voiture que j'avais laissée au garage Gailleton, place Gailleton, pour le changement des plaquettes de freins et pour un nettoyage complet, intérieur et extérieur.

« J'ai envie de vous dire que je vous trouve particulièrement élégante, ce soir, dis-je sans réfléchir, alors qu'elle s'apprêtait déjà à s'éloigner.

– Merci », dit-elle d'une voix neutre.

C'était vrai. La courbe des hanches, mise en valeur par une jupe longue, étroite et de tissu très fin, répondait à l'ample ondulation des cheveux retombant sur son visage, et le soleil, l'éclairant par-derrière, marquait cette chevelure d'une ligne rousse et floue sur fond d'un petit bout de ciel, là-bas, à l'extrémité de la rue de Brest, place des Jacobins, à gauche de la fontaine. Un beau plan de cinéma. Et soudain... Au risque d'être ridicule et de faire celui qui cherche décidément à se rattraper, j'exprimai l'idée qui venait de s'imposer à moi :

« Pour en finir avec notre petit jeu des ressemblances... Comme vous êtes maintenant, vous me faites penser à Greta Garbo, dans *La Chair et le Diable*, de Clarence Brown. Mais avec un petit quelque chose de Katharine Hepburn, c'est curieux... »

C'est elle qui eut le dernier mot :

« Oui, je me suis dit la même chose avant de partir de chez moi, tout à l'heure... »

Je dissimulai un grand sourire derrière ma main droite.

« Bravo, dis-je. A bientôt au cinéma ?

– D'accord. »

Nous en restâmes là. Edwige Ledieu, la beauté défigurée, la femme élégante qui devait s'interdire de rire et de sourire, s'éloigna de sa démarche souple en direction du quai Pêcherie où était garée sa pimpante Austin mini.

Pimpante, aussi, je retrouvai ma lourde et sensuelle Toyota Celica moutarde ancien modèle, sièges noirs fatigués et tableau de bord d'hélicoptère, véhicule peu banal aux allures excitantes de voiture de vieux *thriller* américain.

Je me rendis chez mon père sans téléphoner. Je le trouvai vêtu avec soin, prêt à sortir.

« Je vais dîner chez Joseph et sa femme, me dit-il. Ça fait des mois que je me défile, j'ai fini par me décider. »

Joseph, un homme assez intelligent, était le seul ami du temps de l'usine que mon père avait conservé.

« Tu as raison, ça te fera du bien. Dis donc, tu as fait un saut à Nice, aujourd'hui ? »

Il comprit et me dit en riant :

« Non, seulement une petite promenade sur les quais. Tu sais comme je bronze vite. C'est incroyable, le temps a changé d'une heure à l'autre... C'était quand, lundi ? »

Son visage et ses mains avaient un léger hâle. Contrairement à moi, mon père bronzait avec une étonnante facilité. Dès que la radio annonçait le beau temps, il commençait à prendre une petite teinte. Je remarquai aussi sa moustache naissante aux poils gris-noir, alors qu'il avait les cheveux tout blancs.

Nous prîmes l'apéritif. A huit heures et demie, je le

laissai aller chez ses amis, qui habitaient tout près, dans l'immeuble au-dessus du Monoprix-Gratte-Ciel. Sans cette invitation, j'aurais volontiers passé la soirée avec lui.

J'avais de moins en moins envie de rentrer montée de la Grande-Côte, pas envie non plus de voir n'importe qui. Je décidai de dîner seul au restaurant. Une demi-heure plus tard, je me garais sur le trottoir rue Palais-Grillet, en face de la pizzeria *Carlo*, où l'on mange les meilleures pizzas du monde.

Par bonheur, il restait une place dans la petite salle du fond. Je m'installai, coincé entre une dame qui avait un mal à la lèvre et un homme maigre qui but en dix minutes un litre entier de valpolicella, et en face d'un adolescent aux jambes si longues que je pouvais lui voir les pieds en me retournant. Délectable pizza, à la pâte fine, cuite à point et pourtant moelleuse mais sans être élastique. A dix heures et quart, abruti de chaleur et de bruit, je sortis et fis un tour à pied qui me mena de l'autre côté de la Saône, à Saint-Jean. Je ne m'étais pas promené dans le vieux Lyon depuis pas mal de temps. Des travaux de restauration métamorphosaient le quartier. Je reconnus à peine le Temple et la place du Change, décrassés et joliment éclairés.

Chose qui ne m'arrive jamais, je m'arrêtai dans quatre cafés pour boire du vin. A minuit, je repris faim et m'envoyai une petite crêpe à *La Tortore*. A une heure et quart, gai sans être ivre le moins du monde, je regagnai tranquillement la montée de la Grande-Côte. La nuit avait une vraie douceur d'été.

Je n'ai pas l'habitude de vérifier si on me suit dans la rue, et je ne me retourne pas spécialement quand j'entends des pas derrière moi, même tard le soir. J'en entendis, légers, précipités, au moment où j'entrais dans mon immeuble.

Il n'y avait pas de porte, elle avait dû être arrachée un jour. J'allumai la faiblarde minuterie et posai mon pied sur la première marche de l'escalier, lorsqu'une poigne irrésistible me saisit à la nuque, me tira en arrière et me courba sur les poubelles.

« Pose tes mains à plat et ne te retourne pas », dit une voix d'homme, basse et un peu haletante.

J'obéis. Mon voleur de quartier déployait une force de brute et me maniait comme un sac de copeaux, de sa seule main gauche.

« Ton portefeuille, il est où ?

— Dans ma veste, poche intérieure gauche », dis-je d'une drôle de voix.

Sans cesser de me broyer la nuque, d'un geste rapide il s'empara de mon portefeuille. Il se tenait à ma droite. Il était vêtu d'une chemise et d'un pantalon large. Je ne cherchai pas à résister, je n'aurais réussi qu'à prendre un mauvais coup.

Soudain, quelqu'un d'autre arriva, puis aussitôt je sentis sur mes cheveux la fraîcheur d'un mouvement d'air, puis une matraque s'abattit à trois centimètres de ma main droite écartée sur le métal des poubelles, plouing !

L'étau se desserra. Je pus me dégager et me jeter de côté. Mon voleur était aux prises avec un autre homme – l'homme que j'avais vu au parc, et peut-être en voiture – qui le ceinturait et tentait d'immobiliser le bras tenant la matraque. Tous deux soufflaient à grand fracas.

La minuterie s'éteignit. Je me précipitai pour rallumer. Je fus bousculé, je reçus un coup violent à l'épaule, un objet tomba sur les poubelles, quelqu'un s'enfuyait.

J'allumai. Le voleur n'était plus là. Je ne songeai pas un instant à le poursuivre. Mon libérateur, le visage contracté, s'assit sur une marche en se tenant le ventre.

« Vous êtes blessé ? m'écriai-je.

— Non. J'ai reçu un coup de coude dans l'estomac. »

Il fit entendre un gémissement.

« Vous voulez que j'appelle un médecin ?

— Non, pensez-vous. Ça va déjà mieux. »

Il s'adossa au mur et alluma une cigarette. Il portait toujours son blouson de cuir marron clair. Sa chemise ouverte laissait apercevoir une poitrine musclée et sans poils. Il était costaud, mais avait quelque chose de féminin dans le visage et dans la voix, très douce.

« Merci. Je vous remercie d'être intervenu. Dès que vous vous sentirez mieux, vous viendrez prendre un verre chez moi, si vous voulez. Il m'a volé mon portefeuille, cet abruti.

— Il a eu le temps ? Je me promenais, je l'ai vu courir derrière vous, j'ai tout de suite compris. »

Il se mit debout. Il était à peu près de ma taille, mais beaucoup plus fort. Malgré l'agitation des instants précédents, ses cheveux d'un joli blond cendré étaient restés bien coiffés. Seule la frange sur son front avait subi quelque bouleversement.

J'appuyai sur le bouton de la minuterie.

« Ça va ? On peut y aller ? J'habite au troisième.

— Je veux bien. Mais je ne voudrais pas vous déranger.

— Vous plaisantez. »

J'aperçus alors la matraque, à côté des poubelles. Je la ramassai. Elle était de fabrication artisanale, trente centimètres de tuyau d'arrosage vert clair aux extrémités duquel on avait enfoncé de force dix centimètres de barre de fer.

Nous montâmes.

Dans l'appartement, je m'inquiétai encore du coup qu'il avait reçu.

« C'est fini, me dit-il. J'ai le ventre musclé, et il ne m'a pas vraiment surpris.

— Moi j'ai été surpris, dis-je en me massant la nuque. Je vous laisse une seconde, je vais aller me passer un peu d'eau.

— Il vous a frappé là ? Faites voir...

— Non, seulement empoigné. Mais il avait des mains d'étrangleur. »

Il s'approcha de moi et souleva mes cheveux. Je sentis un souffle léger dans mon cou.

« Rien de grave. Vous aurez un bleu, c'est tout. »

Je le fis asseoir sur le lit et allai à la salle de bains. Je me mis carrément la tête sous le robinet. J'en ressentis un grand soulagement.

Je lui offris de l'eau-de-vie de prune, qu'il avala comme de l'eau claire. Il alluma une autre cigarette. Ses mains et ses ongles étaient propres et bien soignés.

« Vous allez porter plainte ?

— Je ne sais pas. Oui, si je veux récupérer mon portefeuille. Il faut que je signale le vol. J'avais trois cent cinquante francs, et tous mes papiers surtout. Vous avez vu à quoi il ressemblait, ce type ?

— Non. Il était petit et plus très jeune. J'ai à peine vu sa figure. Vous avez dû avoir peur ?

– Oui, j'ai eu peur. C'est la première fois que ce genre d'aventure m'arrive. »

Je l'observai plus attentivement. Mes mains tremblaient, pas les siennes. Il était calme, sûr de lui. Je lui donnai le même âge que moi, peut-être un ou deux ans de plus. Il était plutôt beau garçon. Ses traits non absolument réguliers et l'expression de ses yeux bleus offraient un mélange de douceur et de brutalité. Le dessin des lèvres était féminin.

« Je crois que je vous ai déjà vu, lui dis-je. Au parc de la Tête-d'Or, et hier en voiture. Vous avez bien une BMW blanche ?

– Oui, c'était sûrement moi. Je suis à Lyon pour un travail qui me laisse beaucoup de temps, je me promène toute la journée. Je vais souvent au parc de la Tête-d'Or. C'est un bel endroit.

– Vous ne vous souvenez pas de m'avoir vu, lundi dernier vers cinq heures ? Vous aviez un parapluie, vous avez regardé dans le jardin d'une des villas au bord du parc.

– Je les ai toutes regardées. Si vous étiez là à ce moment, je vous ai sûrement vu. Oui, c'est vrai, je dois vous avoir vu. Elles sont très jolies, ces maisons au bord du parc. »

Qu'il ne me reconnaisse pas avec certitude était surprenant, mais possible après tout. Mais, pensai-je aussitôt, que faisait-il à plus d'une heure du matin dans mon quartier désert ?

« Vous n'habitez pas Lyon, vous êtes seulement de passage ?

– Oui. C'est une ville que je ne connaissais pas. Je n'y suis pas depuis longtemps, mais j'ai déjà dû explorer toutes les rues. J'adore la marche à pied. Je vais dans un quartier, je laisse la voiture et je marche. J'habite Paris.

— Vous n'avez plus mal ?

— Ça va. Je regrette de n'avoir pas pu faire mieux, c'est dommage pour votre portefeuille. »

Nos regards tombèrent en même temps sur la matraque. Un reste de peur et un élan de reconnaissance me poussèrent à lui dire :

« En tout cas, merci encore. Je ne sais pas comment vous remercier. Des gens se font parfois attaquer, dans ces rues derrière les Terreaux. Mais généralement les voleurs sont plus jeunes. Des voyous. Et ça se passe plutôt le samedi soir. Sans vous, il m'aurait assommé. »

Le vol de mon portefeuille, fait divers insignifiant, ne changeait en rien le caractère ordinaire de ma vie jusqu'alors. La réponse de mon nouvel ami à ma remarque, si. C'est par elle, d'une certaine façon, que tout commença.

« Je ne pense pas, dit-il.

— Quoi ?

— Qu'il vous aurait assommé.

— Ah ! bon. Mais cette matraque ?

— S'il avait voulu vous assommer, il l'aurait fait tout de suite, et il vous aurait volé après.

— Mais enfin, quand vous êtes arrivé...

— Quand je suis arrivé, il n'allait pas vous frapper sur la tête, mais sur la main. Etant donné sa position, il ne pouvait vous frapper que sur la main. D'ailleurs, il avait déjà abaissé le bras quand je l'ai ceinturé, vous vous souvenez ? Il a raté votre main de peu. »

J'eus un rire niais.

« Mais pourquoi ? »

Il regarda autour de lui.

« Vous êtes musicien ? Guitariste ?

– Oui. »

J'eus alors la conviction – mais non directement à cause de ce qu'il me disait – que mon sauveur était un homme intelligent, très intelligent. Il s'empara de la matraque.

« C'est une arme, vous savez. S'il vous avait touché avec ça, avec la force qu'il a mise dans son coup, il vous aurait cassé la main. Vous n'auriez pas pu jouer pendant longtemps. C'est votre métier, vous donnez des cours ?

– Oui. Mais le portefeuille... J'ai été volé, quand même !

– Ça ne veut rien dire. C'est peut-être une mise en scène. Supposez que quelqu'un veuille vous faire du mal, sans que vous vous doutiez de son identité... Ce quelqu'un a pu louer les services d'un petit malfaiteur chargé de vous casser la main, tout en vous laissant croire à un vol.

– Mais qui ?

– Alors ça... Une vengeance d'un mari jaloux, peut-être ? Dans ces cas-là, c'est la première idée qui vient à l'esprit. »

S'il continuait de raisonner ainsi, il en arriverait vite à penser à une mère et à un père d'élève – s'il n'y avait déjà pensé –, et même, d'une simple question (« Ces gens chez qui vous étiez, quand vous dites m'avoir vu ?... »), pourrait me faire parler des Tombsthay. J'avais l'irritante impression qu'il me menait peu à peu là où il voulait me mener.

« Je ne connais pas de mari jaloux, dis-je.

– Peut-être que j'ai trop d'imagination. »

Je fus certain qu'il ne disait pas cela sincèrement. Il savait qu'il avait semé le doute dans mon esprit, au

point de pouvoir se permettre cette feinte reculade –
censée le mettre à l'abri, lui, de tout soupçon ?... Qui
était-il, que savait-il ? Et que me voulait-il ?

« Je peux vous demander votre nom ?

— Daniel. Daniel Forest. Et vous ?

— David Aurphet. En tout cas, je vous trouve très
malin. »

Il fumait sans arrêt, de longues cigarettes brunes à
la fumée épaisse. Il baissa la tête et la releva.

« Malin ?

— Dans vos déductions et vos hypothèses, dis-je,
désireux de ne pas lui montrer que j'avais percé son
jeu. (Si jeu il y avait. Et quel jeu ?)

— Déformation professionnelle, sans doute.

— Quelle profession ? »

Il me regarda avec un air d'enfant malheureux.

« Est-ce que je peux vous faire confiance ?

— Si vous me le demandez, c'est que vous le savez
déjà. Oui, bien sûr, vous pouvez me faire confiance.

— Vous n'allez pas me croire. Vous allez penser que
je suis fou.

— Dites quand même.

— Mon travail est d'éliminer des gens. »

Je laissai passer quelques secondes.

« Vous êtes un tueur ? dis-je comme malgré moi.

— C'est un vilain mot, mais... oui. »

Parfait, tout s'expliquait. J'étais tombé sur un fou.
Il était beau, sympathique, courageux, immédiatement attachant – il m'avait à coup sûr évité une
blessure pénible, mais il était fou. Je réussis à garder
un visage impassible.

« Si vous étiez vraiment un tueur, dis-je d'une voix
normale, vous ne m'en parleriez pas. Ou pas si vite.

— Vous vous trompez, dit-il calmement. On ne fait

jamais ce genre de confidence, c'est vrai. C'est d'ailleurs très dur de ne jamais en parler à personne. Mais quand on en parle, si on se laisse aller à en parler, c'est justement comme maintenant, sans réfléchir. Parce que l'envie est trop forte. C'est la première fois que ça m'arrive, conclut-il d'un air songeur.

– Et vous avez... quelque chose à faire à Lyon ?

– Oui. »

Un fou. Riche sans doute, et sans doute fils de bonne famille, un peu dégénéré, solitaire et maussade, qui a fait du sport, de vagues études qui n'ont mené à rien, et dont la folie s'installe et s'aggrave avec l'âge.

Il me fixait.

« Je vous comprends, dit-il. Excusez-moi. J'ai eu besoin de parler, tout d'un coup. »

Je ne savais quelle attitude prendre. Je ne voulais ni le blesser ni lui donner l'impression qu'il pouvait me faire avaler n'importe quoi.

« Vous avez déjà tué des gens ? »

Il hésita, ouvrit la bouche, se ravisa, dit enfin :

« Oui. C'est arrivé. Ne vous sentez pas obligé de faire comme si vous me croyiez. Je vais vous laisser. Je suis content d'avoir pu vous rendre service.

– Je ne me sens obligé de rien du tout, mais mettez-vous à ma place. Après cette histoire de vengeance, vous m'annoncez que vous êtes un tueur... Vous n'avez pas peur que j'aille vous dénoncer ?

– Vous m'avez dit que je pouvais vous faire confiance. Je sais quand je peux croire les gens. Je ne me trompe jamais. »

Il se leva après avoir allumé une nouvelle cigarette.

« Je m'en vais.

— Vous habitez où ?

— J'ai loué un studio à la Croix-Rousse, rue Chazière. Même si vous ne me croyez pas, réfléchissez à ce que je vous ai dit. Soyez prudent. On a peut-être cherché à vous casser la main. D'ailleurs... je vous note mon adresse et mon téléphone. N'hésitez pas à m'appeler. »

Il déchira une feuille de carnet et écrivit. Je le laissai faire.

« Et même téléphonez-moi pour rien, si vous voulez. Je veux dire... Franchement, je serais content de vous revoir. Je suis encore à Lyon pour quelque temps, je n'y connais personne... »

Il eut un sourire terriblement séduisant :

« Vous devez vous dire que c'est risqué, de fréquenter un tueur ? »

Je ne savais plus que penser. S'il était fou, il n'en avait vraiment pas l'air.

« Je vous assure qu'il n'y a pas de danger », dit-il, toujours en souriant.

Il ouvrit la porte. « Ma petite coccinelle en pâte d'amandes, si tu remplis cette valise, je t'arrache les yeux, tu peux y compter ! » Les voisins du deuxième. Je ne les avais jamais entendus en pleine nuit. La situation se dégradait.

Daniel me tendit la main.

« Au revoir, dis-je. Merci encore.

— Je vous en prie. A bientôt, peut-être ?

— Pourquoi pas ? » dis-je prudemment.

Il s'engagea dans l'escalier.

Il était deux heures du matin. Je jetai la matraque à

la poubelle et me couchai après avoir vaporisé du produit à moustiques à la virulence intacte. Je ne sentais plus rien à la nuque, sinon un vague engourdissement. Les griffures du chat, en revanche, étaient cuisantes.

Drôle d'histoire. Graham Tombsthay m'avait-il envoyé un sbire ? Idée grotesque. Néanmoins, plus j'y pensais et plus je me disais que mon agresseur avait bien visé ma main. Et ce Daniel Forest, me suivait-il depuis quatre jours ? Je le rencontrais bien souvent sur ma route... Mais pourquoi ? Rien ne tenait debout. Un tueur ! Etait-il fou ? Ce qui se passait s'expliquait-il par un mélange de folie et de coïncidences, ou bien le petit orteil de mon pied gauche venait-il d'être happé dans l'engrenage d'une machination ténébreuse et inexorable ?

Après une heure de questions sans réponses, je finis par trouver le sommeil.

Le produit insecticide, parfumé, sentait bon, je ne pouvais pas dire que j'étais mécontent de tout ce qui m'arrivait, et même cet élancement au testicule, que j'avais ressenti quand j'avais plié ma jambe droite pour la glisser sous les draps, faisait partie de l'espèce de bien-être qui m'envahit soudain au moment où je m'endormis.

IV

Je dormis deux heures, pas une minute de plus. Il est sans doute vrai que les érections nocturnes entraînent des rêves de vol, car je m'éveillai dans un état fort intéressant après avoir rêvé deux heures durant que j'évoluais gracieusement à travers les airs d'un nuage à l'autre jusqu'à une plage lointaine sur laquelle je me posais en douceur, face à la mer infinie.

Je sus que je ne dormirais plus. Je n'insistai pas et me levai. J'eus envie d'aller prendre un petit déjeuner avec croissants dans un café. Je m'aspergeai le visage d'eau fraîche, mis un pull et sortis.

Il faisait un temps merveilleux.

Je n'aurais su dire depuis combien d'années je ne m'étais pas trouvé dans les rues à une heure aussi matinale. C'était agréable et même exaltant. Je descendis aux Terreaux d'un pas alerte.

J'arrivai sur la place. Quelques clochards, assis sur le rebord de la fontaine de Bartholdi, se frottaient les yeux, se grattaient le ventre, s'étiraient en grognant et s'envoyaient derrière la cravate leur première lampée de gros rouge de la journée. Je fis le tour de la fontaine. Le simple bruit de l'eau, et quelques gouttelettes reçues, me remplirent de joie. J'avais envie de vivre et d'être heureux.

Pour faire comme tout le monde à cette heure-ci, j'achetai *Le Progrès* au petit tabac-journaux côté nord, à deux pas du cinéma où j'avais vu jadis *Dirty Harry* de Donald Siegel. En attendant mon tour d'être servi, je lorgnai du côté des cigarettes – l'idée d'une cigarette que je fumerais après le petit déjeuner se déchaîna dans ma tête, hurla, cogna, en proie à un caprice odieux –, mais je ne cédai pas. Puis mon regard fut attiré par les titres énormes de la presse à scandale qui annonçaient sans broncher : « Elle assomme ses deux amants avec le corps de son enfant mort », ou : « Le gynécologue homosexuel sodomisait ses clientes après leur avoir fixé de fausses verges », et autres informations capitales sobrement communiquées.

Malgré la relative fraîcheur de l'air, je m'assis à la terrasse du *Royaume* et pris le meilleur café au lait de ma vie. Le soleil levant étincelait dans toutes les vitres de l'hôtel de ville. Les voitures étaient encore peu nombreuses. Sur le trottoir d'en face, on installait des échafaudages pour blanchir la façade du palais Saint-Pierre.

Tout en avalant mon troisième croissant, je songeai que je n'appellerais pas Daniel Forest, mon sauveur de la veille. C'était amusant de rencontrer un fou, mais il ne fallait pas en abuser. Je feuilletai *Le Progrès*. En voyant les petites annonces, j'eus l'idée de téléphoner à la personne dont m'avait parlé Varax Varaxopoulos. Mon envie de déménager changeait de nature. Je voulais quitter la montée de la Grande-Côte, mais pour m'installer dans un endroit qui me plairait, où je me sentirais chez moi et où je resterais longtemps.

Toilettes et téléphone étaient au sous-sol. Une odeur d'urine me souleva le cœur. Le téléphone, graisseux, sentait le croque-monsieur. Je le tins aussi loin que possible de mon oreille et de ma bouche. Au *Progrès*, on me passa immédiatement Gisèle Hénaut. Et trente secondes plus tard, cette jeune personne à la voix criarde me proposait une location intéressante, qui ne figurerait dans les annonces que le lendemain. Il s'agissait d'une petite maison indépendante avec jardinet et jolie vue, située montée des Lilas, un peu plus loin que le pont de la Boucle en direction de Caluire. Le loyer très faible s'expliquait par des difficultés d'accès, c'est du moins ce que Gisèle Hénaut avait cru comprendre. Elle me donna le téléphone des propriétaires, que je pouvais appeler dès huit heures, et me demanda de bien la tenir au courant.

Je flânai jusqu'à huit heures dans la zone piétonne entre les Terreaux et Perrache.

J'avais décidé d'attendre le lundi pour signaler dans un commissariat le vol de mes papiers. Je trouvais excitant de n'être personne le temps d'un week-end. J'en avais assez de moi-même. Je me serais senti plus heureux encore, ce matin-là, et mon impression de recommencer à vivre aurait été plus complète si j'avais pu être un autre, je ne sais qui, je ne sais comment.

A huit heures moins dix, je bus un café au bar-tabac *Chez Marcel*, rue des Tables-Claudiennes, où était garée ma voiture, et à huit heures cinq j'appelai M. Lampéda, le propriétaire de la maison. Je tombai sur sa femme. Elle me dit que je pouvais aller visiter

100

dès maintenant la petite maison, 7, montée des Lilas. Les locataires actuels, M. et Mme Lise, étaient sur place. Ils déménageaient le lendemain samedi. Si la maison me convenait, je n'aurais qu'à passer les voir, M. Lampéda et elle, plus tard dans la matinée. Ils étaient en retraite, je les trouverais à coup sûr, 3, place Kléber, quatrième étage.

Je prévins M. et Mme Lise de ma visite et je sautai dans la Toyota.

Je me garai sur le quai, cours Aristide-Briand, devant la montée des Lilas. Ladite montée consistait en fait en un escalier plutôt raide qui allait se perdre dans la verdure de la colline. Il fallait grimper l'équivalent de six étages pour arriver au 7. Où étaient les six autres numéros ? La maison paraissait isolée. On ne voyait rien, sinon une grue.

Je sonnai au petit portail en bois du jardinet. M. Lise vint m'ouvrir. Il était plus jeune que moi. Il avait pris sa journée pour préparer le déménagement du lendemain. Du jardin et même de la maison, on avait une vue merveilleuse sur le Rhône et sur le parc de la Tête-d'Or. Je songeai qu'avec de bonnes jumelles il devait être possible d'apercevoir les Tombsthay dans leur jungle.

La maison, peinte en blanc, au toit plat, était petite et mal foutue. Un garage, une cuisine, une salle de séjour et une chambre se suivaient à la queue leu leu de gauche à droite. Pas de hall, pas de vestibule. On entrait directement du jardin dans la salle de séjour. Mme Lise, dont j'appris que le prénom était également Lise, me proposa un café que je refusai. Je visitai les lieux. La cuisine était jaunâtre et la chambre verdâtre. Seule la salle de séjour était décorée avec un certain goût, sans doute par hasard.

Quant aux Lise, ils étaient gentillets, mais très sales. Le déménagement n'excusait pas tout. Les murs, les meubles, la vaisselle étaient sales. Leurs ongles étaient sales. Ils auraient pu tirer la chasse avant que j'arrive, j'aperçus au passage un étron hétérogène et fripé qui ne me disait rien qui vaille.

Lise Lise était enceinte. On venait de leur accorder un appartement dans une H.L.M., à Saint-Priest. Je leur demandai où, mais ce n'était pas le H.L.M. de la petite Martine.

J'eus le coup de foudre pour cette maisonnette. Le seul ennui, me dirent-ils, c'était d'y arriver. On pouvait passer par-derrière, par le haut – M. Lise me fit un plan étonnamment bien dessiné –, mais le trajet était long et malcommode, au point qu'ils avaient fini par préférer les escaliers. Il fallait prendre la montée de la Boucle jusqu'à la rue Pasteur à droite, puis rue de l'Oratoire, rue de l'Orangerie, et un petit bout de la rue de Verdun. Un vrai labyrinthe. Et une fois là, on n'était pas au bout de ses peines. En effet, le quartier était en pleine transformation. On construisait plusieurs lotissements sur la hauteur, dont un au début de la rue de Verdun. Les maisons anciennes étaient promises à la démolition à plus ou moins longue échéance, et on ne se préoccupait guère d'en favoriser l'accès. Les promoteurs faisaient comme si elles n'existaient pas. Chantiers, rues barrées, rétrécies ou défoncées obligeaient à tournicoter longtemps avant de parvenir au garage, et encore, avec une petite voiture. Eux avaient une R 5. Plus gros, c'était impossible. Cet état de choses était bien entendu provisoire, mais durait déjà depuis des mois. Il y avait eu des plaintes, des pétitions, un entrefilet dans le journal. Pas de résultat pour l'instant.

Ma décision ne fut pas ébranlée. Je considérerais que j'habitais au sixième au lieu du troisième, voilà tout. Il y avait autre chose, me dirent-ils, rougissant et les pieds en dedans : ils avaient mis du linoléum dans la chambre et un bout de moquette dans la salle de bains et ils comptaient réclamer une petite reprise, oh, trois fois rien, six cents francs... D'accord, leur dis-je, c'était bien normal.

Je leur demandai la permission de téléphoner. J'appelai les Lampéda (ce fut encore Madame qui décrocha) pour leur dire que l'affaire était conclue et qu'ils pouvaient compter sur ma visite d'ici à une demi-heure, puis Gisèle Hénaut, à qui je dictai le texte d'une petite annonce pour louer mon propre appartement.

L'annonce paraîtrait le lundi.

Je fis un chèque de six cents francs aux Lise et les quittai après avoir serré leurs mains douteuses.

M. Lampéda ne répondait jamais au téléphone parce qu'il était à peine capable de parler. Une maladie l'avait rendu gâteux et le faisait bafouiller. Néanmoins, légitimement désireux de se sentir comme tout le monde, il s'obstinait à tenir de longs discours que la politesse ou la charité empêchaient d'interrompre trop brutalement. J'eus le malheur de lui demander si son état l'obligeait à rester à la maison. « Pa u ou », claironna-t-il, « pas du tout », traduisit sa femme, et il se lança dans le récit d'une promenade qu'ils avaient faite la veille en voiture, une vieille Frégate Simca, récit auquel je ne compris strictement rien sinon, grâce à Mme Lampéda, que la voiture était tombée en panne et que la panne se manifestait par des « paf ! » émis par le moteur à intervalles réguliers. Or, M. Lampéda découvrit qu'il parvenait sans peine à prononcer ce petit mot, paf ! Il en fut tout réjoui, se rabattit sur cette possibilité de communiquer et se mit à émailler son discours de paf ! de plus en plus fréquents et retentissants : « On ai ivé à la 'pagne, pé d'u fème et PAF ! ah, on ieux, PAF-PAF ! pa possib, PAF ! ye ouève apot, apot, capot ig ig et PAF ! PAF-PAF ! » Sa femme et moi sursautions à chaque instant comme si le quartier de la place Kléber subissait un bombardement serré. Elle comprit que nous n'en sortirions pas sans subterfuge et nous finîmes par échanger quelques paroles hâtives entre deux paf à propos de la location.

Je signai un chèque à son nom et m'en allai. « PAF-PAF », dit M. Lampéda en me serrant la main, et plus tard, sur le trottoir, quatre étages plus bas, de la fenêtre ouverte des Lampéda me parvinrent encore toute une série de paf et une véritable apothéose sonore à laquelle je n'échappai vraiment qu'après avoir claqué la portière de la Toyota, rue du Musée-Guimet. Quand je tournai le bouton de l'autoradio, je m'attendis presque à entendre paf-paf.

La matinée avançait. Les choses devenaient moins belles, moins étonnantes. Mais j'étais content de moi, j'avais rondement mené cette affaire de déménagement. Après un gros nettoyage, les trois pièces, la salle de séjour surtout, seraient un vrai paradis. En pleine verdure, avec la ville à mes pieds, pour huit cents francs par mois... C'était idéal, inespéré.

Je passai à la poste et remplis un ordre de réexpédition dont on m'assura qu'il prendrait effet dès le lundi suivant.

J'entrai dans mon immeuble. L'abominable odeur

du poisson que la veuve du rez-de-chaussée faisait frire le vendredi me rejeta à la rue comme un boulet de canon. Je pris une inspiration profonde, m'empoignai le nez à pleines mains et grimpai les étages quatre à quatre.

J'aurais aimé déménager le jour même. Je pris rendez-vous avec une entreprise de petits déménagements. Ils pouvaient m'envoyer une estafette et deux ouvriers le dimanche matin, ce qui fut décidé.

Je téléphonai à mon père et lui racontai ma matinée.

J'avais plus sommeil que faim. Je me déshabillai, me jetai sur le lit et dormis d'un bon sommeil jusqu'à l'arrivée de Julia. Elle était vêtue cette fois d'un pantalon léger qui ne l'avantageait pas spécialement du point de vue des canons objectifs de l'élégance, mais la rendait plus désirable encore, à mes yeux et ce jour-là. Son corps en paraissait plus compact, et ses rondeurs fermes et harmonieuses plus tentantes. A peine avais-je refermé la porte que nous nous enlaçâmes et nous fîmes des caresses aussitôt précises avec naturel et sensualité franche et charmante.

Plus tard, nous eûmes pour une raison que j'ai oubliée un accès de fou rire qui acheva de nous détendre.

Je lui annonçai que je déménageais le dimanche matin et lui parlai de la maison.

« La prochaine fois qu'on se verra, ce sera là-bas, dit-elle. Je ne pense pas pouvoir être libre avant dimanche. Je ne serai pas chez moi tout à l'heure, soyez sages, avec Viviane. Elle est belle, cette petite.

— Très. Et pas si terrible que ça, si ?

– C'est une petite peste. Je ne sais pas comment lui parler.

– Elle était déjà comme ça quand vous viviez seule avec elle ?

– Elle vous a dit quelque chose ? »

Elle avait changé de visage.

« Non, très vaguement. Elle m'a seulement dit qu'il lui était arrivé de faire des séjours chez des gens qu'elle n'aimait pas tellement.

– Rien d'autre ? Vous avez vraiment dû lui plaire.

– Non, rien d'autre. Oui, je crois que je lui inspire confiance. »

Je nous servis de l'eau-de-vie de prune. Le niveau tombait en chute libre depuis quelques jours. La bouteille m'avait été offerte par un couple d'amis, dont la petite fille s'était fait renverser par une voiture, le soir où ils avaient appris qu'elle n'avait rien de grave.

« C'est vrai que je ne l'ai pas toujours gardée avec moi, dit Julia. Je ne pouvais pas. Il faut... que je vous fasse un aveu. Ce n'est pas mon mari que j'ai l'impression de trahir avec vous, mais un autre homme. Je l'ai connu pendant cette période. Il travaille en Tunisie depuis deux ans. Quand j'étais libre il ne l'était pas, et maintenant c'est le contraire. Comme au théâtre. Il m'écrit et me téléphone régulièrement pour me dire qu'il attend que je sois libre à nouveau. C'est quelqu'un de très doux, de très timide. Il a peur de tout. Il est plus jeune que moi. Et, ajouta-t-elle gravement, je l'aime. Ça ne vous ennuie pas que je vous dise ça ?

– Un peu, mais pas trop, dis-je, ce qui était l'exacte vérité.

– Vous allez encore me trouver sotte, je suis sûre que vous me trouvez sotte (« non, non », fis-je de la tête), mais vous lui ressemblez un peu. Surtout, ne... Enfin, je suis contente de vous avoir rencontré, très contente.

– Moi aussi. Vous êtes bien tombée dans ma vie... »

J'étais plus gêné par cette conversation que par nos ébats les plus libres. J'en avalai de travers une gorgée d'eau-de-vie. Puis j'embrassai Julia au coin des lèvres et abordai un autre sujet délicat. Je lui parlai de l'agression de la veille, et de l'intervention de Daniel Forest.

« Est-ce que vous pensez que votre mari serait capable de vous faire suivre, et de m'envoyer quelqu'un pour me... décourager ? »

Je m'attendais à ce qu'elle lève les bras au ciel en me traitant de fou, mais ce fut elle qui m'étonna :

« Je ne le crois pas incapable de ce genre de procédés. Mais pas dans ce cas-là. Non, il ne me ferait pas suivre. Et il n'irait pas s'amuser à vous casser la main ! S'il faisait ça... (Ses traits se durcirent. On aurait dit quelqu'un d'autre, brusquement.) Je pense que vous avez compris que je le déteste. De plus en plus. Je me trouve lâche...

– Pourquoi dites-vous qu'il n'est pas incapable de ce genre de procédés ?

– Vous le voyez maintenant, riche et installé... Mais il a eu du mal à imposer ses projets, au début. On ne lui faisait pas confiance. Il a essayé dans plusieurs pays. Même au Japon, même en Amérique du Sud. Le plus important dans la vie, pour lui, a toujours été de monter une grande entreprise et de prouver qu'il avait raison. Il a essayé seul, ou presque seul. Il a fallu qu'il trouve de l'argent par tous les moyens. Il s'est compromis dans des combines à moitié légales. A propos d'argent, tenez, j'ai oublié, la dernière fois... Il vous a fait un chèque pour un mois de cours. »

Je pris le chèque.

« Merci.

– Il y a une période de sa vie, deux ans, trois ans, dont je ne sais rien, ou alors des choses que j'ai apprises par les journaux et dont il ne parle jamais. Il a failli mourir dans un attentat, une bombe dans son bureau en Allemagne. Et il a failli mourir une autre fois... Il avait essayé de se suicider. Eh ! oui. Une période de découragement. C'est drôle, c'est un cambrioleur qui l'a trouvé, qui a renoncé à son cambriolage et qui a téléphoné à la police. Il lui a sauvé la vie. »

Je regardai l'heure.

« Vous avez quelque chose à faire ?

– Non, non. Enfin si, j'ai un rendez-vous chez le médecin.

– Je dois partir moi aussi. Quelque chose ne va pas ?

– Si, si, tout va bien. Un petit mal de gorge qui traîne, c'est pareil tous les étés. Le docteur va me donner des pastilles et des trucs à pulvériser, pscht, et ça va passer. »

Nous allâmes prendre une douche ensemble.

« Votre ami qui est en Tunisie, si ce n'est pas indiscret, vous pensez le revoir, le retrouver ?

– Oui. Franchement, oui. On s'est toujours passés à côté avec Graham, et ça continue maintenant. Je ne peux pas envisager... Je suis embêtée pour Viviane, mais... Je vous dis vraiment tout de moi ! Vous avez toujours vécu seul ?

108

– Non. J'ai habité plusieurs années avec une amie. C'est fini depuis pas très longtemps. »

J'aidai Julia à se sécher, ce qui me redonna envie d'elle. Je me dépêchai de me rhabiller. Quand elle fut partie, je refis une toilette intime minutieuse, pour éviter une situation gênante chez Zébron.

Et je partis à mon rendez-vous, rue Sala, certain qu'il s'agissait d'une simple formalité. Je fus repris d'anxiété dans la salle d'attente, en vertu du lien nécessaire qu'on établit malgré soi entre le fait de se trouver chez un médecin et la maladie.

Le Dr David Zébron était un homme âgé, petit, remuant, le regard brillant d'intelligence, sympathique et rassurant. Il faisait partie de ces vieux médecins lyonnais, dont la race semble bien en voie d'extinction, qui font se résorber vos tumeurs à vue d'œil, tant ils inspirent confiance. Il commença par me poser quelques questions d'ordre général, âge, profession, etc., puis me demanda ce qui m'amenait.

« Cette douleur, vous la ressentez seulement quand vous marchez, quand vous faites des efforts ? me dit-il d'un ton moins interrogatif qu'affirmatif et même autoritaire, comme s'il savait mieux que moi ce qu'il en était de ma douleur.

– Oui.

– Alors ce n'est rien du tout. »

Il me fixa trois longues secondes.

« Vous êtes facilement déprimé ?

– Oui.

– Allez, venez me montrer votre testicule. »

Il me posa la main sur l'épaule et me conduisit dans une toute petite pièce sans fenêtre.

« Faites pipi dans ce verre et appelez-moi quand

vous aurez fini. Prenez votre temps, on n'est pas pressés. »

Un peu plus tard, il agita les urines devant la lampe, fit tomber dedans trois gouttes d'un liquide.

« Rien du tout », marmonna-t-il.

Puis il s'assit sur un tabouret, baissa mon pantalon et me palpa en véritable artiste. J'avais l'impression que mes testicules n'avaient pas plus de secret pour lui par ce simple attouchement que s'il les examinait en coupe au microscope.

« Rien du tout, grommela-t-il. Rhabillez-vous. Ce n'est pas le testicule qui provoque cette lourdeur et ces élancements, mais cette veine, là, qui gonfle un peu. C'est le principe de la varice. »

Craignant d'en avoir trop dit, il s'empressa d'ajouter en substance que s'il arrêtait dix hommes au hasard dans la rue et leur tâtait les couilles, six auraient la même chose.

« Il arrive effectivement que ce soit un peu douloureux, dans les périodes de fatigue. Surtout si vous fixez votre attention dessus. »

A coups de marteau, pensai-je. Je la fixais, mon attention, à coups de marteau. J'insistai un peu, pour ne pas être repris de doutes dès que j'aurais quitté son cabinet, en lui disant que tout de même c'était nettement douloureux quand je faisais comme ci, ou quand je me tenais comme ça... Normal, me répétait-il en secouant la tête, normal. Je compris que je n'ébranlerais pas son diagnostic. Il avait vu, il avait touché, il savait. Lui aurais-je dit maintenant que ma verge faisait entendre une sonnerie de clairon quand je m'appuyais sur le testicule qu'il m'aurait répondu : normal, fréquent, banal, aucune inquiétude. Il me parla des mauvaises périodes de la vie que nous

110

traversons tous, me conseilla de bien jouer de la guitare sans plus penser à mes organes génitaux et me renvoya gentiment. Un médecin merveilleux.

Je me rendis tout guilleret boulevard des Belges. Viviane m'annonça sans enthousiasme qu'elle partait en week-end le lendemain.

« Et vous ?

– Moi non. De toute façon, je déménage dimanche matin. Demain, je vais remplir quelques cartons.

– C'est bien, là où vous allez ?

– Presque aussi bien que chez vous. C'est une toute petite maison. »

Je lui décrivis l'endroit, en déplorant que le moyen le plus commode d'y parvenir fût l'hélicoptère.

« Vous allez y habiter... vous allez y habiter seul ?

– Oui, seul. »

J'étais un peu en avance. Je pouvais regarder l'écran de télévision sans être ébloui par le soleil. A côté de la télévision était posé un gros engin plutôt disgracieux qui ne s'y trouvait pas la fois précédente.

« C'est un magnétoscope ?

– Oui. On ne s'en sert jamais. De la télé non plus, d'ailleurs.

– C'est la première fois que j'en vois un. »

Je savais que Varax avait un magnétoscope, mais je n'étais pas allé chez Varax depuis une éternité.

« Je viens de l'installer. Je pensais vous montrer un petit film sur la maison d'Almería. Si vous voulez. Vous allez voir, c'est formidable. »

Après le cours – nous déchiffrâmes presque jusqu'au bout l'étude de Mauro Giuliani –, elle me passa donc dix minutes de film sur leur château en Espagne. On voyait la ville d'Almería toute blanche posée sur une hauteur, la mer, un bateau, la maison au bord de la mer avec une plage privée devant et des oliviers derrière. On voyait aussi les Tombsthay déjeuner dans le patio, se promener, se baigner.

« C'est Martine qui filmait, ma copine de Genève.

– Il y a longtemps ?

– Deux ans. Oui, deux ans. »

Graham Tombsthay, noir de bronzage, était taillé en athlète. Viviane et sa mère, en maillot de bain, semblaient avoir le même âge. Viviane avait son corps d'aujourd'hui. Je pus admirer ses jambes parfaites. Comme elle était belle ! Peut-être même commençai-je à penser à elle différemment à partir de ces images peu nettes de quasi-nudité. Une dernière séquence de trois secondes la montrait avec son père qui la tenait par le cou. Tous deux riaient. Les Tombsthay avaient l'air plus détendus et plus heureux, à cette époque... Clac ratapaclac, le magnétoscope s'arrêta.

Je quittai Viviane à sept heures et quart. Je sentis qu'elle aurait volontiers passé plus de temps avec moi, toute la soirée peut-être. Mais j'eus peur. Une aventure avec elle ne pouvait qu'avoir des conséquences désagréables. Et sa mère, à vrai dire, occupait pour l'heure mes pensées.

« Il faut que je me dépêche, dis-je, j'ai rendez-vous avec mon papa. »

Je rangeai ma guitare.

« Si vous continuez comme ça, vous jouerez bien cette étude d'ici à une semaine. Après il faudra travailler la vitesse. Ça fait beaucoup d'effet quand on la joue vite.

– Oui, j'ai vu... »

Je lui souhaitai un bon week-end.

« Et vous, bon déménagement. J'ai de moins en moins envie de partir.

– Vous allez à la campagne ?

– Oui. Chez des amis d'Alain. Si j'y vais. Ou alors si je pars, je ne reviens plus...

– Et les cours de guitare ? dis-je en plaisantant.

– Vous me donneriez quand même des cours, si je n'habitais plus là ? »

Elle cherchait à me mettre dans son camp, contre ses parents, ce qui m'embarrassait un peu.

« Oui, bien sûr. »

Elle m'accompagna jusqu'à la voiture.

« Vous n'avez rien dit à ma mère ?

– Rien du tout.

– Et les griffes du chat ?

– Horrible. Je serre les dents vingt-quatre heures sur vingt-quatre. Personne ne s'est encore rendu compte que je souffre le martyre. »

Elle me regarda démarrer et me fit un petit signe d'adieu au moment où je passais en seconde.

En montant mon escalier, chose étonnante, j'entendis quelqu'un qui sifflait *Jésus, que ma joie demeure.* Un klaxon lointain se mêla à une note de la mélodie, de la même hauteur qu'elle, et se prolongea. Il en résulta une dissonance d'un assez bel effet musical. Puis le klaxon s'arrêta.

J'étais fatigué. Je remis au lendemain un coup de fil à Varax Varaxopoulos pour le remercier. Après le dîner, je me vautrai sur mon lit et commençai la lecture des *Dépouilles de Poynton,* de Henry James, qui venait de sortir en poche. Sans y prêter attention outre mesure, je constatai que j'avais mal maintenant au testicule droit. Mais le tour que je me jouais à moi-même était par trop grossier. J'entends par là que je pouvais me dire trop facilement : Zébron m'a rassuré en ce qui concerne le testicule gauche, donc j'ai mal du côté droit, donc le phénomène est purement imaginaire. C'est pourquoi j'eus bientôt mal des deux côtés. Je lus et tournai les pages cómme si de rien n'était. Mon inconscient se découragea, regagna sa tanière en maugréant, et à onze heures du soir je ne ressentais plus rien du tout.

Le téléphone sonna. C'était Daniel Forest. Je m'y attendais presque et ne pus me défendre d'un certain mouvement de contentement.

« Je vous dérange ?

— Non, pas du tout. Je lisais.

— Vous êtes remis de vos émotions d'hier ?

— Ça va. Je n'y pense plus du tout, dis-je en mentant un peu.

— Vous avez déclaré le vol de vos papiers ?

— Non. Je n'ai pas eu le temps, aujourd'hui. Je déménage. J'ai trouvé quelque chose ce matin et j'ai eu pas mal de démarches à faire. Je déménage dimanche, dans une petite maison près du pont de la Boucle.

— Le pont de la Boucle ?

— Le pont Winston-Churchill, juste en...

— Ah ! oui, d'accord, en face de la montée de la Boucle. Il m'arrive de passer par là pour rentrer chez moi. Elle vous plaît, cette maison ?

— Beaucoup. »

Je faillis lui dire : vous aurez bien l'occasion de la voir.

« Je vous téléphonais pour vous proposer qu'on dîne ensemble, demain soir. Est-ce que... vous seriez d'accord ? Vous serez peut-être un peu bousculé, si vous déménagez ? »

Je n'aurais su dire si j'en avais réellement envie ou non. Toujours est-il que j'acceptai.

« Vous tenez à un endroit particulier ? me dit-il.

– Non, et vous ?

– Non. Le plus simple serait peut-être que je passe vous prendre, si vous voulez ? On choisira et on ira ensemble ?

– D'accord, faisons comme ça.

– Vers huit heures ?

– D'accord. »

Nous raccrochâmes. Aucune allusion à sa « profession ». Peut-être n'en parlerait-il plus.

Je lus jusqu'à trois heures du matin. Je finis le livre. Au moment de me coucher, je voulus appeler l'horloge parlante, puis je me ravisai. Une fois par semaine, ce serait bien suffisant. Je savais que ma montre avançait de deux minutes par jour à peu près. Le lendemain, je me levai à onze heures. Il me fallut tout l'après-midi ou presque pour des préparatifs qu'un autre eût liquidés en une heure et demie.

Je mis de côté l'affiche espagnole de *La Rivière de nos amours* avec l'intention de l'offrir à Edwige Ledieu, ainsi qu'une merveilleuse carte postale de Katharine Hepburn telle qu'elle fut photographiée en 1934 par George Hoyningen-Huene, jeune et belle, symbole de jeunesse et de beauté.

A six heures et demie, j'avais à peu près terminé. Je bus un bol de café noir dans lequel je trempai treize petits Lu. Huit auraient suffi, mais je voulais jeter le paquet.

On sonna à ma porte. S'il y avait eu un judas, j'aurais regardé avant d'ouvrir.

C'était Viviane.

Je la voyais en robe pour la première fois. Elle avait coiffé ses cheveux, mais ils avaient quand même l'air décoiffés. Trop abondants, épais, emmêlés de nature. Une masse où on avait envie d'enfoncer les doigts pour attirer à soi le visage qu'ils auréolaient et le baiser. Voilà ce que je pensai d'abord. Je ne manifestai aucun étonnement et me conduisis comme si nous avions rendez-vous.

« Je suis restée. Tant pis pour la campagne. Je vous dérange, hein ?

— Pas du tout. J'ai fini mes petits cartons à l'instant et je buvais du café. Vous en voulez ?

— Non, merci.

— Un reste de gruyère, de l'eau-de-vie de prune, une crêpe surgelée champignons-jambon-fromage ?

— Non, dit-elle en souriant, rien du tout, merci. Je voulais vous parler. Déjà hier soir... Cet après-midi, je me suis promenée en ville, j'ai pris un taxi pour rentrer à la maison, et puis pendant le trajet je... j'ai donné votre adresse. Je pensais que vous seriez chez vous, à cause du déménagement. C'est un peu culotté. Si vous devez sortir...

— Non. J'ai un ami qui va passer me prendre, mais plus tard. On a tout le temps. Asseyez-vous. »

Maintenant qu'elle était là, j'estimai que le mieux était de manifester une amabilité exquise, à défaut d'une bestialité sauvage. Elle s'assit sur le lit en croisant les jambes comme une star. Impossible de ne pas apercevoir pendant la manœuvre un petit bout de slip rose.

Je fis tout pour la mettre à l'aise.

« Justement, je voulais vous faire entendre un guitariste qui s'appelle Manuel Barrueco. Je vais vous passer une étude de Villa-Lobos par Maria Livia Sao-Marcos et après par lui, vous verrez. Vous ne voulez vraiment pas un peu d'eau-de-vie de prune ? »

Finalement, elle accepta. Je mis la deuxième étude de Villa-Lobos dans les deux versions. Sao-Marcos se traînait avec la lenteur irritante d'une chenille centenaire, Barrueco traversait le morceau à la vitesse d'un lézard dopé.

« Vous la jouez, cette étude ? me demanda ensuite Viviane.

– Oui.

– Vite ?

– Vite et mal.

– Vous n'avez pas envie d'essayer ? »

Je pris ma Ramirez et jouai la pièce, vite et mal.

« Vous avez une jolie bague.

– Oui. C'est ma mère qui me l'a donnée, il y a longtemps.

– Elle est morte ?

– Non. Elle a été absente longtemps, mais elle va revenir ces jours-ci.

– Vous êtes content ?

– Oui. »

Je ne savais plus si j'étais content. Oui, plutôt content.

Viviane prit une inspiration profonde.

« Quand j'avais douze ans, j'ai été violée », dit-elle tout à coup, le nez sur son verre.

Puis elle leva la tête, me regarda bien en face et me parla. Il lui fallut une demi-heure pour venir à bout d'une histoire assez compliquée. Cela s'était passé trois ans auparavant. Graham et Julia Tombsthay venaient de reprendre la vie commune. Graham

Tombsthay, en voyage d'affaires, rentrait de Bruxelles à Lyon en voiture, avec un arrêt de trois jours à Paris. Il devait loger chez des amis qui avaient une maison à Neuilly, avenue du Commandant-Charcot. Viviane, elle, était à Londres. Sa mère l'avait tenue au courant de la situation par téléphone. Viviane s'apprêtait également à gagner Lyon. Il avait été convenu que le père et la fille se retrouveraient à Neuilly, puis iraient à Lyon, faisant pour ainsi dire connaissance à cette occasion.

A Londres, Viviane avait rencontré à deux ou trois reprises un jeune Parisien d'une vingtaine d'années, Jean-François, fort à son goût m'avoua-t-elle, qui rentrait à Paris par le même avion qu'elle. Sans le savoir, elle était alors dans un état de dépression grave. Elle n'avait pas la moindre envie de voir son père. Elle avait même pensé à une fugue, et le dénommé Jean-François n'avait pas eu à manœuvrer longtemps pour la convaincre de passer la nuit ou une partie de la nuit dans son appartement à Paris, en tout bien tout honneur, lui avait-il assuré, et elle l'avait cru. Il suffirait à Viviane d'inventer un prétexte et de dire qu'elle arriverait par un autre vol. Ce qui fut fait.

A neuf heures du soir, alors qu'on la croyait à Londres, Viviane pénétrait avec son jeune homme dans un appartement vaste et passablement dégradé du boulevard de Port-Royal. Jean-François s'était montré correct, n'insistant pas pour outrepasser les limites du flirt anodin tolérées par Viviane. Mais peu à peu, il l'avait amenée à boire. Vers minuit, elle s'était sentie si mal qu'elle avait craint brusquement d'avoir été droguée. Elle avait réclamé de l'aspirine. Pendant l'absence de Jean-François, elle avait pu appeler son père à Neuilly, lui donner l'adresse boulevard de Port-Royal et lui dire de venir vite la chercher. Jean-François l'avait surprise au téléphone. Puis Viviane avait eu un malaise, bref pensait-elle, elle ne savait pas très bien.

Graham Tombsthay avait trouvé sa fille seule, tremblante et sombrant dans de brefs sommeils. Jean-François s'était enfui. Il avait laissé un mot dans lequel il expliquait qu'il ne fallait pas s'inquiéter pour Viviane, elle avait seulement absorbé quatre comprimés de Mandrax, un somnifère, dissous dans l'alcool. Graham Tombsthay avait demandé à sa fille si le jeune homme et elle... Non, avait assuré Viviane, elle l'avait entendu partir, et avant il ne s'était rien passé.

Plus tard, un médecin de nuit rassurait Graham Tombsthay : Viviane allait se calmer et dormir longtemps, c'était tout. Elle se souvenait que son père l'avait portée dans sa voiture, une Citroën SM. Puis plus rien jusqu'à son réveil tard le lendemain, à Neuilly.

En faisant sa toilette, elle s'était rendu compte de quelque chose d'anormal. Elle était allée voir la sœur aînée d'une camarade, médecin. Viviane avait été violée. Jean-François avait bien mis à profit la demi-heure qui s'était écoulée entre le coup de fil de Viviane et l'arrivée de son père... Elle avait d'abord cru qu'il s'était enfui aussitôt, il lui semblait avoir entendu la porte claquer, mais maintenant elle n'était plus sûre de rien, ni du départ du jeune homme ni de la durée de son inconscience. Ou bien Jean-François s'était-il ravisé après avoir refermé la porte... Impossible de savoir.

Graham Tombsthay, de son côté, s'était rendu au

commissariat immédiatement après avoir ramené sa fille. Il avait déposé une plainte. Une enquête rapide avait révélé que l'appartement était inoccupé. Le propriétaire s'apprêtait à y faire exécuter des travaux. C'était un homme au-dessus de tout soupçon. Il ne connaissait pas de Jean-François, et la description du jeune homme ne lui disait rien. Des dizaines de personnes avaient défilé dans son appartement meublé, chacune avait des dizaines de relations, d'ailleurs la porte était facile à ouvrir et il pouvait s'agir d'un inconnu. Un inspecteur avait clairement fait comprendre à Graham Tombsthay que l'affaire risquait bien d'en rester là.

Viviane n'avait jamais rien dit à personne. La sœur de son amie avait fait pratiquer des examens dont les résultats par bonheur avaient été négatifs.

« J'avais peur, j'avais honte, dit Viviane. Mes parents venaient de se remettre ensemble, je... j'avais envie de mourir. C'étaient bien les derniers à qui j'aurais raconté ça. »

Je fis l'impossible pour lui communiquer avec douceur et fermeté l'idée qu'avoir eu un rapport sexuel à douze ans, surtout quand on est développée comme Jayne Mansfield à trente-cinq, et qu'il n'y a eu ni violence réelle ni conséquence fâcheuse d'aucune sorte et que le coupable est un beau jeune homme ne devait pas lui empoisonner la vie outre mesure.

J'y parvins sans doute un peu.

Puis Viviane – qui était une adolescente et une déesse, mais aussi une enfant – se mit à fredonner un air. Elle sourit quand je la regardai avec étonnement, parce qu'elle était gênée de chanter, mais elle continua jusqu'à la fin de la mélodie. C'était un air que je connaissais, que ma mère me chantait avec des paroles espagnoles quand j'étais enfant (« Ay ! Il s'en va le bateau, Ay ! comme tristement et sereinement il s'en va »), et que j'avais entendu très souvent par la suite accommodé de diverses manières. J'en ignorais l'origine exacte.

« C'est ce genre de mélodies simplettes qui ont un charme fou et un peu mystérieux, dis-je à Viviane. Pourquoi fredonnez-vous ça ?

— Parce que je l'ai entendu pendant cette nuit... Je dormais, mais je l'entendais quand même. C'était un orgue de Barbarie qui jouait. Il paraît que c'est la première chose dont j'ai parlé en me réveillant.

— Vous aviez rêvé ?

— Je ne sais pas. Sûrement, puisque mon père et ses amis de Neuilly n'ont rien entendu. En tout cas, c'est resté très précis dans mon souvenir, et je suis sûre que je ne connaissais pas cet air avant. Enfin, presque sûre.

— Il y avait peut-être une radio qui marchait dans une pièce à côté de votre chambre, dans un autre appartement ?

— Non, c'était une villa toute seule.

— Vous avez une jolie voix. Vous pourriez vous accompagner en chantant la mélodie. Avec deux accords simples, ça doit marcher. »

Je pris ma guitare et sifflotai en m'accompagnant. J'appris à Viviane les deux accords qui correspondaient à la hauteur de sa voix. Elle était ravie. A huit heures moins le quart, elle me demanda de lui appeler un taxi. Elle passait la soirée avec son ami Alain.

« Comme je ne suis pas partie, il n'est pas parti non plus », dit-elle, ni contente ni mécontente.

Je téléphonai et descendis avec elle rue Burdeau attendre le taxi. Il arriva. Viviane me remercia, espéra qu'elle ne m'avait pas trop ennuyé avec ses histoires, me dit qu'elle avait confiance en moi et me tendit sa joue, sur laquelle je déposai un gentil baiser d'au revoir. Juste à ce moment, la BMW blanche de Daniel Forest se gara derrière le taxi, au terme d'un « S » preste et impeccable.

« Au revoir, dit Viviane.

– Au revoir, Viviane », dis-je.

Je m'approchai de la BMW. Daniel Forest me serra la main.

« C'est une de mes élèves », dis-je.

Pourquoi lui donner cette explication ? Je m'en voulus.

Je profitai que nous étions rue Burdeau pour acheter du Martini et du whisky, et nous montâmes prendre l'apéritif chez moi. Daniel Forest connaissait déjà plusieurs bons restaurants de la ville. Il sortit de la poche de son blouson le guide gastronomique de l'infaillible François Werner et le consulta.

« Bourillot, place des Célestins, ça vous dit ?

– Oui, bien sûr. Mais un samedi soir, sans avoir réservé, on n'a aucune chance. »

Je téléphonai. Par miracle, une table pour deux personnes était libre (il y avait eu une annulation), mais à huit heures et demie. Il fallait se dépêcher. Daniel alla aux toilettes. Je me douchai en vitesse (deuxième douche seulement de la journée) et m'habillai un peu chic, cravate et costume, ce qui m'allait fort bien. Daniel Forest m'en fit la remarque.

« On prend la BMW ? » dit-il.

Chez Bourillot, nous nous régalâmes d'une terrine d'asperges et d'un filet d'agneau avec curry, oignons confits et raisins de Corinthe. J'étais assis un peu à l'étroit, gêné dans mes mouvements (je me sens souvent à l'étroit dans les restaurants), ce qui, par un phénomène mystérieux de correspondance, me fit me mordre la langue à deux reprises. Daniel Forest avait la décontraction volontiers osée de certaines personnes de bonne éducation. Il pouvait se permettre par exemple de prendre dans le plat entre le pouce et l'index une des délicieuses petites pommes de terre nouvelles qui accompagnaient la viande et de la porter à sa bouche sans qu'on en soit choqué ni même qu'on le remarque vraiment. Je voulus faire la même chose par imitation machinale. Mais la pomme de terre que je choisis avait eu la malice de rester brûlante. Impossible de la tenir. Comme le sort normal d'une pomme de terre est d'être mangée, j'eus le réflexe à la fois logique et absurde, pour me soulager, de me la fourrer dans la bouche, et là forcément je me brûlai cruellement la langue et le palais, et puisque avoir la patate en main brûlait aussi, je venais de le constater à l'instant, je la recrachai purement et simplement. Tout cela très vite. Daniel en reçut des fragments sur sa chemise, recula d'un coup, heurta derrière lui un homme qui buvait, lequel homme qui buvait répandit la moitié de son verre de vin sur la table, par bonheur pas sur ses habits. Il faisait partie d'une joyeuse tablée de six personnes. Tout le monde choisit de rire et de s'excuser entre deux accès de rire, mais si, c'est de ma faute, j'insiste, ha ha !

« Ça m'a fait du bien, dit Daniel quand tout fut rentré dans l'ordre. Il y a longtemps que je n'avais pas ri comme ça. »

J'étais moi-même d'excellente humeur. Au dessert, nous avions bu un litre et demi du délicieux bourgogne de propriétaire qui nous avait été conseillé, et nous bavardions comme de vieilles connaissances. Daniel Forest était le fils d'un militaire de carrière. Ses parents étaient morts assez jeunes, tous deux de la même maladie et à peu d'intervalle. Il avait fait des études secondaires au lycée français de Sarrebruck, puis avait commencé à Paris des études de droit jamais achevées.

« Votre père n'a pas essayé de faire de vous un général ? dis-je bêtement.

— Non. Ma mère n'aurait pas voulu. Elle avait beaucoup d'influence sur lui. Ma mère était chanteuse d'opéra. Elle s'était même lancée dans une vraie carrière, mais elle a tout abandonné à ma naissance. Sans regret, c'est ce qu'elle a toujours dit plus tard. Mon père... m'a simplement appris à tirer.

— Avec des armes à feu ? dis-je, toujours bêtement.

— Oui. Quand j'ai eu seize ans, il a pris l'habitude de m'emmener deux ou trois fois par semaine dans une salle de tir. Je suis devenu très adroit. Plus que lui. »

Daniel alla aux toilettes pour la troisième fois de la soirée.

« Problème de pipi ? » lui dis-je, m'enfonçant décidément dans ma sottise d'ivresse. Or, il me répondit que oui.

« Je crois que j'ai tort de boire de l'alcool. »

J'allais lui parler de Zébron, mais il ne m'en laissa pas le temps.

« Votre élève, tout à l'heure... il me semble que je la connais de vue. »

J'étais beaucoup plus soûl que Daniel. Je sentais —

il me semblait – que je devais me méfier, qu'il s'apprêtait – peut-être – à me faire parler.

« Je me demande si ce n'est pas en me promenant au parc de la Tête-d'Or, dans le jardin d'une de ces villas, vous savez... »

Il me fixait. Sa frange rejoignait presque ses sourcils et donnait de la profondeur à son regard clair.

Je pris une brusque décision.

« Ne vous le demandez plus, dis-je, moitié agressif, moitié rigolard, c'est bien là que vous l'avez vue. C'est la fille de la maison devant laquelle vous vous êtes arrêté lundi dernier. Mais n'allez pas vous imaginer que j'ai une aventure avec elle et que le père m'envoie des briseurs de main pour que je ne puisse plus donner de cours à sa fille...

— Je n'imagine rien, dit Daniel en souriant. C'est vous qui imaginez...

— Puisque vous êtes si indiscret, dis-je en abritant, moi, mon sourire derrière ma main, je vais l'être aussi... Si vous avez un problème génito-urinaire, j'ai l'homme qu'il vous faut, le Dr David Zébron ! »

Le vin, la bonne humeur, le caractère saugrenu de notre conversation provoquèrent un nouveau fou rire.

« Pourquoi pas, dit-il, on ne sait jamais. »

Nous finîmes la deuxième bouteille avec la tarte aux myrtilles.

« Je vais devoir aller à Paris la semaine prochaine, dit Daniel. Ce n'est pas sûr, mais sans doute. »

Une fois encore, je parlai trop. Tout allait bien avec Daniel, je passais une soirée de détente, et je trouvai le moyen de l'inciter à manifester sa bizarrerie, cette partie folle de lui-même qui lui avait fait me dire le jeudi d'avant qu'il était un tueur en mission...

« Pour votre travail ?

– Pour mon travail, dit-il tranquillement. Quelques détails à régler.

– Dites, ça vous prend longtemps, une mission ?

– Ça peut prendre assez longtemps, en effet. (Il baissa la voix, sans affectation.) Je ne liquide pas les gens à la mitraillette sur les trottoirs deux heures après en avoir reçu l'ordre. Je vous ai dit que j'étais lent, sûr, méticuleux, habile. Et très cher. »

Je lui demandai sans ironie, gentiment même, dans le seul et réel désir de m'informer :

« Est-ce que vous me faites marcher ?

– Je vous jure que non.

– Qu'est-ce que vous devez faire exactement ?

– Eliminer un homme et lui voler un objet.

– Un objet ?

– Un objet dans lequel est caché quelque chose.

– Des microfilms, peut-être ?

– Oui, des microfilms. »

Des microfilms ! La banalité de ses inventions me dégrisa presque. Je dus changer de visage. Il alluma une cigarette, peut-être la dixième de la soirée. Il fumait même en mangeant.

« Si vous croyez que je suis fou, ne me demandez plus rien. D'ailleurs, il vaut mieux qu'on laisse ce sujet de côté. La dernière fois, c'était différent. Je vous ai expliquě pourquoi je vous avais parlé.

– Qu'est-ce qu'il y a sur ces microfilms ?

– Je ne sais pas. Ça ne me regarde pas.

– Mais c'est important ? Très important ?

– Tellement important que l'organisation qui loue mes services n'est pas la seule à vouloir les récupérer.

C'est pour ce problème, entre autres, que je dois aller à Paris.

— Vous êtes en danger, alors ?

— Absolument pas. Pas pour l'instant. Mais ça pourrait venir.

— Je ne sais pas quoi penser de vous. »

Il se pencha en avant, sourit de son sourire féminin et me tapota l'épaule, d'un geste qui s'acheva presque en caresse.

« Ne pensez rien. Ce soir, tout est bien. Si vous avez envie de vous changer les idées, vous pouvez même m'accompagner à Paris. On fera le voyage ensemble, en BMW.

— J'ai mes cours de guitare.

— Vous en avez beaucoup ?

— Un seul en ce moment, mais trois fois par semaine.

— Vous pourriez en sauter un ?

— Ça m'embête un peu. On verra. »

Il insista pour payer le repas. Nous sortîmes et traversâmes la place des Célestins, la place de Lyon que je préfère. On y savoure un charme provincial intense.

« Je vous offre un petit digestif chez moi ? dit-il en faisant ronfler le moteur de la BMW. Vous verrez où j'habite, c'est bien. »

La rue Chazière, à cinq minutes des Terreaux en voiture, semblait se perdre dans la campagne. Cette impression de campagne est fréquente à Lyon en été. Même place Bellecour, il suffit de lever les yeux vers la colline de Fourvière pour se croire en pleine nature, comme si la place et les immeubles qui la bordent avaient été déposés là par quatre avions le temps du tournage d'un film.

Daniel habitait au dernier étage d'un immeuble de grand luxe avec parc, piscine et tennis. Il ne manquait que la mer. D'immenses portes-fenêtres permettaient de passer de l'immense studio qu'il occupait sur un balcon fleuri presque aussi immense.

« Vous louez meublé ?

– Oui, bien sûr. Tout y était, sauf la télé et le magnétoscope, que j'ai loués à part. Une habitude. Je passe pas mal de temps dans des hôtels et des appartements comme celui-ci et j'aime bien avoir mes aises, me sentir un peu chez moi. »

Nous nous installâmes sur le balcon, dans des fauteuils en rotin de forme idéale. Je devenais moins frileux. Je n'éprouvais plus le besoin de mettre un manteau et une écharpe dès que la température baissait de trois degrés. Daniel entama un nouveau paquet de cigarettes. Je bus un whisky, lui rien. Il continuait d'aller souvent aux toilettes. Très vite je me sentis complètement soûl.

« Vous n'avez pas de remords de tuer des gens ?

– Oui et non. Vous tenez vraiment à parler de ça ?

– Ça a commencé comment ?

– Très simplement. Question de fréquentations. On rencontre quelqu'un qui connaît quelqu'un, ça dure deux ans et puis au bout de deux ans on rencontre quelqu'un qui vous propose de vous présenter à quelqu'un qui pourrait vous proposer quelque chose d'intéressant.

– Vous êtes soûl, vous aussi...

– Un peu, oui.

– Vous avez quel âge ?

– Trente-quatre ans.

– Vous n'avez jamais été marié, ou...

– Non, jamais. Et vous ? »

Il me ramena chez moi à une heure du matin. Sa bonne humeur s'était évanouie. Une expression soucieuse durcissait son visage et lui donnait l'air brutal comme s'il allait se mettre en colère et tout casser la seconde d'après. Il me raccompagna jusqu'à ma porte. Parce qu'il pensait à une éventuelle agression ? Dans ce cas, il devait croire vraiment à ses hypothèses de l'autre soir... Mais il n'en parla pas. Il n'en avait pas reparlé de la soirée.

Je le remerciai.

« Non, merci à vous. Bon déménagement, demain. Vous allez être fatigué par ma faute. Appelez-moi quand vous voulez, ça me fera plaisir. Vous avez déjà un numéro, là-bas ? »

Je le lui donnai. Il me serra la main et s'en fut.

Je me dis en me couchant que j'avais oublié de téléphoner à ce cher Varax. Demain.

Je m'éveillai tôt le lendemain et l'appelai de mon lit. Je le trouvai dans un état d'excitation euphorique inhabituel. Il répondait à côté de mes questions, faisait des jeux de mots comme au lycée et avait presque autant de difficultés à s'exprimer que M. Lampéda.

« Il est où, le nid que tu as déniché grâce à Varaxopoulos ? Tiens, l'article sur moi paraîtra dimanche prochain.

— Près de la montée de la Boucle, en allant sur Caluire. (C'était la troisième fois que je le lui disais.)

— Caluire-et-Cuire ? »

Evidemment, Caluire-et-Cuire. Les deux communes étaient réunies en une seule depuis longtemps et personne, aucun Lyonnais en tout cas, ne dit jamais Caluire-et-Cuire mais simplement Caluire. Pourquoi Varax... Je compris lorsqu'il ajouta en s'esclaffant bruyamment dans le téléphone :

« Ah ! Voir Caluire et cuire !

– Dis donc, tu as l'air en pleine forme.

– Une femme, mon cher, une femme ! Rien de tel qu'une femme pour faire d'un homme un autre homme. »

Je le félicitai. Il avait toujours eu des problèmes avec les femmes, dus en grande partie à son physique de cirque. Je comprenais qu'une bonne fortune le mît dans tous ses états. Il me dit encore qu'il avait rêvé sur le matin qu'il avait mangé trois crocodiles et en aurait bien mangé un quatrième, fit une dernière plaisanterie et n'attendit pas d'avoir fini de rire pour raccrocher. Je l'imaginai en train de se gondoler à côté de son téléphone.

Je quittai le cœur léger la montée de la Grande-Côte. Le voisin du deuxième menaçait son joli poussin rose de lui arracher les ongles et la veuve du rez-de-chaussée, qui avait dû m'adresser deux fois la parole, me serra dans ses bras et m'embrassa sur la joue. C'était émouvant. Même le dimanche, de près, elle sentait le poisson.

A midi, tout était fini. Je me retrouvai au 7, montée des Lilas, au milieu des cartons. Les déménageurs étaient repartis épuisés par les dures marches. Je les avais gratifiés d'un pourboire royal pour dissiper leur mauvaise humeur naissante.

Les Lise avaient laissé la maison dans un état de saleté scandaleux. Je mangeai deux sandwiches achetés sur la route, puis je nettoyai et rangeai jusqu'à neuf heures du soir, avec une interruption de deux heures pour recevoir Julia Tombsthay. Les marches ne l'avaient même pas essoufflée. Elle trouva l'endroit et la maison charmants. Nous fîmes l'amour dans la salle de séjour, porte-fenêtre ouverte.

Je lui dis que je m'étais fait un nouvel ami, avec qui j'allais peut-être passer quelques jours à Paris.

« C'est l'homme qui est venu à mon secours l'autre soir. Je ne vous ai pas dit, la première fois que je l'ai vu c'était chez vous, quand vous me faisiez visiter le jardin. Il se promène souvent par là. Peut-être même que vous l'avez remarqué. »

Je lui décrivis Daniel. Non, elle n'avait pas fait attention.

Le soir, je décidai de ne pas bouger et de profiter de mon nouveau logis tout propret et coquet. On n'entendait aucun bruit. La Ramirez sonnait merveilleusement dans le silence. Je me surpris à jouer sans accroc notable la *Deuxième Suite*, d'un bout à l'autre.

A minuit, je faillis appeler Daniel, mais j'étais trop fatigué. Je me couchai et fis un seul sommeil jusqu'à neuf heures. C'est le facteur qui me réveilla. Il avait un paquet pour moi.

« Je vous tire du lit ? Excusez-moi, pas moyen de le mettre dans la boîte aux lettres. J'aime pas bien laisser le courrier dans la nature. Alors j'ai fait le tour et j'ai sonné... »

Pour faciliter le travail du facteur, la boîte aux lettres était derrière la maison, côté rue de Verdun.

« Vous avez bien fait. Merci. »

Nous échangeâmes encore trois mots. Il me demanda où j'habitais avant, me parla du quartier tout chamboulé, un vrai scandale. Je lui donnai un pourboire de cinq francs et nous nous quittâmes en bons termes.

Le paquet m'avait paru aussitôt bizarre.

Il était gros et lourd comme un gros livre. Mon nom et mon ancienne adresse y étaient dactylographiés. Il n'y avait aucune indication d'expéditeur. Il avait été posté place Bellecour à la grande poste.

Je déchirai l'emballage. Ce n'était pas un livre, mais une cassette vidéo de marque Fuji, fabrication japonaise, durée trois heures. Aucune lettre, aucune explication.

Je rentrai. Je posai la cassette sur le lit et ouvris toutes grandes portes et fenêtres. Encore une journée magnifique. Il y avait tellement de soleil qu'on aurait dit qu'il n'y avait pas de soleil. J'allai faire pipi et me débarbouiller à l'eau froide.

Il faisait beau, j'avais bien dormi, le sort me semblait moins cruel, pourtant je me sentis soudain dans un état de malaise, à cause de cette cassette. Je ne me retournai pas, mais je savais que la mort était debout à ma porte et regardait jusqu'au fond de ma maison.

DEUXIÈME PARTIE

V

« Excuse-moi de te déranger encore, mon pauvre vieux, mais figure-toi que j'ai une cassette vidéo à passer, et pas de magnétoscope. Remarque, je pourrais essayer de faire défiler la bande devant une bougie, je ne sais pas si...

— Ha ha ! fit Varax.

— Est-ce que je pourrais passer chez toi ?

— Mais bien sûr ! rugit-il, toujours dans sa période d'excitation et ravi de me rendre service. C'est quoi, cette cassette ? Un film porno ? Ha ha !

— Justement, je viens de la recevoir, et... Ecoute, si tu veux, on parlera de tout ça...

— D'accord. Tu veux passer quand ? »

J'hésitai. Il répondit à ma place :

« Tout de suite ?

— Oui, si...

— Mais viens tout de suite ! On ne s'est pas vus depuis tellement longtemps ! Moi, en tout cas, je le regrette. Je t'attends. Tu as toujours mon adresse ?

— Oui, 9, quai Claude-Bernard, c'est ça ? »

Cours particuliers de musique, location d'appartements, projections vidéo, un seul nom une seule adresse, Varax Varaxopoulos, me disais-je en descendant les quais rive droite.

Je franchis le Rhône par le pont de la Guillotière. En longeant la place Raspail, je regardai furtivement les fenêtres du troisième étage de l'immeuble qui fait angle avec la rue Basse-Combalot. C'est là que j'avais vécu avec Cécile. Et c'est là qu'elle vivait toujours. Je me dis que je lui téléphonerais un de ces jours. Maintenant, cela me paraissait possible.

Varax m'accueillit à bras ouverts. Mille souvenirs anciens m'assaillirent. Le gros Varax était énorme et avait perdu beaucoup de cheveux, ce qui ne lui allait pas si mal. Dès la fin de ses études, ses parents lui avaient acheté ce bel appartement sur le quai, tout près des facultés. Par les fenêtres, on voyait le Rhône, la grande piscine juste en face, presque tous les ponts, l'hôpital de l'Hôtel-Dieu, la place Antonin-Poncet, la place Bellecour, avec Louis XIV sur son cheval qui n'avait jamais reposé le pied et ne le poserait jamais, Fourvière, cathédrale et colline, la tour métallique de l'O.R.T.F. et bien d'autres choses encore. Les parents de Varax étaient très riches et possédaient la moitié de Pierre-Bénite, où le père avait ses usines. Il était fabricant d'explosifs industriels à une assez grande échelle. Varax n'était plus en très bons termes avec eux. J'ai toujours pensé qu'il leur reprochait inconsciemment d'être si gros. C'était d'autant plus vexant que le père était maigre et la mère squelettique.

« Allez, David, assieds-toi. Qu'est-ce que je t'offre ? J'ai du pastis, du curaçao, du whisky, du cognac, du café si tu veux, du jus de fruits... Toi qui es cinéphile, j'aurais bien aimé t'offrir du curaçao Potemkine, mais je n'ai pas cette marque-là, ha ha ! »

Nous bavardâmes un peu. Il était déchaîné. Il riait, se mettait brusquement à parler argot, s'agitait dans tous les sens.

« Les jeux de mots, ça m'avait complètement passé, mais ça me reprend. Tu te souviens des cours avec Ulysse, en quatrième ? »

Je me souvenais bien de ces cours d'anglais. J'étais à côté de Varax. Varax me soufflait des jeux de mots bilingues à l'oreille. Il disait « que c'est drôle » pour *cathedral,* et « trou des chiottes » pour *traditional*.

« C'est l'amour qui te réussit », lui dis-je.

J'avais hâte de passer la cassette. Il s'en rendit compte mais ne put s'empêcher de me parler de son élue, et c'est moi ensuite qui fus étonné et qui en oubliai ma cassette quelques secondes.

« Oui, j'ai trouvé une femme épatante. (Il prit un air rêveur.) Evidemment, il y a la différence d'âge... Elle est plus vieille que moi... (De nouveau épanoui.) Mais elle est encore gironde, si tu voyais... Et elle en connaît des trucs ! La vraie salope. Non, c'est dégueulasse, ce que je dis là. Excuse-moi. Elle est d'un gentil, avec moi ! D'un attentionné ! Il y a quelques années, elle était maquée à mort avec un gus qu'avait un blaze à pisser contre, attends voir, quéchose comme Filochet Bourtafiol ou guère mieux, c'était un peintre... »

Je sursautai.

« Ce n'est quand même pas Pifret-Chastagnoul ? Elle s'appelle Arlette Pastinet ?

— C'est ça, dit Varax, plus calme tout d'un coup. Tu la connais ? »

Sacré Varax ! Arlette Pastinet ! Plus âgée que lui, certes, trois fois plus... Arlette Pastinet, décoratrice, l'avant-dernière compagne de Pifret-Chastagnoul, une grande femme maigre, gentille en effet, intelligente, laide mais dégageant une sensualité sauvage... Elle avait une réputation de vicieuse. Je m'étais toujours demandé ce que ça voulait dire exactement. Varax me scrutait d'un air anxieux. Je m'appliquai à garder un visage serein.

« Oui, je l'ai connue. Une femme bien. Je suis plutôt en bons termes avec Pifret-Chastagnoul. C'est un grand amateur de femmes. De toutes celles qu'il m'a présentées, Arlette Pastinet était la mieux, de loin. Trop bien pour lui. »

Varax m'avait toujours fait grande confiance. Il buvait mes paroles comme du petit-lait.

« En tout cas, il y a longtemps que je n'ai pas été aussi heureux. »

Il m'entraîna dans une pièce sur cour où se trouvaient son piano, son installation hi-fi, la télé et le magnétoscope.

« C'est quoi, ton film ?

— Je n'en sais rien. C'est un envoi anonyme.

— Ah bon ? Mon pauvre David, je t'ai à peine demandé de tes nouvelles. Le bonheur rend égoïste, comme tu sais. Un envoi anonyme ? Bon, je t'installe le truc et je te laisse. Tu n'étais pas très guilleret, au téléphone, ces derniers mois. Je n'en suis pas revenu, quand tu m'as dit que Cécile et toi... Et moi qui étale mes... »

Par discrétion, il ne posa pas de questions sur la cassette.

« Non, je t'en prie. D'ailleurs maintenant ça va mieux. C'est vrai qu'après Cécile je me suis senti glisser sur la pente savonneuse de la folie galopante.

— Ha ha ! fit Varax.

— Ça va mieux depuis que j'ai eu ce cours, grâce à toi. Enfin je crois que ça va mieux. Ou alors je glisse tellement vite que j'ai l'impression d'un retour à l'immobilité, comme les roues de diligence dans les westerns, si tu vois ce que je veux dire... Je trouve les gens tellement bizarres que je me sens bizarre moi aussi. Par exemple j'ai rencontré un type, il n'y a pas longtemps... Je ne peux pas te donner des détails, mais il me raconte des histoires incroyables. Je n'arrive pas à décider si c'est vrai ou s'il est fou.

— C'est un copain ? Tu vas le revoir ?

— Oui... Oui.

— Tu te souviens de Trabet, en terminale ? Son frère est psychiatre, il paraît qu'il est doué. Arrange-toi pour lui montrer ton type, peut-être qu'il se rendra compte ? »

J'étais sceptique.

« Et ce matin, j'ai reçu ça... »

Il quitta la pièce après m'avoir montré sur quels boutons il fallait appuyer.

Dix minutes plus tard, je le rejoignais.

« C'était bien un film porno », lui dis-je.

Au fond, je n'avais pas été radicalement surpris par ce que j'avais vu. Il ne pouvait guère s'agir d'autre chose. Quelqu'un nous avait filmés de la fenêtre de l'immeuble d'en face, Julia et moi, lors de sa deuxième visite, enregistrant avec une bonne caméra ce qu'on pouvait distinguer de nos ébats, c'est-à-dire beaucoup. Comme l'organisme est curieux ! Je n'avais pu m'empêcher d'être un peu émoustillé. Certaines images étaient d'une belle précision. J'avais apprécié notamment une posture à la fois compliquée et relativement gracieuse à laquelle nous avait menés, je m'en souvins, la résolution toute hasardeuse d'un déséquilibre, apprécié aussi mon ardeur à la plaisante tâche, par exemple au moment où Julia s'était trouvée presque assise sur le large rebord de la fenêtre...

Graham Tombsthay... La cassette utilisée par Viviane était de marque BASF. Aucune importance, bien entendu. Le mari, mais dans quel but ? Qu'allait-il se passer maintenant ? Daniel avait donc raison. A moins que Daniel... Et si c'était lui qui nous avait filmés ? Ou Edwige Ledieu ? Ou Viviane. Ou Varax, ou un espion coréen. Si je laissais de côté la question du pourquoi et de la vraisemblance, tout le monde était suspect. Du calme. Je réfléchis. Julia avait-elle aussi reçu une cassette ? Et Graham, s'il était hors du coup ?

Graham ou Daniel. (Et j'étais invité chez les Tombsthay le soir...) Graham m'avait dépêché un sbire matraqueur puis un sbire cameraman. Ou seulement un sbire cameraman, l'agression étant le fait du hasard. Ou le cameraman était Daniel. Daniel me suivait, m'espionnait, avait décidé d'attirer sur lui mon attention et si possible mon affection exclusives... Après m'avoir mis en tête que mon agresseur avait été envoyé par Graham Tombsthay, que ce soit vrai ou non, il me jouait maintenant ce tour pour me faire peur et achever de me convaincre.

Tout cela était flou, vaseux, absurde. L'expéditeur voulait-il seulement m'inquiéter, ou tenterait-il ensuite d'exercer une quelconque pression sur moi – mais laquelle ? D'ailleurs, j'étais aussi agacé qu'inquiet.

« Je n'y comprends rien », dis-je à Varax.

Je lui parlai de Julia et du documentaire que je venais de voir.

« Soit c'est le mari, dit-il, soit...

– Soit c'est pas le mari.

– Non, je voulais dire... c'est peut-être un acte gratuit. Il y a plein de détraqués qui font des trucs comme ça.

– Peut-être que le mari est détraqué. Je vais téléphoner à Julia, tu permets ? »

Il sortit. Je fis le numéro en prévoyant de raccrocher aussitôt si je ne tombais pas sur elle. Mais elle répondit. Elle me laissa à peine prononcer trois mots.

« Moi aussi. Je viens d'essayer de t'appeler plusieurs fois.

– C'est Graham ?

– Ça m'étonnerait.

– Il n'y avait pas de paquet pour lui ?

– Non. J'y ai pensé. Pas ici, en tout cas. Mais peut-être à son bureau. Je crois qu'il doit passer à la maison vers une heure, je verrai bien. Ou je ne verrai rien. Est-ce que tu es chez toi, cet après-midi ? »

Je quittai Varax. Il me supplia de ne pas hésiter à faire appel à lui en cas de besoin. Il était tout vibrant de sincérité.

« Merci, Varax. J'espère que les choses vont en rester là. A bientôt, je t'appellerai.

– Quand je pense qu'on a habité tout près pendant des années ! Enfin... D'accord, à bientôt. »

Je l'aurais embrassé, ce gros lard qui me téléphonait chaque fois que je m'apprêtais à me sécher les cheveux, mais qui aujourd'hui ne m'avait raconté ni ses rêves ni ses tentatives pour transcrire les symphonies de Mahler pour flûte à bec et basse continue, et dont les derniers mots furent, en refermant la porte de l'ascenseur : « Allez, salut, David, ne t'en fais pas, au revoir, *arrivederci,* arrivée d'air chaud, ha ha ! »

En reprenant la Toyota, je pensais à deux choses : que Julia m'avait tutoyé et que j'étais passé à côté de Varax, à côté d'un ami possible.

Le pont de l'Université était presque désert. Je conduisais vite mais prudemment. Il n'aurait plus manqué qu'un accident pour finir la matinée en beauté.

Je me garai rue Burdeau, sur le trottoir, malgré les protestations chevrotantes et la canne brandie d'un vieillard tout sec, nettement plié en trois, qui avait dû connaître l'époque des chaises à porteurs. Deux planches clouées en croix interdisaient en principe l'accès du 18, montée de la Grande-Côte, mais on pouvait se faufiler sans mal.

Je montai au troisième. Des fenêtres de l'appartement de gauche, on avait une belle vue légèrement plongeante sur mon ancien appartement. Je furetai un peu, pour la forme. Je ne remarquai rien, ne trouvai rien, pas de traces de talons hauts ou bas, pas de mégots tachés ou non de rouge à lèvres, pas d'emballage de cassette, de poignée de cheveux, de mouchoir, rien. (J'avais lu un jour qu'on trouvait les objets les plus incongrus sur les lieux des crimes.)

C'était une démarche à faire, je l'avais faite. Je repartis. Au deuxième étage, venant de l'appartement de gauche, j'entendis un bruit, une sorte de grattement. Je m'arrêtai. Plus rien. Puis, me sembla-t-il, le bruit d'une respiration. J'entrai. Je tombai sur un clochard jeune et vigoureux qui mangeait du fromage sans pain.

« Salut, chef », dit-il en me faisant un vague salut militaire.

Une idée me vint. Je pris une voix aussi dure que je pus.

« Vous savez que c'est interdit d'occuper ces immeubles ? »

Pendant un moment, je me demandai (lui aussi sans doute) s'il allait éclater de rire ou me faire descendre l'escalier sur le coccyx. Ni l'un ni l'autre. Il cracha un morceau du papier qui enveloppait son fromage et me dit avec une arrogance hésitante :

« T'es de la police ? »

Je n'avais rien à perdre. Je m'accroupis à trente centimètres de lui, avant-bras reposant sur mes genoux et mains tombantes, et le regardai dans les yeux.

« En effet, police. Je ne suis pas là pour déloger les pouilleux, mais si tu continues à faire le fier, je te promets un autre logement pour ce soir. Ecoute-moi bien : tu habites là depuis quand ? »

Il avala ce qui lui restait de fromage dans la bouche, hésita, puis me dit :

« Deux jours. Ça fait deux jours.

– Tu n'étais pas là mardi dernier ?

– Non.

– Laisse tomber ton fromage cinq minutes. Je sais que tu es là depuis une semaine.

– Impossible, chef. (Hélas ! il était sincère.) Moi, mon coin, c'était plutôt la rue Paul-Bert. Tu peux te renseigner. Mais y a plus que des Arabes, là-bas. Quand ils sont soûls, ils ne savent plus ce qu'ils font. C'est pas qu'ils soient méchants, mais ils tiennent pas l'alcool comme nous. L'autre soir, y en a un qui m'a foutu un coup de pied dans l'entrée de l'immeuble où je pionçais... Tiens... (Il souleva sa chemise rosâtre et me montra une tache bleuâtre sous les côtes.) Et encore, y a un copain à moi qui est arrivé et qui m'a aidé à le foutre dehors, sinon... Avant-hier, y a un autre copain qui m'a donné le truc, il m'a dit : va voir montée de la Grande-Côte... Je suis venu. Y a encore plus d'Arabes que rue Paul-Bert.

— Il est où, ce copain ? Il était installé là, lui ?

— Non, il est en haut de la rue. Il a le soleil toute la journée.

— Alors tu ne connais personne qui habitait là avant toi ?

— Non. Juré. T'es vraiment de la police ?

— Pourquoi ? On dirait pas ?

— Si. »

Avant de reprendre la voiture, j'achetai *Le Progrès*. Ma petite annonce était parue.

A peine étais-je installé chez moi, tout rêveur devant un Martini, que le téléphone sonna. C'était Daniel. Allait-il me dire : « D'accord, la plaisanterie est douteuse, mais voilà, je m'ennuie, je suis un type bizarre, vous vous en êtes rendu compte, cette petite mise en scène m'a occupé et amusé... » ? Non, il ne dit rien de tel. Et moi, je décidai de ne pas lui parler de la cassette pour l'instant.

« Vous pouvez me donner l'adresse du médecin dont vous m'avez parlé ?

— Ça ne va pas ?

— Pas très bien. »

Je lui dictai l'adresse et le téléphone de Zébron.

« Insistez, il y a toujours des défections. Sinon, on va vous prendre dans six mois. Au besoin, demandez à parler au docteur et dites que c'est de ma part, on ne sait jamais.

— Merci. Vous avez une drôle de voix.

— Vous aussi.

– Moi ? Non.

– Moi non plus. »

Impossible de rien deviner. Lui poser des questions directes aurait été ridicule et n'aurait mené à rien.

« Rappelez-moi quand vous voulez », lui dis-je.

A une heure et quart, une femme (elle se présenta : Mme Blon) me téléphona pour l'appartement, montée de la Grande-Côte. Elle et son mari étaient intéressés. Ils prenaient. Après avoir réglé quelques détails, je lui demandai si elle était d'accord pour me payer ne serait-ce que la moitié du loyer de juillet.

« Même trois semaines, dit-elle. Si, si, c'est normal. Je vous envoie un chèque tout de suite. »

Je lui donnai mon numéro de C.C.P. Tout ce qui était déménagement marchait comme sur des roulettes. Puis j'appelai mon père pour l'inviter à déjeuner le lendemain. Pendre la crémaillère. Bien grand mot, ajoutai-je, pour trois tranches de poisson panées que nous mangerions arrosées de vin blanc à treize francs cinquante, disons lui étirer timidement les vertèbres sans intention nette de tuer.

« Je ne sais pas ce que j'ai, me dit-il, depuis que je sais que ta mère revient, je ne ris plus.

– Ce que je te dis n'est pas drôle, c'est pour ça. Allez, ne t'en fais pas, à demain. »

A deux heures, Julia arriva, tout agitée.

« J'ai vu Graham. S'il a reçu la même chose que nous, il a décidé de ne rien dire. Il est exactement comme d'habitude.

– On va peut-être vous faire chanter ?

– Je voudrais bien voir ça ! De toute façon, je ne marcherais pas.

– Et moi ? dis-je, vaguement alarmé.

– Ne t'en fais pas, Graham ne va pas te tuer. En

revanche, dit-elle avec l'expression neutre qu'elle avait parfois, si c'est lui qui s'amuse à... Je crois que moi je serais capable de le tuer. Il m'a assez gâché la vie comme ça. Mais au fond... C'est comme ton voyou de l'autre jour, j'imagine mal Graham... Dans ton ancien quartier, les vols de portefeuilles... Tu as porté plainte ?

– Non, ça me casse les pieds. Ça ne vous fait rien que je continue de vous vouvoyer ? Je trouve le vouvoiement plus troublant. (Son visage se détendit. Elle faillit sourire.) Vous avez une caméra ? Une caméra vidéo ? »

Il me parut inutile de lui dire que Viviane m'avait passé le petit film sur la maison d'Espagne.

« Oui, on en avait offert une à Viviane il y a longtemps, mais je ne sais même plus où elle est. Graham non plus, d'ailleurs, j'en suis sûre. Et puis tu penses bien que ce n'est pas cette caméra-là qui aurait servi...

– Ce soir, je viens quand même ou je trouve une excuse ?

– Bien sûr, que tu viens. Il n'y a qu'à faire comme si de rien n'était.

– Si vous dites ça, c'est que vous n'excluez pas complètement...

– Ma foi non, je n'exclus pas complètement ! Il y a des farceurs, des fous, je ne sais pas, moi. Attendons, on verra bien. Qui veux-tu que ce soit ? »

Elle s'aperçut qu'elle avait parlé sèchement, s'excusa et m'embrassa.

« Et pourtant, il faut bien que ce soit quelqu'un », dit-elle.

Je n'eus pas envie de lui parler de Daniel.

« Votre nouvelle voisine, Mlle Ledieu, vous la voyez, de temps en temps ?

— Peu, et de loin. Le premier jour, j'ai cru qu'elle allait s'inviter pour le thé, tu te souviens ? Ou alors c'était toi qui l'intéressais... Maintenant, j'ai plutôt l'impression qu'elle m'évite. Pourquoi, c'est elle ? dit-elle en riant.

— Pourquoi pas ? Elle a un magnétoscope et sans doute une caméra.

— Tu parles sérieusement ?

— Non. Elle vous évite ?

— Pas vraiment, mais les deux ou trois fois où on s'est aperçues, elle était moins empressée qu'au début, c'est tout. »

Elle me prit dans ses bras.

« En tout cas, ici, on aura du mal à nous filmer... »

Elle était encore en pantalon et portait un de ces chemisiers ultra-légers qui s'ouvrent, se plissent et glissent au sol dès qu'on les regarde un peu sévèrement. Nous fîmes l'amour une première fois avec moins de conviction que d'habitude, une deuxième fois avec autant de conviction.

« Peut-être qu'il vaudrait mieux ne plus se voir pendant quelque temps ? lui dis-je plus tard.

— Sûrement pas ! »

Je ne pouvais m'empêcher de penser que Daniel ne serait pas toujours là si d'aventure on cherchait encore à me broyer le squelette.

Avant d'aller à mon cours, je téléphonai à Edwige Ledieu. Je voulais lui demander si elle avait cinq minutes, pour lui remettre l'affiche espagnole de *La*

Rivière de nos amours. Je voulais aussi, je me l'avouai à moi-même, tenter de surprendre je ne sais quoi dans son attitude, ses paroles ou sa façon de parler susceptible d'être interprété comme un indice... Mais elle n'était pas chez elle. Au cinéma, sans doute. Je laissai sonner le téléphone douze fois et partis boulevard des Belges.

Je m'arrêtai chez un fleuriste rue Duquesne et achetai neuf roses.

Je n'osai pas sonner à la porte d'Edwige. Je pliai l'affiche en marquant le moins possible la pliure et parvins à la glisser dans sa boîte aux lettres, avec la photographie de Katharine Hepburn au dos de laquelle j'avais noté ma nouvelle adresse et mon nouveau numéro de téléphone.

Viviane m'annonça aussitôt qu'elle ne dînerait pas avec nous et s'en irait dès le cours fini. Je la trouvai réservée, soit qu'elle soupçonnât plus fortement une liaison entre sa mère et moi, soit qu'elle fût contrariée que je mangeasse avec ses chers parents, soit simplement qu'elle regrettât de m'avoir fait des confidences si intimes le samedi précédent. Ou bien elle n'était pas le moins du monde réservée, et j'imaginais. C'était elle qui m'avait ouvert la porte. Elle n'avait pas fait de commentaires sur les roses. J'aurais été content de les lui offrir.

Elle avait bien travaillé. J'avais l'intention de lui mettre sous le nez une prochaine fois la *Bourrée* de la *Première Suite* pour luth, de Bach. Pendant qu'elle jouait, je l'admirai à loisir, malgré l'approche du dîner qui me rendait nerveux.

Cette nervosité se dissipa assez vite sous l'effet des divers alcools et des manières exquises de Graham Tombsthay. Le repas fut simple, délicieux et rapide. Il

146

venait tout droit d'un traiteur du cours Vitton, la bonne distinguée aux cheveux blancs s'étant rendue dans un hospice de Perpignan où vivait son mari paralytique dont l'état venait de s'aggraver (un matin au réveil il n'avait plus pu bouger le bras droit), mari paralytique dont d'ailleurs elle était divorcée. Une remplaçante devait se présenter bientôt.

Une table de dimensions réduites avait été dressée dans le grand salon parmi les plantes. Les trois panneaux de la baie vitrée étaient ouverts sur le jardin et sur le parc. L'air sentait bon. L'endroit était toujours aussi étonnant et merveilleux. On était loin, ailleurs, nulle part. La toile (inachevée) posée sur un chevalet non loin du piano représentait la maison d'Almería. C'était un assez bon tableau.

« Il m'est arrivé de faire un peu de peinture, dit Graham de sa voix chantante.

– C'est de vous ?

– Oui. C'est notre maison en Espagne. A propos, dit-il à sa femme, j'ai vu que Viviane avait ressorti le magnétoscope. (A moi :) Un cadeau qu'on lui avait fait, magnétoscope et caméra. Ça l'a amusée huit jours. (Il posa sur la toile un regard nostalgique.) C'est ce que j'ai fait de mieux. Disons de moins mauvais.

– Non, c'est un beau tableau. Il m'a frappé tout à l'heure. J'aime bien le fond rose et blanc. La maison est plus blanche que le blanc du fond, c'est très réussi. Et j'aime bien aussi le petit bateau, on le voit à peine.

– Merci, dit-il en se tortillant comme une jeune fille. (Cela dura une demi-seconde.) Je l'ai laissé volontairement inachevé, parce que... parce que c'est dans cet état que je l'estime fini. J'ai l'impression que si je donnais un coup de pinceau de plus, je l'abîmerais. »

Il avait un ton de gravité attachant. Je n'arrivais pas à le trouver antipathique, et d'ailleurs, me dis-je en finissant mon verre d'un coup, je n'avais aucune raison autre qu'imaginaire de le trouver antipathique. Il continua :

« Peut-être ma vie professionnelle m'a-t-elle servi de leçon... Le rapprochement est un peu forcé, mais... Dès que j'ai eu tout ce que je souhaitais, plus rien ne m'a intéressé dans la vie. Sauf ma chère Julia », dit-il en se penchant et en lui caressant la main.

Cherchait-il à nous embarrasser ? Julia, toujours très à l'aise, se tira bien de l'épreuve si c'en était une. Un cri de bête éclata dans le lointain, puis se prolongea, moins fort.

« Et mes petites collections, bien sûr. Vous n'êtes pas du tout collectionneur vous-même ?

– Non.

– Vous n'avez jamais été tenté ?

– Non. J'aimerais bien avoir chez moi une centaine de guitares de pays et d'époques divers, c'est tout... »

Il sourit. Il avait l'art de manger sans avoir l'air de manger, son assiette était toujours vide. Il me demanda si j'étais content de mon élève : oui, très content.

« J'espère que tout à l'heure vous voudrez bien jouer un peu pour nous ? »

Je dis oui sans enthousiasme. Au dessert (mousse au chocolat, biscuits fins, pêches et cerises), Sabot, le chat roux dont je portais encore sur mon épaule la signature rosâtre, traversa la pièce. Il s'arrêta, me regarda droit dans les yeux, hérissa le poil, retroussa ses babines, m'adressa un long ffffffff ! haineux puis repartit au petit trot. Graham me dit, toujours souriant de son sourire tordu :

« On dirait que vous vous êtes fait un ennemi dans la maison... »

Sans me laisser le temps d'apprécier et de digérer cette remarque innocente ou non, il parla voitures, sujet sur lequel il était fort compétent. Il évoqua son ancienne Citroën SM, moi mon ancienne Alfasud.

« Une bonne voiture, je crois ? Mais il paraît que la cinquième est un peu longue ?

– Un peu longue, en effet. On finit de la passer à quatre pattes sous le vide-poches du passager, après il faut s'épousseter et regagner sa place en remerciant le Ciel s'il n'y a pas eu de virage. »

Il dissimula son sourire derrière sa main, et Julia, après un moment d'étonnement provoqué par ma verve soudaine, rit aussi. Je continuai sur ma lancée. Je passai en revue mes premières voitures, des occasions de douzième main, ce genre de ruines dont il vaut mieux se débarrasser le jour où on crève parce que le pneu coûte le double du prix de la voiture. Graham Tombsthay semblait ravi de ma compagnie. Il m'interrogea sur mon nouveau logement. A un moment, il alla répondre au premier étage à un coup de téléphone. J'en profitai pour effleurer de mon pied le pied de Julia, qui était vêtue d'une robe et vautrée dans un fauteuil en face de moi dans une pose telle que je n'aurais eu qu'à m'allonger sur elle, relever un peu sa robe, écarter son slip sans même l'ôter, et, après avoir fait se sauver le chat par des braillements menaçants...

J'étais ivre, plus que je ne pensais.

« J'ai rarement vu Graham aussi détendu depuis des mois, dit-elle. C'est à se demander s'il ne te trouve pas à son goût. Il y a quelque chose que je ne t'ai pas dit, il a eu un petit ami, quand il était en Allemagne. »

Vers onze heures, je jouai (la fugue de la *Deuxième Suite,* les *Souvenirs de l'Alhambra* de Francisco Tarrega et un *hornpipe* de Purcell, bref et endiablé) avec plaisir finalement, avec ardeur et même avec rage, comme pour en imposer à Graham Tombsthay l'industriel, séducteur sans joie, peintre et musicien raté, qui me faisait les yeux doux et dont je possédais la femme, la seule femme peut-être qui comptât pour lui – lui en imposer (je ne sais pas ce qui me prit), l'écraser, lui faire du mal... Vilain, ridicule et curieux sentiment de haine qui s'évanouit avec les dernières notes.

« Je suis étonné et admiratif, sincèrement, me dit ensuite cet industriel, ce parvenu, cet aventurier à la calvitie mourante, je ne savais pas qu'on pouvait jouer des choses aussi complexes sur une guitare. Cette fugue a vraiment été écrite pour le luth ?

– Non, c'est une transcription d'une sonate pour flûte et clavier, mais qui date de l'époque de Bach. »

Ses yeux brillaient. A la lumière électrique, il avait davantage l'air d'un homme d'une autre nationalité, d'un autre continent.

« Et ces... *Souvenirs de l'Alhambra*, c'est une musique plus légère, évidemment, mais quel travail, votre main droite ! C'est très impressionnant. Bravo. Vous jouez beaucoup ? »

150

Tout d'un coup, j'étais fatigué. J'avais envie d'être chez moi. Je lui répondis oui. Il se passa la main sur le crâne, d'un geste ample, du front à la nuque, comme s'il remettait en place une crinière particulièrement touffue et rebelle. Ses trois cheveux ne bougèrent pas d'un millimètre. Peut-être qu'il les dessinait.

« On doit avoir peur pour ses mains, non, quand on pratique un instrument comme vous, professionnellement ? Vous y pensez, parfois ? »

J'évitai de regarder Julia et répondis aussitôt en faisant une sorte de moue :

« Non. D'ailleurs, à part un accident de voiture... Le pire qui puisse arriver, c'est de se casser un ongle à la main droite. C'est la hantise des guitaristes. Mais j'ai la chance d'avoir des ongles solides. »

Il changea de sujet avec aisance et naturel. Impossible de déceler la moindre malice dans son propos. S'il s'agissait d'une allusion, il fallait rendre hommage à ses talents de comédien.

Je quittai les Tombsthay peu après. Le « à bientôt » de Graham fut des plus suaves. Grâce à ses qualités d'hôte, la soirée, d'une certaine façon, avait été parfaite, exactement ce qu'elle devait être, ni trop longue ni trop courte, ni cérémonieuse ni intime... Je n'en savais pas plus sur l'envoi anonyme, ni sur le bris manqué de mes doigts, malgré les quelques phrases ambiguës de Graham, ou à cause d'elles. Maintenant, j'avais tendance à penser comme Julia qu'il n'était pas homme à se livrer à ces jeux idiots avec l'amant de sa femme.

Un petit morceau de viande était resté coincé entre ma canine inférieure gauche et la prémolaire sa voisine. Tant mieux, me dis-je, car il est parfois agréable de s'ôter des débris d'entre les dents, du fait du soulagement qu'on éprouve ensuite.

Je passai le pont de la Boucle, le pont de Lyon que j'aime le moins à vrai dire.

Oui, mais si cet amant c'était moi ? Si, aux sentiments que portait Graham Tombsthay à Julia, étaient venus se mêler ceux qu'il semblait éprouver pour moi, en un entrelacs tortueux générateur d'idées et d'actes biscornus ?

Un petit ami, en Allemagne...

Malgré son activité professionnelle incessante et ses maîtresses, il était évident que la vie lui était pesante. Et il avait un passé peu clair, dont il laissait entendre et même proclamait qu'il constituait le meilleur de sa vie, et... Oui, mais savait-il, se doutait-il seulement que sa femme avait un amant ? Bien que Julia, à mon avis, ne prît guère de précautions, rien n'était moins sûr. Je me dis que je me fatiguais l'entendement pour rien.

Je poussai le portillon de mon jardinet d'herbes folles où je n'avais nulle aide à attendre si quelqu'un me tombait sur le râble.

Je m'endormis avec difficulté. Des images incohérentes défilaient dans ma tête. Parfois, l'une d'entre elles s'installait et se précisait. Je revis Arlette Pastinet aussi nettement que si elle eût été debout à côté du lit en pleine lumière. Arlette Pastinet et Varax. Ça devait être du joli. C'était ce genre de longue femme sèche haut perchée, les fesses larges mais peu fournies et ouvertes, les cuisses éloignées l'une de l'autre, comme si un diablotin un peu farce, profitant d'une brève absence du Créateur, lui avait mis les deux pouces dans le derrière et crac, que je t'écarte tout ça ! Je rêvai toute la nuit d'accouplements bizarres.

Le mardi, dès mon réveil, j'appelai Daniel et m'enquis de sa santé. Il avait déjà vu Zébron. La dame engageante qui répondait au téléphone lui avait demandé de décrire ses symptômes et lui avait donné un rendez-vous l'après-midi même entre deux clients. Zébron avait ordonné diverses analyses. Daniel avait eu le temps de faire faire ces analyses dans un laboratoire des Brotteaux, une demi-heure avant la fermeture. Si les cultures microbiennes étaient négatives, il aurait les résultats dès demain mercredi, et Zébron le recevrait alors sur un simple coup de fil pour établir une ordonnance.

« Vous êtes inquiet ?

— Absolument pas. Vous aviez raison, pour votre médecin, il est bien. Très rassurant. Je vais à Paris jeudi, pour deux ou trois jours. Jusqu'à dimanche, je pense. Je vous l'ai dit, si ça vous tente... Vous n'aurez aucun frais, je peux vous loger, il n'y a aucun problème. J'aurai pas mal de choses à faire, vous pourrez vous promener. Vous connaissez bien Paris ?

— Non, mal. Rappelez-moi demain, quand vous aurez vos résultats. On verra. Je ne sais pas trop. »

Nous raccrochâmes en même temps. Daniel m'intriguait de plus en plus. Un tueur ? Allons donc !

Je décidai de ne pas passer une nouvelle journée à me torturer l'esprit et sortis du lit d'un mouvement décidé.

Pas de cassette dans la boîte aux lettres. Je trouvai seulement un chèque des Blon, mes successeurs montée de la Grande-Côte. Des gens sérieux, ces Blon. Allait-on les filmer, eux aussi, pendant l'exercice de leurs gamineries ? Et devrais-je leur téléphoner d'ici à huit jours pour savoir s'ils avaient reçu... ? Assez, me dis-je, assez !

C'était agréable de se balader autour de sa maison en pyjama, au saut du lit, par une belle journée d'été.

J'estimai poli de remercier une fois encore Gisèle Hénaut, maintenant que j'étais installé. Je l'appelai au *Progrès*. Elle ne parlait pas spécialement fort, mais sa voix vous perçait les tympans.

Après le petit déjeuner, je m'installai sur une chaise dans le jardin, face au soleil, vêtu de mon seul slip. J'essayai de déchiffrer dans ma tête la partition de la première fugue de l'*Art de la fugue* de Bach. Puis je commençai la lecture d'un autre livre de Henry James, *Ce que savait Maisie*. J'avais posé mon transistor dans l'herbe à côté de moi et j'écoutais France-Musique d'une oreille distraite. Grésillements, fritures, crachotis. Les piles avaient besoin d'être changées. On entendait comme un bruit de Cocotte-Minute à la soupape déréglée. Finalement, ce n'étaient pas les piles, mais le nouveau programme du mardi matin. Je coupai et rentrai dans la maison, le soleil me faisait trop grimacer et je ne pouvais pas me concentrer sur ma lecture.

Je suai. Je pris une douche. Puis j'eus l'idée de monter sur le toit, pour voir. On ne voyait pas grand-chose, sinon les constructions ou destructions inachevées qui ravageaient le paysage jusqu'à la rue Eugène-Pons. C'était drôle que la rue juste derrière s'appelât rue de Verdun, on aurait dit en effet Verdun. Les chantiers semblaient à l'abandon. L'entreprise prenait-elle ses vacances en juillet ? Je me demandai si la maison des Lampéda serait démolie elle aussi. Sûrement, dans quelques années. Ou dans quelques mois ? Je me tournai du côté du Rhône et du parc. A vol d'oiseau, je me trouvais à égale distance de la rue Chazière et du boulevard des Belges. On voyait bien le boulevard des Belges, mais je ne parvins pas à repérer la demeure des Tombsthay.

Je redescendis, entrai dans le garage, complètement vide, et en fis le tour. Le sol était en terre noire comme de la poussière de charbon. Je m'essuyai soigneusement les pieds sur un paillasson usé avant de pénétrer dans la cuisine, qu'une porte basse et étroite faisait communiquer avec le garage.

Je commençai à préparer le repas. Mon père arriva à midi et demi. Sa moustache grise prenait forme et il était bronzé. Il ressemblait presque à Clark Gable dans *Mogambo,* avec l'air plus sain, des talents d'acteur supérieurs mais une présence moindre. Il portait un pantalon de toile et une veste de fine laine marron clair.

« C'est haut, chez toi !

— Plus haut, on fait pas.

— C'est marrant, cette petite maison blanche. On se croirait dans le Midi. Dis donc, j'ai le numéro de téléphone de ta mère. J'essaie de ne pas en abuser, je ne voudrais pas qu'elle croie que je la presse. Je me suis dit que si je l'appelais d'ici, tu pourrais lui dire deux mots, qu'est-ce que tu en penses ? »

Il l'appela à Lausanne et ensuite ne dit plus grand-chose, oui, non, bien sûr, c'était surtout ma mère qui parlait. Il me la passa. Je dis à ma mère que j'étais bien content de l'entendre et que je serais

155

encore bien plus content de la revoir. Elle me dit qu'elle aussi.

Nous avions du mal à parler.

Ce coup de fil me laissa un peu déprimé et nerveux.

« Et ton mouvement perpétuel ? dis-je à mon père pendant le repas.

— Ça y est, j'ai toutes les pièces. Il me manque juste un disque d'un mètre de rayon en métal très léger. Mais c'est pour bientôt.

— Si seulement tu avais consacré ton ingéniosité, qui est remarquable, à fabriquer quelque chose d'utile, tu serais riche, maintenant. Je connais un type qui a inventé un appareil à mesurer les vibrations...

— J'y ai pensé, figure-toi, à mesurer les vibrations. Par exemple pour détecter une panne, sur...

— Ne m'explique pas que c'est utile et que ça rapporte, je le sais. »

Mon père m'agaçait. Cela arrivait parfois.

« Et tu crois que c'est pas utile, un mouvement perpétuel, quelque chose qui fonctionnerait sans énergie, chacun fabrique son électricité chez lui...

— Mais bien sûr, mais... Quand tu lâches une pomme, elle tombe, non ? Tu n'as jamais vu une pomme s'envoler et percuter les corbeaux, quand tu la lâches ? Bon, eh bien, le principe de...

— La première fois qu'on a dit que la Terre tournait, tout le monde...

— Mais enfin, papa, ce n'est pas la même chose !

— Ta pomme non plus, c'est pas la même chose. »
Etc.

Je me forçai au calme.

« Remarque, tu as raison, essaie toujours. Si ça ne

marche pas, tu me donneras ta machine pour que je joue avec, comme avant. Je la mettrai dans le garage, là. »

Après son départ, je dormis une heure et m'éveillai grognon. Le téléphone sonna au moment où j'ouvrais les yeux. C'était Edwige Ledieu qui voulait me remercier pour l'affiche et la carte postale. Elle avait une voix absolument normale, et c'est d'une voix absolument normale qu'elle me dit :

« Je viens aussi de recevoir une cassette vidéo... »

Allons bon. On avait donc arrosé toute l'agglomération ? Je n'allais plus pouvoir me promener dans les rues. Les gens allaient se bourrer les côtes en me désignant du doigt. Je dus retenir ma mâchoire inférieure pour l'empêcher de heurter le sol, et la remonter pour articuler d'une voix qui ressemblait à un pneu qui se dégonfle :

« Vous avez reçu une cassette vidéo ?

— ... Oui. Pardon. Je bois du café en même temps que je vous parle. *Traquenard,* de Nicholas Ray. *Party Girl,* avec Robert Taylor et Cyd Charisse. Je l'ai fait venir des U.S.A. par l'intermédiaire d'un ami de ma mère. Je l'attendais depuis un mois et demi. Vous l'avez vu, évidemment. »

Le sang me revint au visage, comme si quelqu'un actionnait brutalement une pompe.

« Oui, mais il y a longtemps.

— Si vous avez envie de le revoir et si vous n'avez rien d'autre à faire, je pensais vous proposer de passer ce soir, après dîner.

— D'accord, dis-je aussitôt. J'ai essayé de vous appeler hier après-midi vers cinq heures et demie, vous n'étiez pas là.

— Je sors le plus possible.

– Vous allez au cinéma ?

– Pas seulement. Je profite du beau temps. Je me rends compte qu'il y a des tas de quartiers de Lyon que je ne connais pas. »

Il fut convenu que je passerais chez elle vers neuf heures et demie-dix heures moins le quart.

Je gardai le récepteur en main et appelai Julia. Le téléphone sonna dans le vide. J'allais raccrocher lorsqu'elle répondit.

« Je partais chez le coiffeur, j'étais déjà sur le perron. J'ai essayé de t'appeler plusieurs fois, mais c'était toujours occupé. Il n'y a rien de nouveau. Pour toi non plus ? A mon avis, ça n'aura pas de suites.

– J'espère. Ce soir, je suis invité chez votre voisine. Après dîner, pour voir un film.

– Vos relations prennent un tour intéressant. Elle va sûrement essayer de te séduire. A moins que ce ne soit déjà fait ?

– Tu es jalouse, hein ?

– Tu ne trouves plus le vouvoiement troublant ? »

Julia émouvait ma chair même au téléphone. Elle me donna rendez-vous chez moi le lendemain avant le cours, comme d'habitude, dit-elle en riant. Pour la première fois, j'eus un semblant de réticence, mais l'idée du plaisir le balaya, ce semblant de réticence, jusqu'au pôle Nord.

Je passai une partie de l'après-midi à enregistrer des pièces de guitare pour Edwige Ledieu, trois cassettes, que je fourrai dans un sac en plastique.

Sa maison, au 27 du boulevard des Belges, était nettement plus petite que celle des Tombsthay, moins jolie aussi, dedans comme dehors. La maîtresse des lieux, elle, était ravissante, avec sa longue robe noire fendue sans manches et ses cheveux ondulés, presque roux à la lumière électrique, sans qu'elle eût pour autant une chair de rousse, comme ses bras nus, qu'elle tenait volontiers croisés, le prouvaient. La lumière, sa coiffure et son maquillage faisaient paraître moins dissemblables ses deux visages. La bouche, pourtant, s'amincissait irrémédiablement du côté gauche, et l'œil gauche était bel et bien à demi fermé, sa paupière plus lourde, son éclat moins vif. Pour ne pas trouver laid ce visage, il fallait ne pas vouloir le trouver laid, au prix d'un effort plus ou moins grand selon les circonstances.

Elle me proposa de visiter la maison.

« J'adore visiter les belles maisons et les beaux appartements.

— J'imagine qu'à côté ça doit être encore bien plus beau ?

— Oui, je dois dire qu'ils ont un pied-à-terre assez coquet. Leur jardin est incroyable.

— Je sais, on peut le voir du salon, au premier étage. Ici, c'est une simple pelouse. Je ne sais pas pourquoi personne n'a essayé d'en tirer un meilleur parti. Un jour, il faudra que je me décide à faire venir un jardinier. »

Le premier étage était plus accueillant que le rez-de-chaussée. C'est là qu'elle passait le plus de temps, me dit-elle, dans un salon tapissé d'affiches de cinéma, certaines rares ou introuvables, comme l'affiche de *L'enfer est à lui* de Raoul Walsh ou d'*Une étoile est née,* la première version et la plus belle, celle de William Wellman. Il y avait aussi *Pacto de honor,* bien en vue au-dessus d'une commode.

« Je l'ai mise à la place du *Facteur sonne toujours deux fois*, j'en avais un peu assez », me dit-elle.

Kirk Douglas, vêtu d'une chemise rouge, plus rouge que la tapisserie rouge du salon, où dominaient le rouge et le marron, grimaçait son célèbre sourire. Elsa Martinelli (son premier rôle : *introducing* Elsa Martinelli) était moins splendide que dans le film, le dessinateur ayant un peu forcé sur les pommettes, on aurait dit qu'elle avait eu récemment affaire à un nid de frelons. Quant à Walter Matthau, en noir et blanc, regard sournois et lèvres minces, il semblait le diable déguisé en cow-boy. A l'arrière-plan galopaient des Indiens fantomatiques.

La pièce avait deux fenêtres, une petite et une grande. La grande donnait sur le parc. On apercevait l'allée goudronnée de rose qui longeait les jardins. Par la petite, sur le côté, on voyait bien tout le jardin des Tombsthay, arbres, arbustes, sentiers dallés, massifs de verdure ou de fleurs, qu'éclairaient des sources de lumière dissimulées. Je me demandai si Viviane était là. Sûrement pas. Etait-elle toujours fourrée avec Alain, son *minet* de gouttière d'immeubles de grand standing ?

« Merci encore, pour l'affiche, dit Edwige.

– J'ai autre chose pour vous. Je vous ai enregistré quelques disques, dis-je en lui tendant le sac en plastique.

– Oh ! merci ! C'est très gentil. Je n'ai pas osé vous en reparler au téléphone, mais je n'ai rien trouvé de ce que vous m'aviez noté, sauf un disque de John Williams, et encore, il est rayé sur toute une face, il faut que je le rapporte.

– Il me restait de la place sur une cassette, j'ai aussi enregistré trois pièces *flamenco* d'un guitariste qui s'appelle Serranito. Son vrai nom est Victor Monge, mais au début de sa carrière il avait créé un trio avec ses deux frères, Los Serranos, et comme il est plutôt petit... Vous me direz ce que vous en pensez. »

J'avais tendance à m'étourdir de paroles. Edwige était à l'aise et cherchait à me mettre à l'aise. Sans doute m'avait-elle pardonné mes maladresses. Ou alors elle ne m'avait pas pardonné du tout, et elle était au courant de ma liaison avec Julia, d'ailleurs elle nous avait surpris dès le début place Antonin-Poncet, et maintenant elle...

« Merci. J'écouterai tout ça. J'aimerais bien vous entendre, un jour.

– Pourquoi pas ?

– Je vous ai attendu pour *Traquenard*. Inutile de vous dire que ce n'est pas l'envie qui m'a manqué de me faire une petite avant-première... Asseyez-vous dans le canapé, là. Si vous le trouvez trop près ou trop loin de la télé, dites-le-moi. Je vais me préparer du café, vous en voulez ? Du cognac ? »

Je m'assis dans un étrange canapé où l'on enfonçait facilement d'un mètre juste à l'endroit où on se posait, vialouiouchchch.

« Un peu de cognac, je veux bien, merci. »

Elle remplit deux verres de cognac et sortit. Je l'entendis s'affairer dans une pièce proche. Je me relevai et allai encore jeter un coup d'œil par les deux fenêtres.

« J'ai un ami qui se promène souvent par ici, dis-je quand elle fut de retour. De ma taille à peu près, avec un blouson en cuir et des cheveux très longs.

– Tiens, je l'ai vu cet après-midi. Du moins je pense

que c'est lui. Juste après vous avoir téléphoné. Il est plutôt blond et assez grand ?

— Oui, c'est ça.

— Vous connaissez beaucoup de monde, à Lyon ?

— Plus tellement. Avant, oui. »

Ces dernières années, avec Cécile, le vide s'était fait autour de nous.

« Vous avez revu vos voisins ? Les Tombsthay ? »

Elle me regarda un certain temps avant de répondre. (Comme pour me dire : « Vous devez bien le savoir, par Julia » ? Crétin, me dis-je.)

« Non. Aperçus, seulement.

— Je vous demande ça, parce que le premier jour il m'avait semblé que... »

Je n'achevai pas. Je ne savais plus quoi dire.

« C'est toujours un peu triste, les emménagements. Effectivement, le premier jour... Mais Mme Tombsthay m'avait paru plutôt froide. Il faudra que je lui passe un coup de fil, un de ces après-midi. Vous les trouvez sympathiques ? »

N'avait-elle pas un air à sous-entendre : « Je vous pose la question, mais je le sais bien, qu'ils vous sont sympathiques, surtout la mère, n'est-ce pas, puisqu'elle et vous... Ne dites pas non, j'ai tout de suite compris. Et un jour je vous ai même filmés. C'est moi, oui. Que me reste-t-il dans la vie sinon regarder vivre les autres ? Le cinéma... Et, bien sûr, il m'arrive d'être jalouse, et de... » ? Fieffé farfelu, me dis-je. Mais sans conviction. Car quelque chose me paraissait bel et bien peu net dans l'attitude de Mlle Ledieu, dans son amabilité même, excessive et fébrile par rapport à nos rencontres précédentes.

Nouvelle volte-face. Je me traitai de noms orduriers. Si Edwige était si aimable, à la fois détendue et un peu excitée, c'est tout simplement qu'elle était contente de la soirée, de l'affiche, des cassettes... Je devenais fou. Je comptai sur le cognac pour imposer silence à mes divagations. Sur le cognac et sur le film.

Elle mit les appareils en marche, ne laissa éclairée dans un coin de la pièce qu'une petite lampe à l'abat-jour noir, et vint s'asseoir sur le canapé à un mètre de moi, vialouiouchchch.

Et nous bûmes beaucoup.

Traquenard. Party Girl, de Nicholas Ray, avec Robert T'es hilare et Cyd Charivarisse, comme aurait dit Varax amoureux. T'es hilare qui arborait une mine sinistre et Charivarisse, ses jambes légendaires. L'histoire d'amour est pleine de gravité, lente à s'accomplir, entre deux êtres que tout sépare (exactement comme plus tard dans les films de Sydney Pollack). Robert (son plus grand rôle) est infirme, il boite, tandis que Cyd, contraste saisissant, est danseuse et fait ce qu'elle veut de ses jambes. Elle n'a pas le sou, mais par bonheur son *Taylor is rich* (Varax) et peut se payer une opération qui lui rend les membres inférieurs de ses quinze ans. Non content de devenir un autre homme (mon vœu le plus cher, je l'ai dit) du point de vue de la morphologie, il change aussi d'âme en s'arrachant à l'Organisation du Crime dont les mille tentacules le retenaient prisonnier.

Au moment du deuxième numéro musical du film (moins nécessaire, plus décoratif que le premier, même si on peut lui trouver des justifications plus secrètes), Edwige (nous n'échangions pas un mot) versa du cognac dans nos verres vides, puis croisa les siennes, de jambes, sa robe fendue se fendit, elle était à ma gauche donc je voyais son profil Garbo-

Hepburn, la douce lumière était caressante, bref, il me vint des idées de caresse. Ici je dois avouer qu'il m'est difficile d'être au cinéma avec une femme sans que de telles idées me viennent. J'explique cela, entre autres raisons, par le fait que mon premier rapprochement sérieux avec une personne de l'autre sexe eut lieu au cinéma, dans un cinéma de banlieue qui en plus s'appelait l'Eden, un dimanche après-midi à la séance de cinq heures. On passait *Trahison sur commande* de George Seaton (rien à voir avec *Traître sur commande* de Martin Ritt), j'étais avec une amie de lycée qui de baisers en caresses vagues en était venue à une caresse précise, j'avais étendu mon imperméable sur ses genoux et mon ventre comme une couverture pour qu'on ne voie pas trop que par-dessous ça bougeait, mais mon siège (en bois) remuait et craquait, or l'Eden c'était ce genre de salle de quartier où quand on remue un siège on les remue tous, si bien qu'au bout d'un moment on se serait tous crus passagers d'une charrette lancée à vive allure sur un chemin défoncé.

Fin de *Party Girl*. J'étais troublé, pas trop mais un peu. Edwige aussi, j'en étais sûr. Beaucoup d'hommes, certes, devaient rechercher ses faveurs, mais combien auraient voulu faire d'elle leur compagne fixe, vivre avec elle – l'épouser ? C'était terrible, regrettable – la plupart de ces hommes devaient trouver cela terrible et regrettable –, mais c'était ainsi. Dans son cas, deux attitudes principales me semblaient possibles : en simplifiant, coucher avec tous les hommes ou avec aucun. Or j'imaginais mal Edwige (intelligente, forte, sensible et susceptible) s'offrant au premier venu. Elle devait être d'une méfiance infinie. Dans quel état d'esprit était-elle ce soir ? Je ne savais. Tenter quelque chose était délicat, ne rien tenter plus encore peut-être.

Le problème se régla de lui-même, car ce débat et ces craintes m'ôtèrent tout désir, et le moment idéal de risquer une avance sur la voie fleurie et ensoleillée de la copulation, moment idéal qui se situa (pour moi) environ quatre minutes après le film, passa. Devais-je me forcer ? me dis-je à deux ou trois reprises. Non. C'eût été courir au désastre. Mon sexe, apeuré par le complexe et l'épineux de la situation, s'était rencogné au possible, et me faisait savoir sans ambiguïté par sa chétivité spectaculaire qu'il ne se hisserait pas sauf palan différentiel, liquides aphrodisiaques absorbés par seaux, et projection insistante sur les murs de la pièce de films lascifs que les censeurs scandinaves les plus hardis et les plus tolérants avaient rejetés en se signant dans l'enfer des filmothèques.

Et la soirée s'acheva vite et bêtement.

Le cognac, bu en grande quantité, n'affectait pas Edwige, ou alors ça ne se voyait pas, ce qui revient au même. Nous parlâmes de *Party Girl* et d'autres films de Nicholas Ray, surtout de *Johnny Guitar*. Elle avait la musique du film, évidemment, et évidemment nous l'écoutâmes, un petit coup de *Johnny Guitar* de temps à autre ne saurait nuire, « *play the guitar, play it again, my Johnny, what if you go, what if you stay, I love you »*, musique de Victor Young, paroles de Peggy Lee –, ne saurait nuire, mais ce soir-là était hors de propos, car c'était une musique – la voix de Peggy Lee vous remue jusqu'au fond de la poitrine et du ventre – à se serrer l'un contre l'autre – or ce soir-là, je viens de le dire...

Et le cognac, bu en grande quantité, m'affectait

singulièrement. Quand je voulus partir, à minuit dix, je crus que je ne réussirais jamais à m'arracher à la succion du canapé sans l'aide de deux grues, une à chaque bras.

J'y réussis. Foooououou, fit le canapé en reprenant sa forme native. Je remerciai Edwige. Elle me remercia aussi. Ironiquement ? Peut-être, peut-être pas. Elle avait, elle, l'œil net et vif, et la voix sûre. Et c'est le moment qu'elle choisit pour ranger la cassette de *Traquenard* dans un placard.

« J'aurais pu vous montrer mes films, dit-elle. Venez voir. »

En effet, elle aurait pu y penser avant. Je m'approchai. Outre une impressionnante collection de films américains anciens et récents, il y avait aussi quelques cassettes Super Avilyn Vidéo T.D.K. et deux cassettes Fuji, vierges, me dit-elle, ou avec de petites choses filmées par elle.

« Ah ! très bien. Vous avez une caméra ?
— Oui.
— Et vous faites...
— Rien d'intéressant, je m'amuse. »

L'ivresse me venait par bouffées. Quand elle m'eut reconduit au portail – bras croisés, ses cheveux caressant ses épaules –, je lui dis sans réfléchir, dans un état second :

« Je ne vous ai pas parlé d'une cassette... anonyme, que j'ai reçue hier matin... (Une sorte de mauvaise allégresse s'emparait de moi. Je savais que j'irais jusqu'au bout.) Quelqu'un a eu l'idée de me filmer dans ma vie... dans ma vie privée, dans ma vie très privée, avec une caméra vidéo, et m'a envoyé le film. Ce n'est pas vous ?
— Vous avez de drôles de plaisanteries, dit-elle,

sans surprise et sans mécontentement apparents. Je crois que vous avez trop bu. C'est ma faute. »

Je regrettai immédiatement mes paroles. Je bafouillai :

« Excusez-moi, je... »

Je compris que ce qui donnait l'air si malicieux parfois à Edwige Ledieu, c'était qu'elle se retenait de rire ou de sourire, et le rire ou le sourire passait tout dans son regard et le faisait étinceler de malice. Son œil intact étincela de malice.

« Ne vous excusez pas, dit-elle, c'est bien moi. Parmi les fées qui se sont penchées sur mon berceau, il y en avait une très méchante, qui m'a défigurée et m'a mise à l'écart de la vie. Je ne vis pas vraiment, vous comprenez ? Ma seule façon de vivre un peu, c'est d'être témoin de la vie des autres. Il m'arrive d'être jalouse de ceux qui vivent, alors je leur joue des tours, comme à vous. Vous voyez, je suis très lucide sur mon cas... »

Je l'écoutai, incrédule. Complètement folle elle aussi, pensai-je. J'essayai de ne pas bafouiller :

« Vous parlez sérieusement ?

– Et vous ?

– Je ne sais pas.

– Moi non plus. »

Cette fois, elle ne put s'empêcher de sourire. Et la grimace qui s'ensuivit, loin de me rebuter, me rendit Edwige soudain violemment désirable, mais un peu tard.

« Remerciez les fées qui se sont penchées sur votre berceau, parce que vous êtes très belle.

– Vous essayez de vous rattraper ?

– Je vous jure que non.

– Je crois que vous êtes un peu fou, dit-elle, mais ce n'est pas désagréable. »

Si je l'embrassais, devais-je l'embrasser sur les deux joues ? Oui, évidemment.

« Je vous demande pardon, vous avez raison, j'ai trop bu, et... Mais c'est vrai que j'ai reçu...

– On en reparlera. Maintenant, le mieux est que vous partiez, vous ne pensez pas ? »

Et elle me tendit gentiment sa main, que je pris, un peu éberlué, et qui était douce et chaude. En effet, le mieux était que je m'en aille. J'avais sommeil, soudain, et envie de vomir. Et envie d'être seul.

Je me garai cours Aristide-Briand, à une vingtaine de mètres de la montée des Lilas. Il y avait encore pas mal de circulation. Je regardai ma montre. Une heure moins vingt. Toutes ces marches...

Je grimpai dix marches, me demandai si j'avais bien fermé ma voiture à clé, redescendis, m'arrêtai sur le trottoir et me dis : oui, je l'ai fermée, ça y est, je me souviens. Et je remontai, mais juste avant de remonter j'avais aperçu un homme dans une voiture, pas très loin, qui refermait tout doucement sa portière.

J'arrivai au sommet. Je soufflais comme un veau. Je m'étais retourné trois fois. J'entrai dans mon jardinet, attendis quelques instants et ressortis. L'homme (si c'était le même, mais ce ne pouvait être que le même) était au milieu des marches. Il grimpait à toute vitesse.

Je me ruai chez moi. M'enfermai à clé, baissai les rideaux métalliques des trois pièces en faisant tourner les manivelles comme des hélices. Je ne parvenais pas à reprendre mon souffle. Sans ma petite manœuvre, l'homme m'aurait surpris en train d'ouvrir tranquillement ma porte. J'empoignai le téléphone.

La police ? A part cinq minutes de film leste, je n'avais à leur service que des histoires à dormir debout et des hypothèses de vaudeville. Je ne réussirais qu'à faire tumescer le rude organe génital des inspecteurs. Et la voix de la raison me soufflait que je ne craignais plus rien dans l'immédiat, enfermé chez moi avec un téléphone, comme l'homme pouvait s'en douter. Mais cela ne m'empêchait pas de crever de peur. J'avais besoin d'être rassuré, protégé, tout de suite. Je me cramponnais au téléphone comme si on allait supprimer le lendemain tous les téléphones de la surface de la Terre.

J'appelai Daniel Forest.

VI

Je soupirai de soulagement quand il décrocha. Je le tutoyai. Je lui demandai s'il pouvait venir tout de suite, je lui expliquai en deux mots la situation. Il me dit qu'il arrivait dans le quart d'heure.

Les lames jointes du rideau métallique ne permettaient pas de surveiller l'extérieur. C'était angoissant. Le coup de fil à Daniel m'apaisa d'abord à la manière d'un rendez-vous pris chez le médecin. Je commençais à me dire : si l'homme avait vraiment voulu m'agresser, ne s'y serait-il pas pris autrement, ne m'aurait-il pas guetté plus près de la maison ? A moins que, pour une raison ou pour une autre, il ne soit arrivé que quelques instants avant moi...

Et une petite brise de panique soufflait à nouveau. J'avais l'œil fixé sur la porte-fenêtre et un long couteau à viande (nous en avions trois avec Cécile) à portée de main.

Je n'entendais pas le moindre bruit.

Douze minutes après mon coup de téléphone, Daniel frappa au volet. Je me précipitai. Puis me figeai : et si c'était Daniel qui manigançait tout ça ? Je m'insultai, une fois de plus, et même me donnai un rapide et violent coup de poing sur la cuisse.

J'ouvris.

« Je n'ai rien vu d'anormal, me dit-il. J'ai fait le tour de la maison. Je suis allé jusqu'à la rue, derrière.

– Je ne t'ai pas entendu.

– J'ai mis des baskets avant de partir. Tu es un peu pâle, ça va ?

– Oui, ça va mieux. J'ai trop bu, ce soir.

– Raconte-moi exactement ce qui s'est passé. »

Tout d'un coup Daniel, grand, large, vigoureux dans son blouson de cuir, à la fois calme et prêt à foncer, m'inspirait une confiance sans limites. Je lui racontai mon arrivée seconde par seconde, autant que faire se pouvait, en essayant de me rappeler tous les détails.

« Evidemment, tu ne pourrais pas dire si le type était le même que l'autre soir dans ton escalier ?

– Non. Celui de ce soir m'a paru grand. L'autre était plutôt petit, non ?

– Oui.

– Je ne sais pas. Je ne peux rien dire. »

Mon cœur battait plus régulièrement. Puis je me souvins pour ainsi dire que Daniel était peut-être une sorte de malade mental. Allait-il profiter de l'événement pour triompher ? Pas du tout. Il se montra très réservé.

« Peut-être que ce type te voulait quelque chose, peut-être pas », conclut-il.

Mais il y avait la cassette... Ma décision de ne pas lui en parler faiblissait. Maintenant, sous l'effet du choc, de la panique récente, c'était moi qui, paradoxalement et perversement, aurais presque souhaité le convaincre que se tissaient autour de moi les fils coupants d'un piège sournois. C'est alors qu'il me dit :

« Je te repose la question, dans ton intérêt, je t'assure : est-ce que quelqu'un a des raisons de t'en vouloir ? Tu te souviens de ce que je t'avais dit... »

Je ne résistai pas. Je lui racontai tout depuis le début, Julia, Graham Tombsthay, la cassette, tout. Je lui parlai même d'Edwige et de ma soirée chez elle. Il me parut exagérément frappé par mon récit, puis il se détendit.

« C'est banal, les histoires de mari jaloux, mais ça existe et ça peut être dangereux. Il faut vraiment que tu te méfies de ce type, Graham Tombsthay. Tu sais, les gens sont fous », ajouta-t-il avec le joli sourire qui transformait complètement ses traits.

Il ne buvait pas. Zébron lui avait interdit l'alcool. Mais je buvais pour deux. Daniel fumait cigarette sur cigarette, la pièce semblait plongée dans le brouillard. Nous étions installés de part et d'autre de la table (en bois blanc, commandée à Manufrance) qui me servait de bureau, et parfois je voyais à peine son visage. J'avais mon diapason à la main. J'en tirais des *la* fréquents et hargneux en le frappant un peu contre tout, la table, la chaise, mes genoux, et même une fois ma tête, un petit coup sec sur le pariétal droit, laaaaaaaaa.

« Je suis embêté de t'avoir dérangé. Excuse-moi, je me suis affolé. Je ne sais pas ce que je vais faire. J'ai peur et j'ai peur d'avoir peur. J'espère que ça va me passer.

– Je peux rester ici cette nuit, si tu veux. »

Je n'hésitai pas.

« Oui. Sinon, je vais guetter les grattements et te

téléphoner toutes les dix minutes. Ça ne t'ennuie pas trop ?

— Pas du tout. J'y pensais depuis un moment. Pour les jours à venir... il me semble qu'il vaudrait mieux que tu ne voies plus cette femme. »

Daniel jaloux et parvenant à ses fins... Je ne répondis pas tout de suite. Il sourit encore :

« En plus, si j'ai bien compris, et bien vu, la fille t'intéresse aussi ?

— Les jeunes font volontiers des bises, à notre époque. »

D'ailleurs, c'était elle qui s'intéressait à moi. Tout le monde s'intéressait à moi. Daniel se dépêchait d'écraser son mégot pour pouvoir allumer une nouvelle cigarette.

« Mais ces cours, tu les donnes à domicile, normalement... boulevard des Belges ?

— Pas cette fois. Cette fois, c'est elle qui est venue. Dis donc, c'est un interrogatoire ! Si j'avais su, j'aurais appelé la police ! »

Après la plaisanterie, une contre-attaque sournoise :

« Tu vas toujours te promener au parc ?

— Oui, ça m'arrive. J'y suis allé hier après-midi. »

Il avait répondu machinalement, comme s'il avait tout autre chose en tête. Il ajouta néanmoins :

« Pourquoi ?

— Pour rien. Oui, ça m'embête de ne plus voir Mme Tombsthay. En plus, si je commence comme ça... Je peux aussi m'enfermer chez moi et ne plus sortir.

— La question n'est pas là, mais on peut raisonnablement penser... Enfin, il faut que tu fasses attention, c'est tout. Est-ce que ça te paraîtrait impossible qu'elle soit responsable... pas de tout, mais par exemple la cassette...

– Tout à fait impossible ! Pourquoi veux-tu...

– Je ne sais pas, suppose qu'elle veuille quitter son mari sans pouvoir ou sans vouloir le faire simplement, et qu'elle cherche à créer une situation tendue, un incident... Peut-être qu'elle lui en a envoyé une, de cassette... Bon, d'accord, dit-il devant mon expression, ce serait étonnant. »

Je réfléchis. Je me souvins de la promptitude de Julia à me tomber dans les bras, ou à me faire tomber dans les siens. Je pensai à sa haine de son mari, à son amoureux en Tunisie, à son attitude quand j'avais envisagé de ne pas me rendre au dîner de la veille, à sa ferme décision de me voir malgré tout. Peut-être en effet cherchait-elle inconsciemment à saborder son couple, ou ce qu'il en restait, mais de là à imaginer...

« Non, dis-je, c'est impossible. Je ne pourrais pas me tromper à ce point. Ou alors ça pourrait être n'importe qui, tu comprends ? La voisine, Edwige Ledieu. Ou toi.

– Moi ?

– Oui, mets-toi à ma place, ce n'est pas plus invraisemblable. Je te rencontre, tu me dis que tu es un tueur, que tu as un contrat à Lyon, et...

– Mais pourquoi ? »

Il comprit pourquoi. Je le vis à son regard. Il comprit que j'avais compris pourquoi il pouvait être soupçonné. Je m'empressai de répondre :

« Je ne sais pas, je fais comme toi, j'envisage toutes les possibilités, même les plus...

– Je regrette de t'avoir parlé le premier jour, dit-il un peu froidement. Crois ce que tu veux. Je suis un tueur et j'ai un contrat à Lyon, comme tu dis. Je pense que ça se réglera deux à trois jours après mon retour de Paris, mardi ou mercredi prochain. Tu liras les journaux. Pour le reste, j'ai simplement essayé de te faire comprendre que tu risquais un sale coup.

— Et tu m'as tiré d'affaire, et tu es venu ce soir. Merci, et excuse-moi. J'ai déjà fait l'âne avec Edwige Ledieu, tout à l'heure. Je n'ai même pas osé te le dire. Je lui ai carrément demandé si c'était elle qui m'avait envoyé la cassette. Je ne sais pas ce qui me prend à certains moments.

— Qu'est-ce qu'elle a répondu ?

— Elle a répondu oui. Tu te sens mal ? »

Daniel était devenu blême d'un seul coup, et la sueur collait ses cheveux sur son front.

« Pas très bien. Une seconde. »

Il alla aux toilettes. Quand il revint, il me dit qu'il avait uriné du sang.

Il s'assit sur le lit et me réclama un verre d'eau. Je voulus appeler un médecin. Il refusa. Zébron lui avait dit qu'il souffrait vraisemblablement d'une inflammation sans gravité de la vessie et des voies urinaires, mais l'avait prévenu que cela pouvait aller en cas de congestion jusqu'aux urines sanglantes. Il faudrait alors faire une radio, par simple précaution. Demain matin, dit Daniel. Il avait besoin de se reposer. Malgré ses protestations, je lui laissai mon lit et m'arrangeai dans la petite chambre verdâtre avec des couvertures et des coussins.

Il alla mieux très vite. Il avait subi une sorte de crise, et il sentait qu'elle était passée.

« Quand je suis arrivé à Lyon, je me souviens de m'être dit que j'allais mourir ici.

— Mais puisque le médecin...

– Rien à voir avec ma santé. Mais ça m'y fait penser. »

Il parlait calmement.

« Tu donnes l'impression que ça te laisserait froid, de mourir... »

Il sourit de ma mauvaise et involontaire plaisanterie.

« Je crois que oui. Ça dépend des moments.

– Ne dis pas de bêtises. Moi aussi. Tout le monde. Je m'en veux de t'avoir dérangé, et surtout de t'avoir parlé comme un idiot. »

Il haussa les épaules.

Je ne dormis pratiquement pas cette nuit-là. Je pensais à l'homme des escaliers, à Daniel. J'étais profondément perplexe au sujet de Daniel. Profondément perplexe. De plus en plus je ne le croyais coupable de rien (mise en scène d'agressions, envois anonymes, c'était ridicule), de rien si ce n'est d'être réellement un tueur, un homme réellement chargé d'en éliminer d'autres moyennant de fortes rétributions, et capable par ailleurs de conduites et de sentiments normaux. Ou bien était-il un fou qui vivait dans son rêve ? Ou un fou capable de tuer pour me prouver qu'il disait vrai ? Comme souvent dans l'agitation de l'insomnie, tout me paraissait urgent, dramatique. Devais-je suivre le conseil de Varax, et m'arranger pour le montrer au frère de Trabet ? Mais serait-ce probant ? J'avais connu pendant mes années de fac un malade mental, un vrai. Je l'avais revu après cinq ans de traitement psychiatrique. Résultat certes non négligeable, il sortait maintenant dans la rue sans tricorne ni mousqueton, mais, à moi qui le connaissais, le fond du problème avait paru inchangé. Le frère de Trabet, si compétent et avisé soit-il, pourrait-il se prononcer vite et sans erreur, et faire quelque chose ? Et quoi ?

Je m'apaisai vers quatre heures du matin. Au diable. Puis j'entendis du remue-ménage. Je me levai. Daniel revenait de la salle de bains. Tout allait bien, me dit-il.

A neuf heures, il téléphona au laboratoire des Brotteaux. Il se fit communiquer les résultats de ses analyses et les nota. Tout était normal, pas de microbes, pas de maladie vénérienne. « De toute façon », murmura Daniel, laissant entendre qu'il voyait mal comment...

Zébron, qu'il appela aussitôt, lui dit : urétrite non microbienne, muqueuse fortement inflammatoire, à prendre en considération mais rien de grave. Au pire un polype, mais il n'y croyait pas. Il demanda à Daniel s'il était à jeun : oui. Dans ce cas, il lui conseillait de téléphoner immédiatement et de sa part à l'hôpital des Charmettes, service de radiographie du Dr Ploutrot, un ami à lui, pour une urographie intraveineuse. Et de revenir le voir, lui, Zébron, dès qu'il aurait cette radio.

« Quel que soit le résultat, il faut que j'aille à Paris. Tu m'accompagnes ? Tu y as pensé ? »

Après la soirée précédente, j'étais tenté. Un long week-end ailleurs...

« Peut-être, oui. Attends de voir ce que dira Zébron. »

Tout se passa bien. Daniel put parler au Dr Ploutrot. Il obtint un rendez-vous à l'hôpital des Charmettes le matin même, à dix heures. Il prit une douche (une cigarette à la bouche), moi aussi, presque froide, après quoi j'avalai deux bols de café.

« Tu as fait des démarches pour tes papiers ?

– Non. Il faudra pourtant que je m'en occupe. J'aimerais bien changer de nom.

– Pourquoi ?

– Comme ça. J'aimerais bien. Ça m'amuserait. » Une question me brûla soudain les lèvres :

« Est-ce que ça t'est arrivé, de changer d'identité, pour... »

Il me regarda, sourit :

« Oui, trois fois. En ce moment, j'ai des faux papiers. Je les ai même fait faire à Lyon.

– Pourquoi à Lyon ?

– Ça s'est trouvé comme ça. La personne à qui je m'adresse d'habitude est installée à Lyon depuis un an. A la suite d'une affaire. C'était plus prudent pour elle. »

Je pointai mon index sur lui et lui demandai en affectant de plaisanter :

« Son nom, son adresse, son téléphone ?

– Robert Vinkelzstein, 19, rue de Bonnel, 852/52/10, répondit aussitôt Daniel en affectant de ne pas remarquer mon affectation de plaisanterie. Tout près de la préfecture. Il faut écarter les flics pour arriver chez lui. »

Existait-il à cette adresse un homme qui répondait au doux nom de Vinkelsztein, et qui procurait de faux papiers ? D'ailleurs, que Daniel connût un tel homme ne prouvait pas qu'il fût un tueur...

« Si j'y allais, moi, est-ce que je pourrais avoir des faux papiers ?

– En disant que c'est de ma part, et en payant, oui. Tu vois, je continue de te faire confiance... »

Daniel s'apprêta à partir.

J'eus peur de la solitude, peur de la visite de Julia,

178

peur d'aller à mon cours et de rentrer chez moi
ensuite.

« Si tu n'es pas tranquille, ce soir, tu peux venir
dormir rue Chazière.

– Non... Je ne sais pas, je verrai. De toute façon,
appelle-moi après ta radio. »

Il me scruta, hésita, se décida :

« Hier soir, je suis venu avec une arme, à tout
hasard. (Il sortit de la poche droite de son blouson un
tout petit pistolet.) Si tu veux, je te le laisse. »

Là, il m'épatait. L'épatement passé, je ressentis un
soulagement notable, comme si un nœud se défaisait
en moi à l'idée de posséder un moyen de défense
efficace.

Je refusai sans conviction.

« Comme tu veux, mais si ça peut te rassurer de
l'avoir sous ton matelas... Tu ne risques vraiment pas
grand-chose. »

Oui, j'aurais été rassuré...

« Remarque, dis-je niaisement. Mais et toi ? »

Cela dit plus niaisement encore. Daniel eut l'air
amusé.

« J'en ai un autre. Un plus gros. »

Le pistolet, minuscule, moche, ventru, était un Reil
MU 2. Le canon ne devait pas mesurer plus de cinq
centimètres. On se demandait comment on pouvait
abattre un homme avec cette poire à lavement, tout
au plus un rat, et encore, à condition de l'avoir entre
les yeux. Daniel me détrompa : le Reil MU 2 était un
7,65 à six coups très efficace, précis, qui ne permettait
certes pas de foudroyer un ours d'un pic montagneux
à l'autre, mais était idéal pour la défense chez soi. Un
an et demi auparavant, on avait modifié la crosse,
trop carrée et qui rendait difficile le tir au jugé.

« Depuis, il est devenu très à la mode, me dit Daniel comme s'il parlait d'un nouveau modèle de chapeau. Tout le monde a ça dans un tiroir. Ce serait toujours mieux que ton couteau à découper le jambon... »

Son ton détaché et sa façon de ne pas en faire toute une histoire achevèrent de me convaincre. Je lui dis que je voulais bien le garder.

« Il est chargé. Ça, c'est le cran de sûreté. N'en parle à personne, évidemment. Et... le mieux que tu as à faire, c'est de renoncer à ta liaison, au moins pendant quelque temps. »

Son idée fixe...

Après son départ, je me félicitai de ma décision. J'oubliai ma peur, et j'oubliai aussi l'arme, que je dissimulai en effet sous mon matelas. Je vaquai à mes occupations matinales habituelles.

Vers onze heures et demie, j'allai dans une papeterie de la place de la Croix-Rousse photocopier à l'usage de Viviane deux petites pièces de Dionyso Aguado, nettement plus faciles que l'étude en mi mineur de Giuliani. Rien ne stimule un élève comme intercaler dans le plan de travail des morceaux qu'il peut jouer sans problème, presque immédiatement.

J'en profitai pour acheter du pain, du jambon, des pommes dauphine surgelées et des pommes pommes, le fruit. A mon retour, je téléphonai à Edwige Ledieu. Je m'excusai encore pour mon attitude de la veille et l'avertis de mon départ pour Paris. Je venais de prendre brusquement la décision.

« Vous allez y rester longtemps ?

– Jusqu'à dimanche, en principe. J'aimerais bien qu'on se revoie quand je rentrerai. »

D'abord, elle ne dit rien, comme si elle se demandait si j'étais sincère ou non (ce que j'aurais été bien en peine de déterminer moi-même), puis :

« Moi aussi. Téléphonez-moi. »

Pas d'allusion à la cassette. Edwige était polie, ou peu curieuse. Ou coupable, me dis-je tranquillement. Puis je pensai à autre chose.

Plus tard, au moment précis où je coupai le gaz sous les pommes dauphine réchauffées à point, le téléphone sonna. Je décrochai et dis :

« Salut, Varax, ça va ?

— Alors ça, alors ! Comment tu savais que c'était moi ?

— Un pressentiment. Une certaine qualité de la sonnerie, un je-ne-sais-quoi dans le grelottement...

— Ha ha ! Alors, où tu en es ?

— Rien de nouveau. J'espère que ça va se tasser comme ça. Je pensais t'appeler pour te dire que je pars demain, quelques jours à Paris.

— Tu ne m'aurais pas trouvé, je suis chez mes parents. »

Il m'apprit qu'il venait de se réconcilier avec ses parents. Sa mère avait versé des seaux de larmes et l'avait décidé à passer la journée avec eux. Depuis Arlette, il était d'humeur accommodante, me dit-il. Et au fond il adorait ses parents. Et il se sentirait moins gêné d'accepter la mensualité confortable que son père lui versait de toute façon...

Il me proposa de dîner avec lui le soir. J'acceptai. Je ne pouvais pas faire de Daniel mon garde du corps... Et puis maintenant, j'avais un Reil MU 2. L'ennemi croyait avoir affaire à un petit musicien apeuré, c'est Humphrey Bogart qu'il trouverait en face de lui, le Bogart jeune et coriace de *Victoire sur la nuit* (*Dark Victory*, Edmund Goulding, 1939).

Varax ne conduisait pas et d'ailleurs n'avait pas son permis. Il fut convenu que je passerais le prendre à Pierre-Bénite dans le bureau de son père vers sept heures et demie.

« Je ne suis sûr de rien, dis-je à Julia elle-même très sceptique. C'était peut-être un voisin pressé de rentrer, parce qu'il était tenaillé par quelque envie irrépressible, ou parce qu'il comptait surprendre sa femme en flagrant délit d'adultère. Alors ton mari a eu un petit ami ? »

Je n'avais pas parlé de l'intervention de Daniel.

« Tu me fais rire, dit Julia. J'ai toujours envie de rire, avec toi. Oui. Sûrement plusieurs, mais au moins un à ma connaissance. Je n'aime pas tellement en parler, c'est idiot, mais ça me gêne. Il est tellement porté sur le sexe, tu ne peux pas savoir. Ça l'intéresse de toutes les façons. Je ne sais plus très bien ce que je représente pour lui maintenant, mais ça, en tout cas, je suis certaine qu'il ne le digère pas. Qu'on ne couche plus ensemble. Il part lundi matin en déplacement, jusqu'à mercredi ou jeudi. Tu ne sais pas où il va ? A Tunis.

— Si tu devais quitter ton mari, tu t'y prendrais comment ? Tu lui dirais un jour : voilà, je pars ?

— Je ne sais pas. Je t'ai dit que j'étais un peu lâche. J'espère toujours qu'il se passera quelque chose...

— Un décès brutal ?

— Par exemple. Ce n'est pas vraiment qu'il me fasse peur. Quand on s'est remis ensemble, je lui ai fait comprendre une fois pour toutes qu'à la maison il n'était pas à l'usine, et que je ne faisais pas partie de son personnel.

182

– Pourquoi, il est dur avec son personnel ?

– Odieux. Depuis que son affaire marche, moins, mais au début... Il a eu deux procès avec les syndicats. Perdus tous les deux. Il y a une chose que tu n'as pas bien comprise, c'est à quel point c'est un sale type. Moi aussi, il m'a fallu du temps pour comprendre... »

A trois heures et demie, Daniel me passa un coup de fil à la Varax, j'entends par là que Julia était nue sur mon lit et moi assis sur le rebord en train de quitter mon pantalon quand le téléphone sonna.

Sa radio était parfaite. Il sortait de chez Zébron, qui lui avait fait une ordonnance. L'intermède médical était clos pour l'instant. Julia, qui changeait facilement d'humeur, se livrait sur ma personne aux plus polissonnes des agaceries, au point qu'à un moment j'eus une sorte de hoquet, presque un glapissement.

« Ce n'est rien, dis-je à Daniel, j'ai failli laisser tomber le téléphone. Je me réjouis pour toi, sincèrement. Pour demain, c'est d'accord, on part ensemble.

– Formidable ! Ce soir, qu'est-ce que tu fais ?

– J'ai retrouvé un copain de lycée, je vais dîner avec lui. Ça se prolongera sûrement. »

Je constatai que je me sentais coupable et j'en fus agacé.

« Fais quand même attention en rentrant.

– Oui. Je me ferai raccompagner. A demain, Daniel. Tu passes me prendre ? »

Dès que j'eus raccroché, je m'abandonnai sans retenue aux gémissements, Julia me donnant des raisons toujours plus pressantes de gémir. La pièce était pleine de soleil. Au diable les caméras et les espions grouillant dans l'ombre.

« On se revoit lundi ? me dit-elle plus tard.

— Oui. A moins qu'il n'y ait du nouveau.

— Il n'y aura pas de nouveau. Je me demande si cette petite maligne de Viviane se doute de quelque chose, pour nous. Non. Elle ne vit pratiquement plus à la maison. Elle passe pour un repas, pour récupérer un disque. Et pour les cours de guitare.

— Elle est avec Alain, quand elle n'est pas chez toi ?

— Je crois qu'il y a quelqu'un d'autre. Hier Alain a appelé, il ne savait pas où elle était. »

Je ressentis un petit picotement de jalousie.

« Ne m'en veux pas de te dire ça, mais tu n'as pas l'impression que vous l'avez un peu négligée, cette petite maligne que je persiste à trouver charmante ? »

Julia se déroba.

« Elle te plaît, hein ? Au fait, ta soirée avec la voisine, Mlle Ledieu ?

— Rien de spécial à dire. Je crois que c'est quelqu'un de bien. Un peu bizarre. Tu crois que c'est prudent qu'on continue de se voir chez moi en ce moment ? Qu'est-ce que tu dirais de l'hôtel, lundi ?

— Ah ! non, alors ! J'ai horreur de ça. C'est sinistre. Et plus l'hôtel est bien, plus c'est sinistre. D'ailleurs, si une bande d'espions armés de caméras et de matraques nous suit pas à pas, qu'on soit à l'hôtel ou ailleurs... »

Je n'insistai pas. J'ébouriffai ses boucles brunes. Je m'étais très vite attaché à Julia en tant que petite personne charnelle m'inspirant immédiatement de vifs désirs satisfaits dans la plus grande joie du corps.

« Je serai à la maison, tout à l'heure, me dit-elle. Et peut-être aussi Graham.

– Il ne t'interroge jamais sur ton emploi du temps ?

– Il ne manquerait plus que ça ! Il est toujours fourré avec une secrétaire, ou la femme d'un client, ou même dans des maisons... Tu me téléphoneras, de Paris ? »

J'avais une bonne heure et demie à tuer avant d'aller à mon cours. Je pris un bain de soleil, une douche, mangeai du jambon, continuai ma lecture de Henry James (qui aura la garde de la petite Maisie, fille de parents désunis ? Plus le livre avance et plus l'avenir de l'homme et du monde semble lié à cette question), essayai de reproduire toujours mieux le début de l'étonnante *solea* de Serranito en passant le disque douze fois, puis je partis. J'eus la tentation d'emporter le pistolet avec moi. Non, trop dangereux. Je m'arrangerais avec Varax.

Je fus étonné du peu de circulation. Pourquoi, un jour de semaine et à une heure où normalement il y en a beaucoup ? Mystère. J'étais très en avance. Je poussai jusqu'à la gare des Brotteaux, entrai dans le hall et achetai *Pariscope*.

Dans la Toyota, avant de redémarrer, je consultai la liste des cinémas et cochai les films qui m'intéressaient. Je regardai aussi la page « concerts ». Soudain... O surprise, ô miracle, ô joie ! Victor Monge Serranito jouait au théâtre de la porte Saint-Martin le samedi soir suivant ! Premier concert en France. Je riais d'aise et me frottais les mains. Je faillis m'écraser contre un bus en me rendant boulevard des Belges.

Je trouvai Julia seule. Graham n'était pas là, Viviane non plus, elle allait arriver d'un moment à l'autre. Je demandai la permission de téléphoner à Paris. J'appelai le théâtre de la porte Saint-Martin et louai une place pour le samedi.

J'attendis dans le grand salon en essayant de tenir tête à Sabot qui me fixait de dessous le piano avec des yeux larges, froids, brillants et inquiétants comme des soucoupes volantes. Viviane arriva. Nous passâmes dans le petit salon.

« Je suis venue pour le cours, me dit-elle, mais je vais m'installer chez un copain, complètement.

– Vos parents le savent ?

– Presque. De toute façon, ils s'en foutent. »

Ses tracas d'adolescente à problèmes ne l'avaient pas empêchée de travailler. Dans l'étude de Giuliani, suivant mes indications avec une docilité touchante, elle s'appliquait à faire ressortir le chant qui était repris en cours de route une octave plus haut, passant de la quatrième corde à la première, et qu'il fallait mettre en valeur avec le pouce puis avec l'annulaire. A la fin de la séance, je posai sur le pupitre précieux les deux pièces d'Aguado. Elle les déchiffra sans fautes et s'en réjouit fort. Je la félicitai.

Je lui dis que je ne pourrais pas la voir le vendredi.

« Lundi, c'est moi qui ne pourrai pas. C'est le jour où je déménage. On va louer une estafette.

– A mercredi prochain, alors ? Je vous laisse ces deux partitions. Essayez de jouer l'étude de Giuliani de plus en plus vite. »

L'idée de Viviane vivant avec un garçon et tout ce qui s'ensuit me turlupinait tant et plus. J'aurais été plus indifférent s'il s'était agi d'Alain, parce que je le connaissais, qu'il était mignon mais pâlot et bêta. Mais ce n'était pas Alain. Un inconnu. Qu'elle aimait passionnément peut-être, avec qui peut-être elle allait batifoler du matin au soir et du soir au matin... Il s'appelait Michel Karm-Vidad et venait de louer une espèce de ferme à Saint-Cyr-au-Mont-d'Or, 3, route de Saint-Romain, tout près de l'école préparatoire de théologie protestante. Pas de téléphone, pas encore.

« On sera plusieurs », dit Viviane.

Plusieurs ! De mieux en mieux.

« Vous viendrez quand même me donner des cours, c'est sûr ?

— Oui.

— Ne vous en faites pas, mes parents continueront de vous payer. »

J'affectai de me formaliser de cette phrase maladroite.

« Je ne m'en fais pas du tout, dis-je avec un brin de sécheresse.

— Excusez-moi, je dis n'importe quoi. Vous m'en voulez ?

— Bien sûr que non.

— Alors vous allez à Paris ? »

Viviane portait son *jean* habituel, mais il avait été lavé et serrait encore plus. Elle s'était appuyée contre un mur, le poids de son corps reposant sur une seule jambe, et sa hanche saillant, comme la première fois que je l'avais vue, et, comme cette première fois, sa beauté pendant une seconde brilla d'un éclat surnaturel. Et je me dis tout bêtement que je l'aimais peut-être. Ce n'était qu'un mot, mais il se répétait dans ma tête : je l'aime, je l'aime.

« Oui.

– Je vous fais la bise, comme on ne va pas se voir avant mercredi prochain. »

Bise.

Une grande tristesse s'abattit sur moi. Soudain j'avais hâte de quitter cette maison, ces gens, cette ville. L'escapade à Paris était une heureuse idée.

Graham Tombsthay était rentré. Il portait un costume sombre remarquablement élégant. Plus je le voyais et mieux je l'imaginais, disons le mot, en baiseur. Son expression souvent mélancolique achevait de le rendre séduisant. Il me tendit sa main bronzée et me proposa l'apéritif. Je lui dis que j'étais pressé, que j'avais rendez-vous à sept heures et demie avec un ami à Pierre-Bénite.

« Comme c'est dommage ! Une autre fois, j'espère. Vous nous ferez plaisir. Julia (il lui posa la main sur l'épaule) me dit que vous allez passer le week-end à Paris ?

– Oui. »

Il fixa le sol. Même sa calvitie l'avantageait.

« Très bien, très bien.

– Je suis désolé, ça m'oblige à manquer un cours... Mais j'ai donné du travail à Viviane, et je le rattraperai par la suite. »

Il me raccompagna à la voiture et claqua délicatement la portière quand je fus installé.

Toute l'étendue comprise entre la rue du Brotillon et la rue Henri-Moissan à Pierre-Bénite était occupée par l'entreprise de M. Varaxopoulos père. A sept heures et demie pile, j'arrêtai la Toyota à vingt centimètres de la barrière articulée genre parking payant qui interdisait l'entrée. Le gardien, un homme bedonnant mais à la carrure puissante, au visage ravagé, tourmenté littéralement, comme si une violente tempête en avait bouleversé les éléments, mettant l'œil à la place de l'oreille et l'oreille sous le menton, avait des consignes strictes et était aussi intelligent qu'il avait les traits harmonieux.

« Non, je n'ai pas rendez-vous avec M. Varaxopoulos, lui expliquai-je pour la deuxième fois, mais avec son fils. Or, continuai-je, très rhétorique, or le fils se trouve dans le bureau du père, attendant ma visite. C'est pourquoi, bien que je n'aie pas rendez-vous avec M. Varaxopoulos lllle père, je vous demande s'il vous plaît de bien vouloir entrer en communication téléphonique avec le bureau où se trouve le père, *mais aussi le fils,* pour avertir de l'arrivée de M. Aurphet, David Aurphet. »

J'attendis en pianotant la *Marche turque* de Mozart sur la portière. Il se décida à décrocher son téléphone, parla, sourit (si on peut appeler sourire ces plissements, glissements et renfrognements spasmodiques et monstrueux tels qu'aurait pu en produire une décharge de chevrotines qu'on lui aurait tirée à bout portant en pleine figure), et la barrière se leva.

« Troisième allée à droite, cinquième bâtiment à droite ! »

En matière de nervosité, je trouvai mon maître en la personne du père de Varax, un maigrichon d'aspect coléreux, aussi difficile à suivre des yeux qu'un colibri. En le voyant et en l'écoutant, on comprenait mieux la personnalité du fils. Varax fit les présentations.

« Je suis crevé, me dit-il, mon père m'a fait faire dix fois le tour de l'usine. Sans parler des explications... J'en sais tellement sur les explosifs que je pourrais me mettre à mon compte. Tu ne m'en as jamais tant dit, hein, papa ? dit-il à son père qui était alors à quatre pattes sous son bureau, cherchant un stylo en or qu'il avait fait tomber. Voilà son dernier-né, sa fierté du moment. »

Le père émergea. Le dernier-né en question, posé sur le bureau, était un objet de couleur jaune mat, de la grosseur d'un dictionnaire, et dont la forme évoquait un briquet de table.

« Mes laboratoires ont fini de le mettre au point la semaine dernière, me dit le père en allumant un cigare d'une main et en se grattant la cheville de l'autre. Sous mes directives. J'ai toujours pensé qu'on avait sous-estimé et mal exploité les propriétés de la cyclotriméthylène-trinitramine. J'ai ajouté du perchlorate de potassium – mais oui, dit-il, interprétant mal mon regard écarquillé et vide, comme pour les feux d'artifice ! –, j'ai triplé le taux d'azote, saupoudré de propergols pour obtenir un effet de propulsion, et voilà le résultat ! une merveille ! La fabrication est commencée. »

Varax m'adressait des mimiques complices.

« Idéal pour la destruction des petites constructions (continua le père en se curant les deux oreilles à la fois, un doigt dans chacune), vieilles maisons ou vieux immeubles à faible surface de base. La déflagration se produit surtout de bas en haut, voilà l'intérêt, avec une puissance formidable mais relativement peu dangereuse pour les abords ne disons pas immédiats mais disons proches. Les ouvriers pourront manger leur casse-croûte à côté d'un gratte-ciel en train de se transformer en... menue monnaie, dit-il, ne trouvant rien de mieux.

– Et les retombées ? risquai-je.

– Justement, de la poussière, c'est ce que je vous explique, monsieur... David ? Oui, David, mon fils vous estime beaucoup, pratiquement de la poussière ! J'ai un expert, tout jeune, très compétent, mais un peu, comment dirais-je, excentrique, voyez-vous, qui m'a dit : si on fait exploser cet engin disons sous un cheval, eh bien, après l'explosion, il n'y a plus de cheval. Je veux dire : plus du tout. Rien. Plus de cheval. Les dents, les sabots, les cornes (non, un cheval n'a pas de cornes), le cuir, les os, ne parlons pas bien entendu des intestins : rien. Il serait impossible à quiconque de soupçonner qu'un instant auparavant il y avait un cheval. Pulvérisé. Anéanti. Le contraire de la création. Un dé à coudre de cendres. Si je vous présente un dé à coudre de cendres, vous n'allez pas dire : voilà un cheval ?

– Certainement pas, dis-je.

– Papa, tu ennuies mon copain...

– Non, pas du tout, je vous assure. Ils ont fait exploser des chevaux ?

– Non, ha ha ha ! c'était pour vous donner une idée. Commande à distance ou en abaissant ce petit marteau, là. Au choix. On règle le délai sur ce cadran. Chaque graduation égale une minute. »

Je le voyais faire des efforts pour abaisser le petit marteau.

« N'ayez pas peur, il n'y a pas de charge, dit-il.

– Ah bon ? » dis-je.

Le marteau retomba avec un claquement sec.

« Papa, on va y aller, maintenant... »

Le bureau était luxueux. Les murs étaient ornés de reproductions de Van Gogh. Je les comptai, il y en avait onze. Le père se leva. D'une détente incontrôlée de la jambe gauche, il envoya voler à travers la pièce une corbeille à papiers.

« Allez, amusez-vous bien, les jeunes ! J'attends un coup de fil à dix heures. Décalage horaire. Je vais essayer de vendre mon pétard, c'est bientôt le 14-Juillet, ha ha ! »

Même rire que Varax. Il embrassa son fils avec effusion.

« A bientôt, mon grand. Ta mère est contente, tu sais ! »

Son cigare s'était éteint. Nous l'abandonnâmes furetant partout à la recherche de son briquet.

Le gardien au visage en lame de fond nous adressa son sourire à frapper de mort violente un enfant sensible.

« Il m'adore, dit Varax. Il m'a connu tout jeune.

— Pour un peu il ne me laissait pas entrer, tout à l'heure.

— C'est drôlement protégé, une usine comme ça. Il a une arme, dans sa guérite. Il y a des rondes de nuit. »

Varax goûtait fort la cuisine asiatique. Nous allâmes dîner au restaurant vietnamien de la place du Change, dans le vieux Lyon. Je passai une soirée apaisante. Je me confiai à Varax, sans parler toutefois du pistolet. Cela me fit du bien. Il prit mon histoire juste assez au sérieux et juste assez à la légère pour me rassurer. Lui, au moins, je ne pouvais le soupçonner de rien, sinon de bienveillance et d'amitié. Il me parla de son concerto pour cinq pianos

192

en termes tels qu'il me donna envie de voir la partition. Il voulait « faire exploser la forme concerto, ha ha ! », ce qui n'était pas original, mais d'une manière qui selon lui l'était – oh, juste un peu, un bref aller-retour dans une minuscule impasse restée par inadvertance inexplorée –, il avait d'abord prévu huit pianos, mais trop c'est trop.

Il perdait ses cheveux à grande vitesse. Souvent, quand il se penchait sur sa platée de riz, il en dégringolait un ou deux, ou plus, qu'il ôtait de ses doigts boudinés en lorgnant du coin de l'œil les tables alentour. Varax n'avait pas et n'avait jamais eu de métier. Il voyait peu de monde. Il vivait reclus, perdu dans ses activités de composition plus ou moins farfelues.

« Ça va toujours, avec Arlette Pastinet ?

– Formidable. Je lui ai parlé de toi, elle se souvient très bien. Je lui ai aussi parlé de... Pifron-Klastaboul ?

– Pifret-Chastagnoul.

– C'est ça. Elle ne m'en avait pas dit grand-chose. J'étais un peu jaloux, tu comprends. Je voulais des détails. Eh bien, oui, quoi, elle l'a aimé, pendant quelque temps, c'est certain. Au moment où elle l'a quitté, il lui a fait cadeau de cinquante portraits. Mais elle les a mis dans sa cave, tous. Elle m'a avoué en exigeant le secret qu'elle n'avait jamais pu se faire à la peinture de Chafret-Pistagnoul. Elle avait d'abord essayé d'en conserver un dans sa chambre, mais elle constatait qu'elle dormait mal, elle transpirait la nuit, elle se réveillait en sursaut, elle rêvait qu'on l'attachait sur la chaise électrique, etc., alors elle l'a mis aussi à la cave. »

Nous mangeâmes et bûmes en prenant notre temps

jusqu'à onze heures moins le quart. Je m'arrangeai pour payer. Varax, qui avait prévu de m'inviter, en fut contrarié.

« Je t'offre un verre au bar du *Frantel*, d'accord ? »

J'étais garé en stationnement interdit devant la cathédrale (« *Que c'est drôle,* tu te souviens, David ? ») Saint-Jean. Nous traversâmes le vieux Lyon beau et désert, et nous rendîmes doucettement dans le quartier de la Part-Dieu.

« J'adore me sentir en hauteur, dit Varax quand nous fûmes installés au sommet de la tour du Crédit Lyonnais.

— Moi aussi, dis-je.

— Ça me fait plaisir de revoir ma mère, dit Varax.

— Moi aussi, dis-je.

— Comment, ta mère est revenue ? Tu ne m'as rien dit !

— Elle n'est pas encore revenue, mais bientôt. Mon père renaît. Je ne le reconnais plus. C'est marrant, la vie.

— Tordant », dit Varax, qui, je le savais, avait un fonds de noire mélancolie.

Il commanda un whisky, moi un cognac. Un pianiste jouait des airs connus dans des arrangements pseudo-jazz d'une tristesse involontaire mais infinie. Il avait une barbiche blanche.

« Tu t'es mis à l'alcool ? dis-je à Varax.

— Un peu, depuis Arlette. Elle boit pas mal. Tu as cherché d'autres cours ?

— Non. Les Tombsthay, c'était un coup de chance. Je verrai ça en septembre. »

Varax allait passer le mois d'août en partie avec ses parents à Villefranche-sur-Mer, en partie à San

194

Remo, chez des amis d'Arlette Pastinet qui lui confiaient leur maison pendant qu'eux allaient au Mexique.

« C'est dommage que tu ne partes pas un peu en août, dit Varax. Ça te ferait du bien. Tu veux que je demande à Arlette si...

— Non, tu es gentil. »

Le repas vietnamien et le cognac m'avaient donné soif. Je finis la soirée avec un cocktail de jus de fruits. Varax reprit un whisky et régla les quatre consommations. La note était aussi élevée que celle du restaurant, ce qui le réjouit, ainsi il avait la conscience tranquille.

« Si tu veux, je te raccompagne chez toi et après je rentre en taxi », me dit-il dans la voiture.

C'était exactement le service que je m'apprêtais à lui demander, mais sans conviction, par prudence. Précisément, parce qu'il me le proposait et que la chose devenait facile, je refusai. Je n'avais plus peur.

« Non, ce serait idiot. »

Je le laissai quai Claude-Bernard.

« Le givré avec qui tu pars à Paris, tu es sûr qu'il n'est pas dangereux ?

— Certain. Au contraire, j'ai plutôt l'impression qu'il se mettrait entre une voiture et moi pour m'éviter d'être écrasé.

— Je suis jaloux. Je ne pourrais pas en dire autant. Un givré, quoi ! C'est étonnant, le nombre de givrés, dans la vie.

— Une des conséquences heureuses de toute cette histoire, c'est qu'on se soit revus. C'était bien, ce soir. »

Varax était béat. Mon intérêt nouveau pour son

travail l'avait touché. Le rosé du Vietnamien et le whisky aidant, il s'abandonna à un élan d'enthousiasme et me fit un baiser sonore sur la joue.

A ma surprise, l'inquiétude revint d'un coup quand je me garai cours Aristide-Briand. Je me reprochai d'avoir été timoré et de n'avoir pas pris le pistolet. Je l'aurais fourré dans le vide-poches fermé à clé, ni vu ni connu. Je regardai à droite et à gauche, et me retournai une dizaine de fois en montant les marches, mais je ne remarquai rien d'anormal. La nuit était chaude, claire et calme. Je m'enfermai à clé, soulevai mon matelas pour contempler le petit Reil à six coups et me couchai. Le lit était plein de l'odeur de Julia. Le pistolet sous ma tête me fit l'effet d'un somnifère léger, je dormis d'un bon sommeil.

Daniel passa à une heure de l'après-midi.

Je voulus conduire. Daniel semblait en forme. Suivant les conseils de Zébron, il s'était fait faire le matin même une analyse d'urine : rien, résultat négatif. Je lui dis que je l'enviais d'être aussi peu anxieux et lui racontai quelques-unes de mes terreurs des semaines précédentes.

La BMW filait comme le vent. Nous arrivâmes au niveau de Chalon-sur-Saône en un clin d'œil, je fus tout surpris de voir les panneaux. Je continuai de rouler entre cent soixante et cent quatre-vingts. L'autoroute était presque déserte. Malgré deux vitres ouvertes, Daniel parvenait à enfumer la voiture. Nous parlâmes de choses et d'autres, évitant par un accord tacite toute allusion à mon histoire rocambolesque et à la sienne. D'ailleurs, nous parlâmes peu. Daniel s'endormit cent kilomètres avant

Paris, après que nous nous fûmes arrêtés pour faire le plein. Le sommeil adoucissait ses traits et lui donnait l'air d'un tout jeune homme. On aurait dit une autre personne que le costaud armé, vêtu de cuir, chaussé de baskets pour mieux surprendre l'ennemi, l'œil froid, le geste précis et décidé, qui était venu à mon secours deux jours auparavant. Comme Edwige, plus qu'elle encore, il avait deux visages qui semblaient exprimer des personnalités différentes.

Le boulevard périphérique était assez encombré pour que j'eusse à ralentir brusquement. Daniel s'éveilla.

Nous entrâmes dans Paris par la porte d'Italie. Je tins à garder le volant, cela m'amusait, et conduisis selon les indications de Daniel, place d'Italie, avenue des Gobelins...

« Maintenant à gauche, boulevard de Port-Royal, c'est indiqué. »

Boulevard de Port-Royal... Je pensai très fort à Viviane en passant devant le 57, où elle avait vécu sa pénible aventure. C'était un immeuble quelconque.

Boulevard du Montparnasse, rue Notre-Dame-des-Champs. Daniel était propriétaire d'un appartement de rêve au 69, rue Notre-Dame-des-Champs, dans un immeuble moderne. Passé l'entrée et le hall, où il y avait des sièges, une table basse en verre, un aquarium et des plantes vertes, on s'enfonçait d'un bon kilomètre dans un couloir orné de reproductions de statues antiques. D'immenses photographies en noir et blanc représentant la mer et des forêts tapissaient le mur de droite.

L'appartement était composé de deux grandes pièces et d'une moins grande qui se suivaient et donnaient de plain-pied sur un jardin intérieur au centre duquel glougloutait et étincelait au soleil de l'après-midi un bassin avec un jet d'eau. Les pièces, murs et sol recouverts d'une moquette d'un bleu très doux, étaient surchargées de meubles et d'objets anciens, bibliothèque, buffet, commodes, guéridons, consoles, petits bancs, tabourets, chiens de faïence, horloges, poussahs poussifs et poussiéreux, armes (deux sabres, deux pistolets de marine), vieux bacs à plantes sans plantes, une machine à écrire qui devait dater des débuts de l'invention de la machine à écrire et un téléphone noir des débuts de l'invention du téléphone, une chaise sculptée dont le dossier à angle droit montait jusqu'au plafond, un guide-chant, un pupitre, une immense toile au mur de la pièce centrale, œuvre maîtresse du grand-père maternel de Daniel, représentant un homme seul face à la mer, à l'aube ou au crépuscule, agitant la main, mais on ne voyait pas de bateau sur la mer.

Etc.

« Tout me vient de mes parents, dit Daniel. C'est un peu étouffant, mais je m'y suis habitué. Je ne pourrais plus m'en passer. Dans cette commode, il y a les partitions de ma mère, si ça t'intéresse d'y jeter un coup d'œil... »

Je me sentis tout gonflé de bonheur. J'étais heureux comme un enfant, heureux d'être à Paris, dans cet appartement, et avec Daniel. Mon ami le tueur prenait dans ses meubles une autorité ou simplement une sorte d'existence qu'il n'avait pas à Lyon, et qui m'intimidait presque.

« Qu'est-ce que je suis content d'être venu ! C'est formidable, cet appartement. »

Il sourit de ma joie et posa sa main sur mon épaule.

« Tant mieux. Tu es chez toi. D'autant plus qu'à partir de demain je vais être très occupé. »

Il ajouta, comme pour tenir à l'écart le sujet délicat auquel je n'avais pu que songer après sa déclaration :

« J'ai beaucoup d'amis à voir. Je connais beaucoup de gens à Paris, des amis de mes parents avec qui je suis resté en contact, leurs enfants...

— Moi, je vais me faire un petit programme cinéma et balades.

— Tu trouveras tous les guides que tu veux dans la bibliothèque. »

Il ouvrit les quatre portes de la bibliothèque.

« Les livres de mes parents. De ce côté, c'est plutôt les miens. Il y a surtout des livres d'histoire.

— Tu ne m'avais pas dit que tu t'intéressais à l'histoire ?

— Tu vois, je ne t'ai pas tout dit... J'ai des livres sur trente-six époques et trente-six pays. »

Je fis un brin de toilette dans la salle de bains grande et décorée comme une vraie pièce. Quand l'eau cessait de couler, j'entendais un murmure. Daniel téléphonait.

Plus tard, je le rejoignis dans le jardin.

« Tu peux téléphoner, évidemment, me dit-il, mais je préférerais qu'on ne t'appelle pas ici. Ça ne te fait rien ? »

A un moment, nous entendîmes des voix claires et bruyantes. Je levai les yeux.

« Un pensionnat de jeunes filles, dit Daniel. Aux trois derniers étages. »

Toute une flopée de jeunes personnes se mettait

aux fenêtres. Quand elles nous aperçurent, elles émirent des rires et des ricanements qu'on n'aurait su qualifier sans mentir d'intelligents. Plusieurs « Bonjour ! », « Ça va ? », « Il fait beau, hein ? » se détachèrent du brouhaha, sans parler des gestes, de saluts timides ou hardis auxquels j'aurais volontiers répondu.

« C'est charmant, non ?

– Quand on aime les toutes jeunes filles, dit Daniel, impassible. A la longue, ça devient lassant. Heureusement, elles n'ont pas accès au jardin. Peut-être que tu aimes les toutes jeunes filles ?

– Ça dépend de la jeune fille.

– Par exemple ton élève ? »

Il sourit et écarta sa frange qui lui cachait carrément l'œil droit.

« Par exemple, oui », dis-je, en souriant aussi, mais avec une arrière-pensée ténue de provocation.

Dans l'appartement, je consultai *Pariscope*.

« Tu es occupé, ce soir ?

– Non. A partir de demain.

– Tu m'accompagnerais au cinéma ? »

Nous dînâmes dans un petit restaurant tout proche, rue Vavin, puis nous nous rendîmes dans un cinéma appelé Action-La Fayette où nous vîmes *Le Limier* de Joseph L. Mankiewicz. Daniel allait rarement au cinéma. Le film lui plut beaucoup et il m'en parla ensuite avec intelligence, car il était intelligent.

Il y avait un lit à deux places dans sa chambre, et un divan étroit mais moelleux à souhait dans la pièce de la bibliothèque. C'est là que je dormis. Je n'avais pas de pyjama. Daniel voulut m'en prêter un.

« Il fait chaud, je m'en passe, dis-je.

– Moi aussi. »

Il y eut un petit moment de petit trouble quand nous nous souhaitâmes bonne nuit.

Il quitta l'appartement avant moi le lendemain matin. Il me laissa un jeu de clés et me dit qu'il rentrerait sans doute tard le soir. Après son départ, je téléphonai à Julia. Viviane les avait avertis, le mercredi, elle et Graham, qu'elle allait vivre ailleurs. Il n'y avait pas eu de scène. Au contraire, ils avaient passé ensemble une soirée plus détendue que d'habitude.

Je consacrai la journée à me rendre dans divers magasins de musique et librairies de cinéma. Chaque fois, je faisais un tour à pied dans le quartier où je me trouvais en me repérant grâce au plan. J'essayai une Ramirez récente chez Camura, rue de Rome, et une Barnabé (un ancien élève de Ramirez) qui me déçut, et encore une José López Bellido, marque inconnue de moi et qui aurait gagné à le rester. A l'académie de guitare, dans le IXe arrondissement, non loin de l'Action-La Fayette, j'essayai une guitare *flamenco* Hermanos Conde, sonore, fine et crépitante avec laquelle je serais bien reparti si j'avais eu douze mille francs en poche. Je me contentai de quelques partitions de musique sud-américaine et d'un disque du grand Agustín Castellón « Sabicas », importé des U.S.A. et que je ne connaissais pas. Au dos du disque, en commentaire de la *solea*, je lus ces lignes : *The solea – the name is derived from the spanish Soledad meaning loneliness – is considered as the principal and fundamental flamenco rythm, and its origin goes back far beyond the limits of research. Far beyond the limits of research* me plaisait et sonnait joliment en moi, peut-être à cause du *western* d'Anthony Mann, *The Far Country*. Bref.

A deux heures et demie, je m'achetai un sandwich dans le quartier de la gare du Nord. Je me perdis un peu dans des ruelles sordides. A un moment, je m'arrêtai de marcher pour mordre convenablement dans mon sandwich. Je me trouvais alors devant une sorte de couloir ouvert sur la rue, vaguement aménagé en *snack*, au-dessus duquel on pouvait lire l'inscription, en arc de cercle : *Au Roi de la Saucisse*. A l'entrée, une pancarte pleine de taches : *Ici, menu complet à 7,20 F, salade verte, saucisse, frites, vin de la maison à volonté*. A quelques mètres, une marchande de fleurs ambulante me fit des signes en criant : « N'entrez pas, n'entrez pas ! » Je lui montrai mon sandwich et lui dis que telle n'était pas mon intention. Elle avait envie de parler. Elle était âgée, sympathique et pittoresque. Je m'assis sur un banc à côté de sa charrette pour me reposer. Le *Roi de la Saucisse*, un endroit de miséreux, un boui-boui aussi vieux que la ville et qui proposait depuis les origines le même menu, m'apprit-elle, n'était pas fait pour un monsieur bien comme moi. Le fameux menu à 7,20 F avait raison des estomacs les plus endurcis, chose, lui dis-je, que je comprenais sans peine. Rares étaient les clients qui sortaient la tête haute du *Roi de la Saucisse*. Bienheureux si on avait le temps d'arriver jusqu'au caniveau. C'est bien simple, entre le *Roi de la Saucisse* et le centre antipoison du faubourg Saint-Denis, c'était un va-et-vient constant d'ambulances. Une platée de boulons arrosée d'acide chlorhydrique se digérait plus aisément. On citait le cas de deux Turcs, pourtant, d'une corpulence de buffles, qui, un jour, peu après la guerre, avaient avalé tout le menu sans broncher et même avaient traversé la rue, riant et se tapant dans le dos, jusqu'au trottoir d'en face où là ils s'étaient abattus comme des arbres et où on avait eu toutes les peines du monde à les ramener à la vie. « J'ai eu peur en vous voyant là-devant tout à l'heure, conclut la marchande, j'ai cru que vous alliez entrer, un monsieur bien comme vous, leur menu c'est un coup à attraper une hépatate virile », elle voulait dire hépatite virale, hépatate virile m'évoqua je ne sais quelle affection grave et curieuse des parties génitales de l'homme.

J'achetai un bouquet de marguerites à l'aimable fleuriste, et plus tard, scène de film stupide, je l'offris à une passante, une femme brune assez jolie, qui l'accepta simplement et avec le sourire et continua sa marche après avoir fait un tour complet sur elle-même.

A quatre heures, je retirai mon billet pour Serra-nito au théâtre de la Porte-Saint-Martin.

A cinq heures, j'étais rue des Ursulines dans une librairie de cinéma où il faisait presque froid et où j'achetai des cartes postales que j'écrivis peu après au bistrot du coin, devant mon huitième café de la journée, une à Edwige (Greta Garbo et Robert T'es hilare dans *Le Roman de Marguerite Gautier),* une à mon père (Clark Gable dans *It happened one night,* cher papa, tu as remarqué comme il te ressemble, légèrement de trois quarts ?), une à Varax (W. C. Fields, sans penser à mal, dans *If I Had a Million).*

A six heures et demie, je me perdis sans remède dans le métro et me retrouvai à Marcadet-Poisson-niers, station dont le nom seul, étrange, valait certes qu'on s'y égarât, et nom qui, dans l'état de fatigue et d'excitation où j'étais, fit se trémousser mon ventre et ma poitrine sous l'effet des vagues puissantes d'un fou rire que je parvins à grand-peine à empêcher de se répandre en raz de marée sur mon visage qui ainsi demeura impassible à la vue des autres passagers de la rame eux-mêmes impassibles.

A sept heures, épuisé et affamé, je dînai au restaurant des *Platanes*, près d'un cinéma nommé Olympic, *very very far from* Marcadet-Poissonniers. Repas correct mais appellation abusive, pas plus de platanes que de hyènes place Bellecour. Et à huit heures, fidèle à mon programme, je revis avec délices *Laura,* d'Otto Preminger, à l'Olympic, qui présentait un festival de films noirs. Le moment où Laura (Gene Tierney, belle entre les belles), qu'on croit morte, réapparaît, me donna comme d'habitude la chair de poule.

Des employés faisaient le ménage à la station Pernety, un ménage bien nécessaire. Le métro parisien était crasseux, comparé au bijou lyonnais. Murs couverts d'inscriptions (« Vive la bombe », « Reviens, Adolf »). Par terre, plein de flaques suspectes et de morceaux de légumes glissants. L'obligation de les éviter donnait aux nombreuses personnes présentes une démarche dansante, bondissante, enjouée, pirouli-piroula, ces personnes fussent-elles âgées, tristes ou malades, ou fussent-elles de Coulanges, ha ha ! celle-là je me promis de la ressortir au gros Varax.

Changement à Montparnasse-Bienvenüe, cinq kilomètres à pied dans les couloirs pour trouver la bonne direction.

Rue Notre-Dame-des-Champs, ouf, je bus un petit

alcool en écoutant mon disque de Sabicas, pris une douche, fis deux pas dans le jardin. Les feux du pensionnat étaient éteints. Je me couchai tôt avec un livre et lus jusqu'à une heure et demie. Silence absolu. J'aurais pu me croire seul à Paris.

Ainsi se déroula ma première journée dans la capitale, heureuse, insouciante, comme hors du temps. La deuxième hélas allait m'apporter un sujet d'horreur, de dégoût et de colère auquel je ne m'attendais certes pas.

Je m'éveillai le lendemain à onze heures, bien reposé. Je m'étirai comme un félin. Daniel n'était pas là. Je ne l'avais entendu ni arriver ni repartir. Il m'avait laissé un mot : il ne rentrerait pas la nuit suivante, et, si cela ne m'embêtait pas trop, il me proposait lundi plutôt que dimanche pour le retour à Lyon. Il m'avait noté un numéro de téléphone où je pourrais le joindre entre midi et deux heures si je le souhaitais.

Je bus du café en poudre et décidai d'aller à Montmartre. Je me promènerais et déjeunerais dans un restaurant bien. Une folie. Le métro me laissa à dix pas d'une adorable petite place triangulaire, en pente, calme, verdoyante, la place Laplace, on n'aurait su mieux dire. Un hôtel, un vrai hôtel de campagne avec lierre au mur et tout, bordait un des côtés du triangle.

Au milieu de la place, un homme d'une cinquantaine d'années engageait un rouleau dans un orgue de Barbarie antique et bariolé.

Il commença à tourner la manivelle. Et mon esprit entra en ébullition dès que j'entendis les premières notes de cet air peut-être espagnol que me chantait ma mère quand j'étais enfant, et qui s'était inscrit dans la mémoire de l'adolescente féerique aux grands yeux clairs, aux longs cils, au nez si joliment droit, aux cheveux emmêlés et aux longues jambes parfaites, comprenez Viviane Tombsthay, au cours de son mauvais sommeil, après qu'un individu somme toute ignoble et méprisable eut ouvert et malmené sa chair tendre et vierge, l'homme d'une cinquantaine d'années tournait, tournait sa manivelle, ah ! il s'en va le bateau, ah ! comme tristement et sereinement il s'en va !

VII

Je m'approchai de l'orgue de Barbarie antique et bariolé. Le musicien devait mesurer deux mètres. C'était un de ces types puissants, épais, musculeux, mais pas particulièrement bien bâtis, les épaules plutôt tombantes, un peu comme Jack Palance tel qu'on le voit torse nu et boxant dans les premiers plans du *Grand Couteau,* de Robert Aldrich.

Je déposai une pièce de dix francs dans sa soucoupe en métal et attendis la fin du morceau. Le bateau triste et serein se perdit à l'horizon.

« Merci beaucoup », me dit-il d'une belle voix chaude.

On ne devait pas souvent lui laisser de telles fortunes.

« J'aime bien ce morceau. Surtout à l'orgue de Barbarie. Il est beau, cet orgue.

— Oui. Il est très ancien. On m'a proposé mille fois de me le racheter.

— Vous jouez d'un instrument, à part ça ?

— De l'accordéon, mais mal. Du tambour. Vous ?

— Moi, je joue de la guitare. C'est mon métier. Je donne des cours. Et vous, c'est votre métier ?

— Ma foi oui, depuis dix ans.

— Toujours à Paris ?

— Oui.

— Vous êtes nombreux, à Paris, à faire la même chose ?

— Comme moi, non. Plus maintenant. Il y a des itinérants, des fois, en été, dans le centre, à Saint-Germain...

— Ça vous est arrivé d'aller jouer dans les banlieues, je ne sais pas, moi, à Neuilly... »

Il rit, d'un bon rire.

« A Neuilly ? Non, jamais. C'est un coup à avoir les C.R.S. au cul. Ils portent plainte pour un oui pour un non, là-bas.

— Vous jouez toujours sur cette place ?

— Non, mais toujours à Montmartre. Des fois je descends à Pigalle. Figurez-vous que les travestis sont généreux. Les travelos, comme dit mon fils.

— Vous avez un fils ?

— Oui. Il écrit des romans policiers. Je le vois une fois par an. Et encore. Lui c'est un brave garçon, mais l'est marié avec une saloperie.

— Il écrit des romans policiers ? Il s'appelle comment ?

— Robin Ballester. Les travestis et les ménagères.

— Pardon ?

— Les ménagères aussi sont généreuses. Sur cette place, je n'ai pas raté un jour de marché depuis dix ans. Les gamins s'arrêtent pour écouter, les mamans posent leurs paniers et donnent un franc aux gamins, toute la matinée j'entends cling-cling dans ma soucoupe. Je gagne pas mal ma vie. Je ne me plains pas.

— C'est quel jour, le marché ?

– Le jeudi. »

Viviane m'avait parlé d'un jeudi 25 juillet...

« Vous commencez à jouer tôt ?

– Les jours de marché, oui. J'habite tout près. Je m'installe presque en même temps que les forains. »

Je regardai l'hôtel. *Hôtel Laplace.* Pourquoi pas ? L'idée s'imposait, croissait et embellissait dans ma tête, et une petite voix me disait que j'allais aller de preuve en preuve, inéluctablement, implacablement.

« C'est drôle, la vie, dis-je à Ballester le bon géant. Vous savez pourquoi je vous demande ça ? Il y a trois ans, une de mes cousines s'est fait coincer dans une histoire de drogue. Elle avait douze ans. Des gens plus âgés l'ont entraînée. Elle était dans les pommes, elle n'a même pas pu dire après où elle avait passé la nuit. C'était la nuit du 24 au 25 juillet. Le 25, c'était un jeudi. Elle se souvient seulement d'avoir entendu sur le matin l'air que vous jouiez tout à l'heure. J'ai pensé qu'on l'avait peut-être amenée ici, dans un appartement, ou à l'hôtel. Elle était sûrement avec un type chauve en SM.

– En quoi ?

– En SM, vous savez, ces grosses Citroën longues et avachies ? On n'en fait plus, aujourd'hui.

– Il l'aurait portée, alors, si elle était dans les pommes ?

– Oui.

– Non. Je m'en souviendrais, d'un truc comme ça. Je vois tout, ici. Remarquez, s'ils sont venus à l'hôtel, il y a une entrée derrière. Vous êtes en train de m'interroger ? Vous êtes de la police ? »

Je réfléchis. Non, pas avec lui.

« Non, quelle idée ! De toute façon, c'est de l'histoire ancienne. Mais quand je suis arrivé et que j'ai entendu la musique...

– Il y a trois ans au mois de juillet ? L'hôtel était en vente. Il était vide. »

Merde, me dis-je avec force.

« Changement de propriétaire. L'ancien proprié-taire était chauve, dit Ballester plus ou moins machi-nalement, sans doute parce que j'avais moi-même parlé d'un homme chauve. Je l'ai vu une fois.

– Vous savez son nom ?

– Oui, un drôle de nom. Tombsthay. Je le sais parce que j'étais un peu copain avec l'employé de la réception, un type de mon âge. Non, plus vieux. Il ne pouvait pas blairer Tombsthay. Lui, il pourrait peut-être vous renseigner. Il logeait souvent à l'hôtel, dans une espèce de grenier un peu arrangé. Mais peut-être pas pendant la période de vente. Je ne sais pas. C'est loin, tout ça.

Graham Tombsthay avait violé sa fille. Avant de la ramener, à Neuilly, il avait fait un petit crochet par son hôtel, vide. Ni vu ni connu. Le temps d'une passe. Ou de deux, de trois. Je le haïssais. Fou de désir, le pantalon gonflé et le cœur battant depuis qu'il avait vu sa belle enfant, une inconnue pour lui. Il avait dû cuisiner le docteur pour bien se renseigner sur les effets du somnifère. Fou de désir. Fou.

– Vous savez ce qu'il est devenu, cet employé ?

– Non. Toutou, amène-toi là ! Toutou ! »

Cela à l'adresse de Toutou, son chien, un corniaud qui s'amena là en galopant de traviole, s'accroupit sans façon et, langue tirée et yeux clignotants, en posa une longue en spirale sur la dure terre de la place Laplace.

« Il s'appelait Alexandre Pouklanidjiank. Mar-

rant, hein ? Ça vous arrache la gueule. Peut-être qu'il
est mort. Il picolait. A l'époque, il habitait à Fontenay-sous-Bois. Je ne peux pas vous en dire plus.
C'était pas vraiment un pote, deux mots en passant.
Je suis sûr que vous êtes de la police, ou alors un type
embauché par la famille pour...

— Je vous jure que non.

— Bon, d'accord, je vous crois. »

Trois minutes plus tard, j'entrai dans une petite
poste d'une petite rue, la rue du Chat. Mes recherches furent aisées. Des Pouklanidjiank Alexandre à
Fontenay-sous-Bois, il n'y en avait pas des mille et
des cents. Mais il y en avait bien un, Pouklanidjiank
A., 10, rue Saint-Germain.

Je téléphonai, personne.

Au restaurant des *Artistes*, square Bouché, je le fis
quand même, mon bon repas, un peu songeur il est
vrai, le menton volontiers posé dans le creux de la
main droite, l'œil vague, l'humeur tour à tour éteinte
ou massacrante.

Je rappelai au dessert. Mme Pouklanidjiank
répondit. Ton rogue. Son mari n'était pas là.

« Je suis un copain, je l'ai connu quand il travaillait à l'hôtel...

— Quel hôtel ?

— *Hôtel Laplace.*

— Il est au café.

— Il boit toujours ?

— S'il boit !

— Vous savez quand il va rentrer ?

— Oh ! Pas avant ce soir. Si quelqu'un le ramène.

— Si vous me disiez quel café, j'aurais fait un saut
lui dire bonjour... »

Elle me le dit. Je m'embarquai dans le métro

jusqu'à la station Opéra, et là je pris le R.E.R. qui me laissa dans un Fontenay-sous-Bois désert, triste et aussi torride que Paris. Je demandai à une dame rousse astiquant ses vitres où se trouvait le super-marché Suma.

Comment allais-je m'y prendre avec Pouklanid-jiank ? Je verrais sur le moment, selon le bon-homme.

Le café *Au tout va bien* était en face du Suma. J'entrai. Il y avait un couple et un homme seul, d'apparence paisible.

« Monsieur Pouklanidjiank ? »

Il buvait du gros rouge, mais je ne le croyais pas ivre, pas encore. Son visage n'était pas laid. Evidente coquetterie, il portait longs ses abondants cheveux, qui semblaient ceux d'un jeune homme. Il ôta un fin cigare du coin de sa bouche et me répondit :

« Oui.

– Je suis un copain de Ballester. L'orgue de Barba-rie. J'ai téléphoné à votre femme. Je voulais vous voir deux minutes. Vous permettez ? »

Il eut un geste aimable et gracieux. Je m'assis à sa table et commandai un café.

« J'habite Lyon. Je connais aussi un bistrot qui s'appelle *Au tout va bien*, cours Lafayette, au niveau des Brotteaux. Vous connaissez Lyon ?

– Non. J'y suis passé pendant la guerre.

– En face, il y a un autre café qui s'appelle *Au tout va mieux*. Je ne sais pas si c'est fait exprès. Sûre-ment. »

Le café arriva. Il finit son verre et je lui en offris un autre.

« On ne s'est jamais vus, si ?

– Non. Je voulais vous demander un renseignement. Ça remonte à loin. L'*Hôtel Laplace* était en vente, il y a trois ans, au mois de juillet...

– Oui.

– Est-ce que vous logiez encore à l'hôtel, à ce moment-là ?

– Non. »

Pouklanidjiank ne savait pas mentir. C'était tout à son honneur.

« Pourtant, Ballester m'a dit...

– Qu'est-ce qu'il en sait, Jeannot ? Il est aussi con qu'il est grand. Et vous, vous êtes de la police ? »

Cela demandé sans la moindre agressivité.

« Non. »

Il y eut un silence. Il me fixait. Alexandre Pouklanidjiank avait dû être beau dans sa jeunesse. Je me sentais près du but. J'étais ému. Il fallait qu'il me parle. Je lui dis, avec une intensité non feinte dans l'œil et dans la voix :

« Vous êtes en train de vous demander si vous pouvez me faire confiance ? Moi aussi. Je me demande la même chose à votre sujet... Je suis ami avec Viviane Tombsthay, la fille de votre ancien patron.

– Tiens, je ne savais pas qu'il avait une fille. »

Aucune importance, pensai-je, aucune importance.

« Je crois qu'elle se drogue depuis longtemps. Ça me rend très malheureux. Je n'en suis pas sûr, mais... Enfin, il est possible qu'elle ait commencé à se droguer il y a trois ans exactement, dans la nuit du 24 au 25 juillet. Je ne veux pas vous ennuyer avec les détails. Elle, elle me dit que cette nuit-là elle était en voiture avec son père, qu'elle avait seulement pris trop de somnifères pour l'embêter, qu'il a été obligé de s'arrêter avec elle à son hôtel, il a même fallu qu'il la porte, enfin toute une histoire. Le père n'habite plus en France. De toute façon, je ne veux pas avoir affaire à lui. C'est quelqu'un que je n'aime pas. »

Telle fut la fiction quasi improvisée que je servis toute chaude au vieux Pouklanidjiank. Elle tenait à peu près debout, à condition qu'il ne réfléchisse pas trop et ne m'accable pas d'un feu roulant de questions.

« Vous avez raison. C'est une ordure. Un avare. Un sale patron. Le pire que j'ai eu. »

De nouveau, je dus soutenir un long regard las et non sans lointaine beauté de l'alcoolique aux cheveux soignés.

« La petite ne vous raconte pas de blagues », dit-il enfin.

Victoire. Si on pouvait dire. Il avala une bonne moitié de son verre. Un chien entra dans le bistrot, un petit chien.

« Je vous ai dit un mensonge, en arrivant. Je ne suis pas un copain de Ballester, je l'ai rencontré ce matin pour la première fois. C'était pour entrer en contact avec vous. Je lui ai demandé le même renseignement, mais il ne savait pas. C'est important pour moi. »

J'attendis la suite. Elle vint.

« Ma femme m'avait foutu dehors. J'ai dormi quelques nuits à l'hôtel. J'ai eu les clés jusqu'à la fin du mois. Normalement, je n'aurais pas dû y être. La journée je décampais, l'agence faisait visiter. J'allais boire à Pigalle. Qu'est-ce que je me mettais ! Je rentrais soûl comme un cochon. Je dormais dans mon grenier, sans défaire le lit. »

Il vida son verre.

« Je n'ai pas vu Tombsthay arriver, mais je l'ai vu repartir. Ouais, il portait une femme, il l'a installée dans une grande voiture et il est parti. Il était garé dans la rue Caron, derrière l'hôtel. Il ne m'a pas vu. Il n'a pas su que j'étais là.

— Vous n'avez jamais rien dit ?

— A qui ? Non.

— Et qu'est-ce que vous avez pensé ?

— Rien. Si, j'ai pensé que le patron avait eu besoin d'un endroit tranquille avec une petite dame et que la petite dame avait trop bu. C'étaient pas mes oignons. »

Supposition relativement proche de la vérité. Le P.-D.G. diabolique devait avoir une histoire toute prête au cas où quelqu'un lui aurait fait une remarque.

« C'était sa fille. C'est bien ce qu'elle m'a raconté. Je vous remercie. »

Je restai encore quelques minutes au *Tout va bien,* pour la politesse, puis je pris congé d'Alexandre Pouklanidjiank, replié sur son verre, triste et avachi comme un coupable après l'aveu. Il me dit au dernier moment que j'étais un garçon poli et bien élevé, et qu'il n'avait guère l'occasion de profiter de la compagnie de gens polis et bien élevés.

Je dus enjamber le chien pour sortir du café. Rien à voir avec Toutou. C'était un de ces roquets astiqués du jour, méprisants, au collier d'or incrusté de pierreries, aigris sans doute par leur museau aplati, renfrogné, comme s'ils avaient flairé de trop près le sabot d'un cheval irascible et en eussent récolté un juste châtiment. Que faisait-il au *Tout va bien,* apparemment loin de son maître, empêchant les honnêtes gens de sortir sans épuisante gymnastique ?

J'avais mal digéré. Mon estomac était lourd.

Une heure plus tard, je frappais à la porte vitrée du gardien de l'immeuble du 57, boulevard de Port-Royal. Je ne savais même pas le nom du propriétaire des appartements meublés.

« Excusez-moi de vous déranger, je voudrais simplement savoir s'il y a un appartement disponible en ce moment. J'ai un ami qui a habité là, il m'a donné l'adresse. »

Le gardien, un rabougri qui vous regardait de bas en haut rien qu'avec les yeux, sans bouger la tête, ce qui les lui faisait globuleux comme ceux des veaux, me dit non, pas d'appartement disponible à sa connaissance. Mais le mieux était de voir avec le propriétaire, M. Permanent.

Et je me retrouvai courant les métros, accablé de chaleur, assailli d'odeurs, l'estomac toujours plus lourd et peu à peu se tordant.

Mon enquête devenait inutile. Les Permanent avaient dit à la police qu'ils ne connaissaient pas de Jean-François, et la police avait fait chou on ne peut plus blanc. Un petit espoir, néanmoins : que les Permanent eussent voulu couvrir quelqu'un à l'époque. Leur fils, s'ils en avaient un ? Non, mais peut-être quelqu'un d'autre. Un tout petit espoir. Et j'allais user d'un subterfuge. Si j'échouais, tant pis. Si je n'échouais pas, tant mieux : pendant que j'y étais, j'aurais bien aimé rencontrer ce Jean-François, et tenter d'avoir une certitude supplémentaire. Histoire de vider la coupe Graham jusqu'au fond le plus amer et le plus corrompu. D'alimenter ainsi, d'abreuver plutôt, ma haine contre le maudit violeur de Viviane.

Les Permanent, 90, rue de Tolbiac, étaient des gens plutôt avenants. Ils avaient l'air jeunes et pleins d'entrain malgré leur âge. Ils s'apprêtaient à sortir quand je sonnai à leur porte.

« Je suis un ami de Jean-François, dis-je. Je l'ai connu à Londres. A l'époque, je voulais m'installer à Paris et il m'avait donné votre adresse. Ça ne s'est pas fait, mais aujourd'hui... voilà. Je cherche un appartement meublé, assez vaste. Je suis d'abord venu vous voir, à tout hasard... »

Si je me trompais, qu'allaient-ils penser ? Que j'étais un détective privé envoyé tardivement par Graham Tombsthay ? Allaient-ils être effrayés, se sentir menacés ?

Mais je ne m'étais pas trompé. Impossible de moins me tromper. Au nom de Jean-François, M. Permanent avait regardé sa femme avec l'œil de l'homme qui a vu tout récemment l'homme qui a vu l'ours. Puis tous deux m'observèrent. J'avais conscience de subir une sorte d'examen de passage.

« Entrez deux minutes, dit Mme Permanent. Ne soyez pas vexé, mais vous ne ressemblez guère aux amis de Jean-François. »

Je leur dis, gentiment et timidement :

« Je n'étais pas vraiment ami avec lui, je le voyais de temps en temps. »

Hélas ! pas d'appartement libre, ils regrettaient. J'exprimai ma vive déception, et, toujours d'une exquise timidité, je leur dis que je ne voulais pas les déranger davantage. Au dernier moment :

« J'aurais été content de revoir Jean-François, vous ne savez pas ce qu'il est devenu ? »

Ils parurent gênés.

« Non.

– Par ses parents, peut-être ?

– Peut-être, mais ce n'est même pas sûr. Il leur en a tellement fait voir ! » dit Madame, à qui je semblais particulièrement inspirer confiance.

Mon Dieu, comme c'était désolant ! Un gentil jeune homme, pourtant, ce Jean-François, quand je l'avais connu. Enfin, j'allais essayer les parents. Avaient-ils leur téléphone ?

Comme je l'espérais, ils me notèrent aussi leur nom et leur adresse, bien proprement, sur une feuille de bloc carrée.

J'en avais assez de me déplacer souterrainement. Je pris un taxi.

Les Féraud habitaient 5, rue Blaise-Desgoffe, à Montparnasse, à deux pas de la Fnac. Ils n'étaient pas chez eux. Le gardien, qui ressemblait à celui de Port-Royal comme une goutte d'eau à une autre du même récipient, m'apprit qu'ils ne rentreraient de la campagne que le lendemain en fin d'après-midi. Je fus presque soulagé. Je n'étais pas mécontent de souffler un peu.

J'en profitai pour faire un tour à la Fnac. Magasin bourré. Le métro, à côté, c'était oxygène et grands espaces.

« Robin Ballester, romans policiers ? » criai-je à un vendeur, qui eut tout juste le temps de m'expliquer avant d'être happé par un courant de foule et transporté Dieu sait où.

Au terme d'un véritable petit trajet à quatre pattes, je finis par découvrir, dans un recoin qui était sans doute le plus secret et le plus inaccessible du magasin, quatre romans de Robin Ballester, publiés dans une collection inconnue de moi intitulée « Tranches de mort », collection hideuse, vert et rouge, sans parler du gris de la poussière et du jaune du temps. J'avais le choix entre *La Plymouth de Portsmouth, De mort à trépas, Lorsque l'enfant disparaît* et *L'alibi fait pas le moine*. Je me décidai pour le dernier, victime semblait-il depuis des âges moins reculés des ravages du temps.

Rue Notre-Dame-des-Champs, je passai dix minutes sous la douche puis commençai la lecture du roman de Robin Ballester. L'auteur avait cru bon de situer son action à Los Angeles. Triste. On se croyait autant à Los Angeles qu'à Tokyo dans *La Princesse de Clèves*. Quant au style, une note de blanchisserie devait paraître en comparaison d'une sophistication outrée, et un rapport de gendarmerie d'une épuisante densité. Néanmoins, je parcourus quelques chapitres, car l'idée de départ retenait l'intérêt : un tueur de classe internationale, John Martin (John Martin !), secret, énigmatique, fonctionnant essentiellement par téléphone, loue ses services à diverses organisations parfois rivales. L'intrigue s'emberlificote de telle sorte que la Maffia le charge de supprimer ce John Martin, qui devient par trop gênant... John Martin accepte la mission. (« En tout cas, note Ballester sans qu'on puisse deviner s'il plaisante ou non, cette mission était la plus facile de toutes. John n'avait aucun mal à se prendre en filature. Il ne se lâchait pas d'une semelle. ») Hélas ! Robin Ballester est la première victime de son intrigue, dès la page soixante-dix il ne sait plus comment s'en dépêtrer, il patauge lamentablement, il accumule des invraisemblances qui feraient rire un condamné pendant qu'on lui bande les yeux, et s'en tire dans le dernier chapitre par une pirouette qui révolterait un idiot de village : un frère jumeau de John Martin, Jeff Martin, parachuté dans le récit sept pages avant la fin !

Mauvaise journée. Le repas de midi se plaisait dans mon estomac, et un rot sans noblesse menaçait depuis des heures. Vint le moment de lui laisser toute latitude. La période postcécilienne avait été fertile en mauvaises digestions, si l'on peut s'exprimer ainsi, et en éructations dont, dans ma solitude et mon dégoût, je ne cherchais pas toujours à brider la furie. Mais, à côté de celle qui, ce jour-là chez Daniel, me secoua l'œsophage comme une pirogue de bambou passant le cap Horn par grosse tempête, c'étaient souffles de jeune moineau. Je me levai en hâte du divan sur lequel j'étais allongé tout en jetant à travers la pièce *L'alibi fait pas le moine*, le fin ouvrage de Ballester, et, debout, prenant pose et grimaçant mimique du ténor qui pousse la note la plus aiguë de sa carrière au cours d'un récital décisif, je m'arrachai un tonitruement chaotique qui ébranla l'immeuble des caves aux cheminées, BRRRRRRUN ! puis blblblbl...

Ouf ! Je m'assis pour me reposer de cet exploit. Puis je bus deux verres d'eau et grignotai quelques sablés d'Ecosse dont je trouvai un paquet dans un placard aux portes qui coulissaient mal. Tel fut mon dîner le soir du concert de Serranito.

J'arrivai avec une demi-heure d'avance au théâtre de la Porte-Saint-Martin. J'avais une bonne place au deuxième rang légèrement sur la droite. La salle se remplit. Public de connaisseurs, sympathique et agaçant, chaleureux et très sot, comme sont souvent les publics de connaisseurs.

J'oubliai tout, passé et avenir. La nervosité de

l'attente se réfugia dans mes mains. A huit heures vingt-cinq, j'avais tellement trituré mon programme qu'il en était devenu illisible. A huit heures et demie précises, les lumières s'éteignirent. Je me mis à suer et à frissonner. Silence à couper au couteau. Victor Monge traversa la scène et salua sous les applaudissements. Nouveau silence. Il s'assit, accorda sa Ramirez. Mon cœur menaçait de sortir de ma poitrine et de faire le tour de la salle par petits bonds.

Et lorsque, la joue posée, amoureusement, sur l'éclisse de la guitare, un rictus de concentration plissant le coin gauche de sa bouche et donnant à son visage, comment dire, le type de beauté de la musique qu'il s'apprêtait à jouer, il fit sonner le premier accord de sa *taranta*, je crus mourir.

Et il joua, dans son style à la fois intérieur et extraordinairement brillant, sa version des principaux rythmes *flamencos,* la *farruca* succédant à la *taranta,* l'*alegría* à la *farruca,* la *serrana* à l'*alegría,* la *granadina* à la *serrana,* la *solea* à la *granadina* et la *bulería* à la *solea*.

Je me perdis et m'oubliai dans la musique. Je n'étais plus moi-même.

Mais à la fin du concert, soudain fatigué, malheureux, pensant douloureusement à Cécile, à Viviane, au passé proche et lointain, à la mort, à la solitude, qui est notre lot à tous et notre seule vérité dans cette vallée de larmes, et à toutes sortes de choses qu'on ne saurait exprimer, je quittai le théâtre sans même chercher à approcher le Maître, une autre fois me dis-je, cela ressemblait à une fuite.

Néanmoins, je rachetai un programme, le mien ressemblait à un Kleenex utilisé pendant huit jours par une chambrée de catarrheux au plus aigu de leur pénible état.

Le dimanche, je déjeunai avec Daniel. Je me souviens de m'être demandé s'il voyait des garçons, d'avoir cherché presque à le savoir... Je lui racontai mon espèce d'enquête, qui le rendit songeur, c'était normal, mais, dirais-je, exagérément songeur.

A quatre heures, je retournai à l'Olympic et vis *En quatrième vitesse, Kiss Me Deadly* (Donne-moi un baiser mortel), de Robert Aldrich. Le détective cherche et trouve hélas ! cette fameuse mallette dont on ne connaîtra jamais exactement le contenu. La scène où il va voir son amie qui fait de la danse est magnifiquement filmée.

A six heures et demie, je trouvai chez eux les Féraud, rue Blaise-Desgoffe, des bourgeois comme les Permanent, lesquels avaient menti à la police pour ne pas compromettre le fils de leurs amis de classe. Mme Féraud était plus grande que son mari d'une demi-tête, lui avait une moustache plus mince d'un côté que de l'autre. J'étais un ami de Jean-François, je l'avais un peu connu à Londres, j'aurais été content de... Pour un peu ils me fermaient la porte au nez. Leur vœu le plus cher était d'entendre parler le moins possible de leur fils. Les yeux immédiatement humides de Mme Féraud, pourtant, démentaient ces affirmations fracassantes. Peu à peu, sur ma bonne mine et mes bonnes manières, et mes talents de comédien aidant, ils me donnèrent son adresse, que, oui, ils connaissaient, rue de Lanneau, près du Panthéon, à la fin ils étaient prêts à me faire un plan.

Tout était petit au 4 *bis*, rue de Lanneau, l'immeuble, l'escalier, les portes, les fenêtres.

Je sonnai au quatrième étage droite. Une femme d'une trentaine d'années, d'aspect vulgaire, vint m'ouvrir.

Petits appartements, petites pièces.

Elle me tutoya d'emblée.

« Bien sûr que tu peux entrer », dit-elle en riant bêtement.

Je me baissai pour passer la porte. Je suivis la femme. Elle était vêtue d'un court pagne bariolé genre Amérique du Sud. Je n'osai pas trop regarder, mais il me sembla qu'elle n'avait pas de slip dessous. Ses cheveux très noirs et décoiffés lui tombaient jusqu'à la taille.

Je traversai une espèce de salon et pénétrai dans une espèce de chambre.

Si Jean-François était beau quand Viviane l'avait connu, depuis trois ans les choses s'étaient gâtées. Il n'était pas sans ressembler un peu à Alain, en plus mou et mièvre si c'était possible, en plus gras surtout. A vingt-trois ans, la graisse commençait à noyer ses traits. Il perdait ses cheveux sur le devant.

La fille s'appelait Brigitte. Ils avaient dû dormir ou somnoler peu avant que j'arrive. Je n'avais jamais vu de vrais drogués, mais j'eus aussitôt la certitude que ces deux-là se faisaient péter les veines à coups de drogues dures. Ils prenaient des fous rires pour un rien et leur regard flottait.

Jean-François était vautré sur un lit à la couverture bariolée comme le pagne de Brigitte. Il se leva. Brigitte alla s'allonger sur le lit. Il la tripota au passage.

« C'est pratique, pour lui mettre la main au

pagne », dit Jean-François, que son état d'hébétude portait aux jeux de mots.

La fille émit un long rire puis répéta dans un hoquet :

« La main au pagne ! Je t'aime, mon chéri ! Je t'aime parce que tu me fais trop rire ! »

Elle n'était pas maquillée. Sa peau n'était pas ridée mais semblait l'être. Jean-François s'assit à une table, passa la main dans ses cheveux blondasses hirsutes, et, d'un geste ondulant qui me fit penser au geste analogue de Pouklanidjiank, m'invita à m'asseoir. Puis il se tourna vers son amie, lui adressa des œillades de pantomime et dit :

« C'est vrai ça, ma cocotte, que je suis drôle. Un vrai bite-en-train. »

Un rire bref le secoua. Brigitte avait mal entendu, mais se doutait qu'il y avait matière à rire.

« Quoi ? » dit-elle en se dressant sur les genoux, et se forçant au sérieux pour mieux éclater l'instant d'après.

Il cria presque :

« J'ai dit que j'étais un bite-en-train, un foutu bite-en-train ! Foutu, bite-en-train ! »

Brigitte, voyant mon air éberlué, me montra du doigt et eut le temps de me crier, avant de s'abandonner à un véritable hurlement d'hilarité :

« Pète un coup, mon chou, j'te sens fébrile ! »

Et elle hurla. Jean-François se prit le front dans la main droite et rit aussi, en silence.

Une maison de fous. J'étais tombé dans une maison de fous. Je regrettai amèrement d'être venu. J'avais envie de m'enfuir à toutes jambes. Ils ne m'avaient même pas demandé qui j'étais et ce que je faisais là.

« On se connaît ? dit Jean-François quand ils se furent calmés.

– Non.

– Vous connaissez quelqu'un qui me connaît ?

– Oui.

– Et alors ? »

Autant en finir le plus vite possible, et sans prendre de précautions. Peu m'importait.

« Je suis un ami de Viviane Tombsthay. Il y a trois ans, elle est rentrée de Londres en même temps que vous et vous l'avez amenée dans un appartement meublé boulevard de Port-Royal. Je voudrais seulement savoir si vous l'avez... touchée. »

Comment allait-il se comporter ? J'eus vaguement peur. Je soutins son regard soudain plus éveillé.

« Pas touchée, dit-il enfin.

– Ça m'étonne », dit Brigitte qui s'essuyait les yeux.

Il ne lui prêta pas attention.

« Si vous êtes un ami à elle, elle a dû vous le dire, que je ne l'ai pas touchée. Elle le sait bien. C'était mon premier crime, mais il a raté. J'ai pris la trouille en la voyant téléphoner. Je me suis affolé, j'ai foutu le camp.

– Et vous n'êtes pas revenu ?

– Revenu ? Non. »

Son regard se voila à nouveau. Il marmonna, se parlant à lui-même :

« Heureusement, ces cons de Permanent ont écrasé le coup. Ils ont tout de suite compris. »

Il se leva, repoussa sa chaise qui tomba sur le sol et cria :

« Mais dites ! Vous...

– Non, dis-je. Je suis vraiment un ami de Viviane et je voulais simplement être sûr...

– T'en fais pas, dit Brigitte, couchée et le dos tourné, si c'était un flic il aurait pris la porte en pleine figure. »

Elle avait dit « figure ». Il s'ensuivait presque un effet d'étrangeté. Après son intervention, elle fit mine de dormir. Elle ne portait pas de slip.

Jean-François ramassa la chaise et se rassit. Moi je me levai et lui tendis la main.

« Au revoir. Merci. »

Il ne prit pas ma main. Il plongea le front sur mon avant-bras, sanglota une seconde sans larmes, se mit debout, le visage impassible, et alla s'allonger tout contre Brigitte et l'enlaça.

Je sortis vite et sans bruit.

Est-il besoin de préciser que l'entrevue me plongea dans un abîme sans fond de tristesse et de désespoir ? Non.

Je marchai au hasard. J'essayai d'appeler Julia d'une cabine publique, pour me remonter le moral, mais personne ne répondit. Place Sainte-Geneviève, autre jolie petite place triangulaire et en pente, je repérai un restaurant appelé *La Méthode*, qui me parut accort. J'entrai et m'en mis plein la lampe. De là je me rendis à la Rose des Vents, dans le XIIIe, un cinéma de quartier comme il n'y en a pratiquement plus à Lyon. Avant la séance, une jeune femme atteinte de folie douce alla se placer devant l'écran et nous fit un numéro de danse moderne qui ne ressemblait à rien. Elle devait être connue des gens du cinéma. Un jeune homme souriant s'approcha d'elle, lui parla, la prit gentiment par la main et l'entraîna hors de la salle. Elle nous envoya des baisers. Il y eut quelques applaudissements, qui la remplirent d'aise.

Je revis *L'Invasion des profanateurs de sépultures,* un beau scope noir et blanc de Donald Siegel. Des extraterrestres s'emparent du corps des humains pendant leur sommeil. Quand les hommes se réveillent, leur corps est le même, mais ils sont des autres. L'astuce, c'est de ne pas s'endormir. Seuls de toute la petite ville, un homme et une femme ont réussi à échapper à l'horreur. Ils fuient. Hélas, la femme n'y tient plus, elle s'assoupit. A son réveil, gros plan sur ses yeux vides, cruels, différents : elle est passée de l'autre côté. Terrifiant.

Rue Notre-Dame-des-Champs, ma Ramirez me manqua. Je me rattrapai en donnant de petits coups de diapason un peu partout dans l'appartement.

Dans le jardin, on avait coupé le jet d'eau. Peutêtre qu'on le coupait le dimanche. Je m'accroupis et fis faire trempette à ma main droite dans l'eau du bassin.

J'avais oublié Jean-François et Brigitte comme un mauvais rêve. Mais je n'oubliais pas Graham l'infâme.

J'avais envie de revoir Viviane. Et Julia. Et aussi Edwige.

Dans un immeuble, en face de moi, une chambre s'éclaira. On voyait tout à travers un rideau fin. Une femme en peignoir, ni jeune ni vieille, s'installa dans une chaise longue, un livre à la main. J'aurais juré qu'elle était malade. Mais d'une maladie que j'imaginais douce, sans gravité, d'ailleurs finissante. La fièvre est encore là mais dans sa phase de déclin. La dame au livre sait que pendant la nuit au lieu de monter la fièvre va descendre, et que le lendemain elle pourra manger et se maquiller un peu, alors, forte de cette certitude, elle se cale bien dans les coussins et jouit en lisant de son état de langueur.

Daniel avait encore découché.

Je traînai sans conviction dans Paris. Rue Saint-Lazare, j'achetai une bouteille d'eau-de-vie de prune, de la même marque que celle que m'avaient offerte les Lespagnol (la petite fille renversée, ils s'appelaient Lespagnol). Je déjeunai au drugstore des Champs-Elysées. En fouinant dans le drugstore, je trouvai un porte-clés en métal lourd et mat représentant une guitare assez joliment formée. Je l'achetai pour Viviane.

J'appelai Julia deux fois, deux fois je tombai sur Viviane et je raccrochai sans parler, horriblement mal à l'aise, l'esprit désemparé.

J'avais rendez-vous avec Daniel à quatre heures pour le retour à Lyon. Il me proposa de prendre le volant, je refusai. La circulation était intense. Il conduisait en virtuose.

« Comment ça se fait qu'il y ait tant de voitures ?

– Toujours, le lundi. »

Avenue d'Italie, pour éviter une queue interminable, il s'engagea dans la file des bus et des taxis et fonça. Au feu rouge de la porte d'Italie, un agent de police invisible jusqu'alors nous arrêta. Daniel resta parfaitement calme.

« Ça va plus vite, hein, comme ça ? » dit l'agent, un humoriste, la gueule fendue jusqu'aux oreilles.

Daniel fit oui de la tête en souriant aussi, mais pas trop, juste pour montrer qu'il était sensible à l'esprit pétillant de son interlocuteur en uniforme, sans avoir l'air néanmoins de prendre sa faute à la légère.

« Seulement voilà, c'est plus cher », continua l'agent, prêt à crever de contentement de soi.

Ah ! seulement voilà, c'était... ! Etait-il farce, cet agent ! Mines contrites des deux occupants de la BMW, apeurés certes mais séduits par tant d'autorité prestigieuse et d'humour irrésistible mêlés... Séduit à son tour par notre qualité de public idéal, il ne réclama même pas les papiers de la voiture, nous intima l'ordre de ne jamais recommencer (certain peut-être dans sa folie que nous le respecterions, cet ordre, jusqu'à notre dernier soupir) et, coup de sifflet et main levée à l'intention des autres automobilistes, ultime démonstration de puissance destinée à nous anéantir, il alla jusqu'à favoriser notre départ. Je me surpris à me demander si Daniel avait sujet de craindre une vérification de police. Sûrement pas, me dis-je, puis je m'en voulus de me poser de telles questions.

A l'entrée de l'autoroute, un panneau annonçait : *Bouchons fréquents à 1 km*, et un kilomètre plus loin en effet nous dûmes stopper.

« Pas de chance, dis-je à Daniel, on est tombés sur un bouchon fréquent.

– C'est drôle », dit-il sincèrement, mais sans rire.

Nous pinaillâmes pendant bien cent kilomètres, puis ça se dégagea, sans qu'il fût possible néanmoins de pousser la puissante BMW comme à l'aller.

Au niveau d'Auxerre, j'appelai Julia. Enfin elle était là. Elle me répondit d'une petite voix désolée : elle venait de tomber en montant les marches de son perron, elle s'était pour le moins foulé la cheville, elle pouvait à peine poser le pied par terre. Elle me demanda si je voulais bien passer chez elle le soir. Oui, dis-je, mais pas avant dix heures. Son mari s'était envolé pour Tunis le matin. Viviane venait de déménager, Julia avait préféré ne pas être là pendant l'opération. Elle avait envie de me voir. Moi aussi, dis-je. Après ces quelques jours à Paris, la peur d'être surveillé et attaqué m'avait en partie abandonné, et je savais que j'allais arriver à Lyon triste au possible. Bien entendu, je ne parlai pas à Julia de ma découverte.

« J'ai très mal », dit-elle.

Je nous imaginai faisant l'amour avec précaution. Je désirais Julia. J'avais hâte d'être auprès d'elle. Une seule chose me gênait un peu, je n'aurais pas aimé qu'Edwige me voie entrer au 27 *bis*.

Daniel restait silencieux, d'un silence agressif, comme s'il boudait. Nous arrivâmes à Lyon à neuf heures, chacun perdu dans ses pensées. Le temps avait changé. Un grand vent chaud soufflait du sud, le vent des fous, selon l'appellation locale.

Daniel se gara derrière la Toyota.

« Si tu avais un moment, j'aimerais te parler, dit-il. Je t'accompagne cinq minutes ?

– Bien sûr, allons-y. »

Pourquoi ne pas m'avoir parlé avant ? Une idée me traversa l'esprit : qu'avait-il inventé pour tenter de me retenir ce soir-là ? Car, j'en fus brusquement certain, il avait deviné que j'allais voir Julia.

Nous arrivâmes en haut des marches. La maison de poupée des Lampéda avait, par ce temps et dans la nuit tombante, un côté Hauts de Hurlevent pour nécessiteux qui n'incitait pas l'âme à la joie débridée.

« En tout cas, personne n'a ouvert le portail, dis-je à Daniel.

– Pourquoi ?

– Tu vois, ces deux marques ? Une fois que j'ai fermé, je cigogne un peu pour qu'elles soient exactement en face. »

A l'intérieur, mon premier mouvement fut de soulever le matelas. Le crapaud de métal n'avait pas bougé.

« Eh oui, je l'ai mis sous le matelas. Je vais manger un morceau de saucisson, tu en veux ?

– Non. David, il faut que je te parle sérieusement... Fais attention. Méfie-toi de Graham Tombsthay.

– Il n'est pas à Lyon en ce moment.

– Tu sais bien que ça ne change rien. Ne vois plus sa femme pendant quelque temps. Au moins pendant quelque temps.

– Ecoute, Daniel... Je te remercie pour tout. Sincèrement, je te remercie. J'ai été heureux d'aller à Paris avec toi. Je suis content de te connaître. Mais il y a un problème...

– Si tu me trouves trop inquiet, à cause de ta liaison... »

Il hésita. Quelle fable allait suivre ?

« Je te demande encore une fois ta parole que je peux te faire confiance.

– Oui, tu peux.

– Graham Tombsthay est l'homme que je dois éliminer et à qui je dois voler... »

Il hésita encore. J'étais au bord de la colère. Je lui dis d'une voix d'autant plus douce :

« Voler quoi ? Qu'est-ce que c'est, cet objet à microfilms ?

– Une boussole. Une reproduction ancienne de la

boussole de la *Santa María*, la caravelle de Christophe Colomb. Tu me promets que tu n'en parles à personne ?

– Non. (Je savais que je mentais.) Tu vas vraiment le tuer ?

– Oui. Le plus vite possible. Il y a d'autres personnes sur la même affaire. J'ai eu de nouveaux renseignements à Paris. »

J'étais anéanti. Il allait trop loin. C'était trop fou pour moi, je demandais grâce. Graham rentrait le mercredi, je me dis que j'aurais tout le temps de penser à ce qu'il convenait de faire. Dans l'immédiat, j'en avais assez de Daniel. Il me mettait dans une situation terriblement embarrassante.

« Je regrette de te mettre dans une situation embarrassante, me dit-il alors. Mais je t'assure que c'est dans ton intérêt. Les gens qu'on fait supprimer sont souvent dangereux.

– Je ferai attention. J'ai rendez-vous encore ce soir avec Julia Tombsthay, mais je te promets de ne rien dire, et de ne plus la revoir pendant quelque temps. »

Je ne souhaitais qu'une chose : qu'il s'en aille et me laisse en paix.

« Tu ne m'en veux pas ?

– Non. »

Aussitôt après son départ, je pris une douche. Daniel m'avait coupé l'appétit, j'avais renoncé au saucisson, mais pas à une douche rapide, pas à me présenter immaculé, frais et soyeux à Julia.

Je me garai rue Barrême, devant l'immeuble où avait habité jadis mon ami Brémondy. Où était-il maintenant ? Je claquai la portière à toute volée, habitude contractée depuis le jour où Cécile et moi avions décidé de suivre des chemins différents. A toute volée. La Celica était costaud, mais elle n'en frémit pas moins jusqu'au dernier boulon. Elle était sale à nouveau, déjà, d'une drôle de saleté. A condition d'avoir un an à perdre, on aurait pu compter les points de crasse qui criblaient son jaune moutarde.

Ma foi si, j'en voulais à Daniel. Il m'avait gâché ma soirée. Dans l'état où j'étais, je savais que j'allais bavarder sans fin avec Julia. Et je m'en voulais d'entrer dans son jeu, même un peu. Un peu, c'était trop. Un peu, et on était en plein dedans : au moment de partir, penaud et énervé, j'avais glissé le petit Reil dans ma poche droite de veste, où il ne tenait guère plus de place à vrai dire qu'un paquet de cigarettes.

Comme j'en aurais fumé une !

Je longeai le musée Guimet, qui est empli de monstres antédiluviens reconstitués. La petite arme compacte battait régulièrement l'os de ma hanche. Au cas où Julia et moi subirions un assaut en règle de la maison, me disais-je avec colère et dérision – bien content néanmoins, et c'est cela qui excitait ma colère, de cette présence battante contre moi, rassurante, comme vivante...

Mais, débouchant boulevard des Belges, soudain j'eus la sensation physique, brutale, d'un retour à la réalité, comme si le sol devenait plus ferme sous mes pas, les arbres du boulevard plus vrais, plus précise la perception que j'avais de mes cheveux soulevés à rebrousse-poil par le vent toujours plus fort. Daniel n'existait plus.

Aurais-je aperçu une bouche d'égout qu'il n'était pas totalement exclu que j'y eusse précipité le Reil, vive flexion des jambes et mouvement sec du poignet, aussitôt accroupi aussitôt redressé. Les rats l'auraient pris pour un des leurs, froid, rigide et privé de mouvement, un cadavre de rat.

Pas de bouche d'égout. Je ne saurais jamais.

Tout était éteint chez Edwige, la belle défigurée qui assurait toujours mieux sa place dans mes pensées. Sans doute rêvait-elle dans quelque cinéma, jouissant de l'atmosphère particulière, triste et douce, des salles de cinéma le lundi soir à la dernière séance, différente de l'atmosphère du dimanche, des autres jours de la semaine et des autres heures du jour.

Je respirai à pleins poumons, c'était bon et exaltant, une véritable bouffée de vie, et je sonnai au 27 *bis*.

Le portail électrifié fit clac en s'entrebâillant, le perron s'illumina – on ne lésinait pas sur les watts chez les Tombsthay –, la porte de la maison s'ouvrit. Ce n'est pas Julia boitillante qui s'offrit alors à ma vue, mais l'élégante silhouette de Graham Tombsthay, son époux, don Juan cocufié, amant par traîtrise de sa fille vierge.

TROISIÈME PARTIE

VIII

Le sentiment de réalité ne m'abandonna pas pour autant. Graham avait manqué son avion, il s'était livré à diverses activités avant de rentrer tard chez lui, Julia avait tellement mal à la cheville qu'elle ne pouvait plus marcher du tout, et c'était lui qui venait m'ouvrir, voilà tout.

Pourquoi ne m'avait-elle pas téléphoné ? Mais peut-être avait-elle appelé juste avant mon arrivée montée des Lilas, et juste après mon départ. Ou plutôt, immobilisée, et son mari se trouvant dans la même pièce qu'elle, elle n'en avait pas eu le loisir. Lui avait-elle dit la vérité ? J'étais sûr que non. Le problème était donc : quel prétexte avait-elle inventé pour justifier ma visite ? Quel que fût ce prétexte, il me parut logique et évident que je devais, moi, ne rien dire, ne pas paraître étonné, ne pas chercher à expliquer ma présence, faire comme si elle allait de soi. Etre naturel. Jouer la comédie.

Ou alors m'enfuir à toutes jambes ? Grotesque.

Je crois que je parvins à offrir un visage neutre à Graham.

« Bonsoir, monsieur Aurphet. »

Voix chaleureuse. Il me serra la main, tout en me prenant le coude droit de sa main gauche, comme font les personnes démonstratives. Ses trois cheveux peints narguaient le typhon, lequel en revanche courbait les fusains et presque les platanes, et, par un mystérieux phénomène de correspondance, faisait paraître plus blanche la façade de la maison.

Je n'eus rien à dire. Il se chargea de me tirer d'embarras.

« Viviane n'est pas encore là, mais elle ne devrait pas tarder. Non seulement elle a la grossièreté de vous déranger en dehors des cours, mais en plus elle est en retard. Excusez-nous pour elle...

– Ne lui en veuillez pas, ce n'est vraiment pas grave », dis-je.

Fort bien. Pour une quelconque raison, de préférence musicale, Viviane m'avait fixé ce rendez-vous tardif chez ses parents, et moi, gentil garçon timide, j'avais accepté. Hélas ! la petite capricieuse, que de plus on ne pouvait même pas joindre au téléphone, ne viendrait pas, nous sommes désolés, monsieur Aurphet, vous la connaissez déjà un peu... Et je repartirais après avoir pris un petit alcool en leur compagnie.

Un grand bravo à Julia. Mais je connaissais ses talents, elle n'avait même pas dû paraître étonnée du changement de programme, ce retour inopiné du mari qui nous plongeait tous trois dans cette situation si originale de tant de chefs-d'œuvre théâtraux.

« Tout va mal, aujourd'hui, dit Graham, qui ne lâcha mon bras qu'au bas du perron. Julia est tombée et s'est fait mal au pied, elle ne peut plus bouger de son siège.

– Ah ! bon ? fis-je. Rien de trop grave, j'espère ?

– Non, une simple foulure. C'est assez douloureux, mais l'enflure s'atténue généralement dès le lendemain. Quant à moi, je ne sais pas si vous êtes au courant, je devais prendre un avion pour Tunis ce matin, et on nous a annoncé à Satolas que le vol était annulé. Presque à la dernière minute. Remarquez, j'avais beaucoup de petites affaires à régler à Lyon, je n'ai même pas trouvé le moyen de prévenir Julia. Je suis rentré il n'y a pas très longtemps. Ah ! ces pannes d'avion. C'est plus fréquent qu'on ne pense. Au dernier moment, les mécaniciens ont entendu un bruit anormal dans l'un des moteurs. J'ai pu parler un peu avec le copilote, je lui ai dit que si l'appareil avait été équipé du dernier compteur Tombsthay que nous sommes en train de mettre au point, la panne aurait été décelée bien plus tôt. Comme vous voyez, je ne perds pas le nord... Entrez, monsieur Aurphet. »

J'entrai dans le grand salon. Julia n'était pas là. Où ? Côté parc, le vent avait ouvert le panneau central de la baie vitrée et agitait les mille plantes de la pièce. Derrière moi, la porte claqua. Je me retournai.

Graham Tombsthay me menaçait d'un pistolet.

Un mauvais sourire, qu'il renonçait à dissimuler, abîmait l'ovale régulier de son visage. Un détail porta ma stupéfaction à son comble : l'arme qu'il dirigeait sur mon ventre, et qui disparaissait presque dans sa forte main musclée, était un Reil MU 2.

« Reculez, par là, par là ! »

Je reculai par là par là. Lui avançait sur moi.

« Où est Julia ?

– Dans sa chambre. Elle dort profondément. Somnifères. Elle n'a pas l'habitude. Il a bien fallu qu'elle les avale. Et un pet de cheval fait plus de bruit que cette petite merveille. (Il agita le pistolet.) De toute façon, avec le vent... »

Il avait donc l'intention de tirer ?

Il devenait dégoûtant. Répugnant. Je pensai à ces jeunes femmes des poèmes de Baudelaire et des films d'horreur anglais qui se métamorphosent au cours de la nuit, offrant à leur amant estomaqué un visage soudain fripé, grimaçant et purulent.

Il s'arrêta. Il décrivit un arc de cercle autour de moi. Je pivotai et le suivis des yeux avec la précision et l'obstination d'une aiguille aimantée. Ce fou allait tirer !

« Son petit mensonge était plausible. Viviane est si bizarre, et Julia ment si bien. Vous aussi, soit dit en passant. Mais il se trouve que je suis au courant.

– C'est vous qui... »

Il éleva la voix :

« Oui, c'est moi qui ! »

Il s'approcha, tout près, jusqu'à me toucher le ventre de la pointe de l'automatique, c'est dire s'il était près.

Il me pinça la joue d'un geste insupportablement obscène.

C'était le moment de tenter quelque chose. Je le savais. Mais le courage me manqua.

« Vous ne pensiez tout de même pas, mon joli monsieur, que j'allais vous laisser *baiser* impunément la femme que j'aime, la seule femme qui ait jamais compté pour moi, en un mot la femme de ma vie ? Je suis jaloux, très jaloux. Jaloux aussi que vous me la préfériez, hin hin ! »

Rire insupportablement obscène. Il recula d'un pas

et demi. Une haine intense brilla dans son regard bleu.

« Je vais vous tuer, mon joli ! Et si tu savais ce que ça va me faire plaisir ! »

Ce tutoiement était à vomir. L'accent un peu anglais de Tombsthay, un peu anglais et un peu autre chose, se percevait mieux. J'étais accablé. Je commençais seulement à me rendre compte que je vivais une situation exceptionnelle. J'avais souvent fait la même expérience comme témoin : il faut un certain temps pour se rendre compte qu'on assiste à un événement inhabituel, dispute, bagarre, charge de police. Parfois même on n'en a pleine conscience qu'après.

J'allais parler, il m'interrompit :

« J'ai prévu une petite mise en scène. Cambriolage manqué, agression, légitime défense... Oh ! je m'attends à quelques ennuis. Mais quoi ? Crime passionnel ? Des preuves, des vraies preuves ! Julia n'en aura pas. Pas de preuves. D'ailleurs, les ennuis... Un homme que la mort n'effraie pas n'a peur de rien, monsieur David Aurphet. La mort ne m'effraie pas. Figurez-vous que je me suis déjà suicidé. On m'a rappelé de force à la vie. La mort ne m'effraie pas, répéta-t-il. Ce n'est pas comme vous, n'est-ce pas ? »

Certes non, ce n'était pas comme moi.

Le pistolet bougea. Graham allait tirer. A moins qu'il ne dirige l'arme contre lui ? Cela ne m'aurait pas étonné. Il était fou.

Non, contre moi.

« Je vais te dire adieu, séducteur ! »

Je ne doutais pas un instant qu'il s'apprêtait à me tuer. Son attitude, son langage même étaient ceux d'un homme qui s'adresse à un autre homme pour la dernière fois. Graham Tombsthay, le plus fou de tous... Pourquoi ce meurtre excessif ? Comment me percevait-il, que représentais-je pour lui ? Quelqu'un, quelque chose, une image du monde et de lui-même, qu'il souhaitait de toutes ses forces brouiller, effacer, réduire à néant...

Il ne serait guère inquiété. Je serais même armé. Cambrioleur imprudent, amant impudent, ou les deux...

Que faire ? Lui dire que pour conserver la vie j'étais prêt à tout, même à être... très ami avec lui ? Trop tard. Tel que je voyais l'industriel, dément, tendu, féroce, les traits déjà tremblants de la jouissance odieuse qu'il allait prendre... Plonger la main dans la poche droite de ma veste, en retirer le Reil jumeau, débloquer le cran de sûreté et tirer le premier comme n'auraient pas manqué de le faire le Bogart de *La Femme à abattre,* le Lancaster de *Vera-Cruz,* l'Eastwood de *Dirty Harry,* et tant d'autres ? Graham aurait dix fois le temps de me dessiner une rose des vents en plein cœur avec les six coups de l'automatique.

Une bourrasque hargneuse fit le tour de la pièce en sifflant.

Il fallait parler. Seuls les mots pouvaient me sauver, retarder le moment où il allait appuyer sur la détente.

Que dire ? Je n'avais pas le choix.

« Vous avez violé votre fille. Ça se saura. Je me suis arrangé pour qu'on le sache. Mais je peux encore l'empêcher. Je peux aussi empêcher qu'on vous tue. Quelqu'un va vous tuer, vous voler la boussole et vous tuer ! »

Mon souffle était court, mes pensées affolées. Je ne

savais plus exactement ce que j'avais dit. Le mot boussole surnageait, j'avais parlé de boussole. Boussole. Le mot sonnait bizarre, restait comme en suspension dans l'air. Boussole. Graham émit une deuxième fois son rire obscène, hin hin ! puis :

« Bravo, monsieur Aurphet ! Vous êtes extraordinaire ! Vous venez de gagner une minute de vie. Ce n'est pas négligeable. Vous allez m'expliquer tout ça... »

Voulait-il simplement me parler de Viviane ? Avais-je touché juste avec cette allusion à la boussole ? En possédait-il une, et contenait-elle des microfilms ?

On ne s'entendait plus, avec ce vent hurlant. Il se déplaça. Il se heurta à l'un des immenses haut-parleurs, glissa le long du piano. Je compris qu'il allait fermer l'espèce de porte-fenêtre étroite.

Je gagnais une minute de vie. Mais peut-être aussi lui avais-je donné des raisons supplémentaires de me tuer ? La situation était de plus en plus délirante. Une reproduction de la boussole de la *Santa María*, la caravelle de Christophe Colomb ! Ne me tuez pas parce que je couche avec votre femme, sinon je dirai que vous avez violé votre fille ! Si délirante que je retrouvai brutalement, presque douloureusement, courage et sang-froid.

Il était alors juste en face de moi, de trois quarts. Il ne se méfiait pas. La porte était loin. Et son attention était accaparée, même très peu, par sa manœuvre. Avais-je le loisir de farfouiller dans ma poche droite, et...

Non, autre chose. Il avait dépassé le piano.

Je m'élançai. Je m'élançai comme si j'avais voulu sauter dix mètres en longueur. Je lui bondis dessus.

De mes deux mains tendues je le heurtai, je heurtai l'épaule et le biceps du bras qui tenait l'arme. Graham Tombsthay alla s'écrouler en grognant parmi les plantations, et moi, m'aidant de la résistance que son corps d'athlète m'avait offerte, j'acquis un nouvel élan, un élan formidable, et je m'envolai, littéralement je m'envolai, l'épaule droite en avant, dans le jardin. J'aurais pu rater l'ouverture, m'écraser tout ou partie contre les vitres, me blesser gravement au visage, un côté du visage. Non. Je passai à travers l'étroit panneau ouvert sans heurt, à peine un frôlement. Je volais. Mes pieds ne touchaient plus le sol. Je ne me serais pas cru capable d'une telle acrobatie.

La chute hélas ! fut moins gracieuse. Les lois de la pesanteur prirent une rude revanche. J'atterris dans un vaste massif de je ne sais quoi, peut-être simplement des joncs, de grandes tiges toutes droites avec des fleurs vers le bout. J'eus l'impression d'ébranler le sol de tout le VIe arrondissement, booooom ! Mais ce n'était qu'une impression. Deux choses m'empêchèrent de me briser un membre, ou pire. Tout d'abord, la terre était molle, pas molle mais pas vraiment dure. Deuxièmement, je tombai de telle sorte que le choc porta sur tout le côté droit de mon corps, et non sur un point précis.

Ma cheville gauche vint claquer sur la droite, clac ! c'est ça qui me fit le plus mal, mal à crier.

Les hautes tiges se refermèrent au-dessus de moi comme celles d'une plante carnivore.

Rien de cassé donc, mais tout de même je me sentis ébranlé, endolori partout, misérable. Il était hors de question de me relever aussitôt et de détaler comme un lapin, d'autant plus que Graham... Déjà sa haute silhouette se détachait sur fond de salon, déjà il arrivait, vite et sans hâte...

Je sortis le Reil de ma poche, fis jouer le cran de sûreté. Si l'obscurité avait été totale, Graham aurait pu penser que je m'étais enfui, que j'étais déjà loin. Peut-être. Mais l'obscurité n'était pas totale, il s'en fallait de beaucoup. Le jardin était éclairé, l'allée du parc était éclairée. Et le salon ajoutait encore la lumière de ses quatre ou cinq lampes...

Il me vit tout de suite, et tout de suite fut à côté de moi. Sourire ignoble, à l'ignominie grimaçante accentuée par l'effet de contre-plongée. Il tendit le bras vers le bas, en direction de ma tête, du geste dont on achève les blessés sur un champ de bataille. Pour me tuer maintenant, ou me terroriser, me montrer qu'il était le plus fort, que toute résistance était inutile ?

Je ne réfléchis plus. C'était lui ou moi. A un moment ou à un autre ce serait lui ou moi.

J'étais couché sur le dos. Je tendis le bras et je tirai en fermant les yeux, deux fois, j'appuyai deux fois sur la détente. Pistolet automatique, merveilleusement souple et sensible, rapide.

Graham avait raison : un pet de cheval, de plus emporté par le grand vent. Deux pets de cheval, plouf-plouf, je rouvris les yeux, le violeur partait en arrière, tombait, ne bougeait plus...

Je me relevai en grommelant de douleur. Personne nulle part. Pas de lumière à la fenêtre d'Edwige Ledieu. La nausée me tordait le ventre et la gorge. J'osai regarder. Non, il ne bougeait plus. Son Reil à lui était à une vingtaine de centimètres de sa main droite ouverte. Il y avait du sang sur son visage et un peu autour – il avait dû en plus se fendre le crâne sur la pierre du sentier dallé...

C'était horrible, insoutenable. Alors, oui, le sentiment de réalité m'abandonna. Je n'y croyais pas. Je vivais un cauchemar. J'eus la tentation de fuir, de m'enfermer chez moi et de n'en plus bouger. De n'ouvrir à personne, de ne pas répondre au téléphone. De faire le mort à s'y méprendre. De rester d'une impassibilité de pierre même si on me pinçait la plante des pieds avec des tenailles rougies.

Je remis le pistolet de Daniel dans ma poche.

L'une des chambres du premier étage était fermée à clé, clé sur la porte. C'est là que je trouvai Julia, jetée en travers de sa couche douillette, Julia privée de connaissance, ses boucles brunes éparses autour de son visage, ses lèvres charnues entrouvertes, Julia troussée jusqu'à mi-cuisse... Je pensai à Viviane. Graham n'en aurait tout de même pas profité pour...

Je pris Julia par le buste et la soulevai de sa couche douillette, recouverte de satin bleu, couche sur laquelle, sans ces événements infernaux, nous aurions dû nous ébattre amoureusement de dix heures, disons dix heures et demie, à l'aube. Je m'assis sur le lit, la serrai contre moi, lui donnai des baisers désespérés, puis la secouai et lui parlai, de plus en plus fort. Si violent était mon désir qu'elle s'éveille et énergiques mes manœuvres d'éveil – j'allai jusqu'à la gifler, l'embrassant et la léchant aussitôt après là où c'était rouge et presque meurtri – qu'elle s'éveilla. Ses paupières battirent, un profond soupir souleva sa poitrine.

« J'ai tué Graham ! Je crois que j'ai tué Graham ! » criai-je.

244

Elle entendit.

« Quoi ? »

Je répétai : j'avais tiré deux balles sur Graham, il était sûrement mort. Elle comprit. La nouvelle lui fit l'effet de dix litres d'extrait de caféine concentré directement injectés dans les veines par un infirmier pressé, tchiiiflfl ! Ses yeux étincelèrent.

« Qu'est-ce qui s'est passé ? » dit-elle d'une voix ferme.

Je racontai. Pas un mot de Daniel. J'avais chez moi depuis longtemps un automatique Reil MU 2, le même que Graham, je le tenais d'un ami, voilà tout. Elle me dit que Graham était arrivé à l'improviste. Il avait d'abord cru ou feint de croire son histoire de rendez-vous avec Viviane – le temps de mettre au point son plan. Puis il l'avait forcée sous la menace du Reil à avaler quatre comprimés de Tasanyl, un somnifère puissant dont il usait parfois. Elle avait pleuré, certaine un instant qu'il allait l'obliger à absorber tout le tube.

« Si j'avais pu le tuer à ce moment-là, je l'aurais fait, dit-elle. Il faut descendre, il n'est peut-être pas mort. »

Nous en avions aussi peu envie l'un que l'autre, pour des raisons à la fois différentes et semblables. Si Graham était mort, les ennuis allaient pleuvoir sur moi comme une interminable radée de grêlons. Plus nous attendions... Mais, bien sûr, dès que Julia put se tenir debout, nous descendîmes.

« Ta cheville ?

– Je ne sens plus rien. Non, c'est les somnifè-res... »

Elle vacilla sur quelques pas, puis j'eus à peine besoin de la soutenir. J'aurais bien eu besoin, moi, qu'on me soutienne, quand nous arrivâmes au salon.

« J'ai honte, mais je crois que je ne pourrai pas m'approcher de lui...

— Attends-moi », dit-elle.

A partir de cet instant, elle parla et agit avec un sang-froid ahurissant. Elle sortit dans le jardin. Je l'attendis en transpirant comme une bête. Elle fut très vite de retour. Elle avait ramassé le pistolet de Graham.

« Il est mort. Tu as tiré deux fois ?

— Oui, je... »

Pensées confuses, contradictoires, déchirantes.

« Je vais appeler police secours. Tu vas partir. Mais avant, il faut qu'on fasse croire à un cambriolage. Ça va être facile. Ne t'en fais pas, David... Tu n'avais pas le choix. Tout va s'arranger. J'ai pris son pistolet et je vais le faire disparaître, ce sera plus simple. Ça éliminera d'autres hypothèses qui ne feraient qu'embrouiller... »

Un sang-froid ahurissant. Elle pensait et allait penser à tout.

« Personne ne sait que tu es ici ?

— Non... »

Daniel... J'inventerais un mensonge.

« Non. Je ne me suis même pas garé boulevard des Belges, je ne voulais pas que la voisine me voie. C'est tout éteint, chez elle.

— Oui, j'ai vu. Bon, viens. »

Je la suivis dans l'escalier.

« Je sais comment ouvrir le coffre de Graham. Il n'a jamais d'argent à la maison, mais il garde depuis un an une boussole qu'il a achetée dans une vente aux enchères à Nice, je crois qu'elle coûte soixante-dix mille francs. »

Mes facultés d'étonnement étaient pour l'heure sérieusement émoussées. La boussole...

« Pourquoi si cher ? dis-je niaisement.

— C'est un objet rare, une reproduction d'une boussole d'un navire de Christophe Colomb. Tu la prendras. Cache-la bien. Ne bouge plus de chez toi, je te téléphonerai quand tout sera fini. Ne t'en fais pas. »

Elle alla dans sa chambre mettre des gants.

« Essaie de te souvenir de ce que tu as touché, à cause des empreintes. »

Je n'avais rien touché. Graham m'avait aimablement ouvert toutes les portes. Julia entra dans son bureau. Je la vis déranger quelques tiroirs, sans excès. Du travail de professionnel... Puis elle s'attaqua à un petit coffre, dissimulé derrière un radiateur factice qui pivotait après qu'on avait dévissé une sorte de molette. Elle connaissait la combinaison par cœur.

Julia boitillait. Son pas sonnait inégalement sur le plancher du bureau. Elle me tendit la boussole, un gros bijou de cuivre, rond, peu épais. En la glissant dans mon pantalon et en fermant ma veste par-dessus, on ne voyait rien.

Tout allait très vite.

Au moment de nous engager dans l'escalier, je lui dis soudain :

« Graham ne t'a pas violée ? »

J'avais décidé de garder secrète mon enquête parisienne, par une sorte de respect pour Viviane. Julia ouvrit de grands yeux. Je compris qu'elle était sur le point de porter sa main sous sa robe, là, devant moi. Elle fit un aller et retour dans sa chambre. Nous n'avions guère envie de rire, mais la scène était drolatique.

« Non », dit-elle.

En bas, elle me serra dans ses bras très fort et m'embrassa.

« Ne te montre pas en sortant. On se parlera au téléphone. Dans cinq minutes, j'appelle la police. Ne t'en fais pas, je me débrouillerai bien. Ne t'en fais pas. »

Personne sur les trottoirs boulevard des Belges, comme d'habitude d'ailleurs après huit heures du soir.

Une voiture passa. Une deuxième. Soudain, je fus pris d'une crainte, peut-être ridicule, je n'aurais su dire : je pensai que j'avais appuyé sur la sonnette avec mon index... Je crachotai sur le même index et frottai la sonnette.

Plus de voitures. Hop, je traversai la rue et regagnai la Toyota.

Et voilà comment, ce soir-là, je rentrai chez moi ayant tué un homme et me trouvant en possession de la boussole de Christophe Colomb truffée de microfilms que se disputaient d'impitoyables organisations de malfaiteurs...

En tout cas, la boussole existait et Graham Tombsthay était un homme dangereux, capable de tuer. Devais-je en conclure que Daniel m'avait dit mot pour mot la vérité ? Sinon, où commençait la part d'invention dans ses discours ? Comment savait-il que Graham possédait cette boussole ? Contenait-elle vraiment des microfilms ? Si oui, Julia le savait-elle ? Et si l'objet était si important, Graham l'aurait-il dissimulé dans un coffre auquel Julia avait accès ?

Mais le savait-il, qu'elle y avait accès ? D'ailleurs, quel était le rôle exact de Julia dans ce qui s'était passé ce soir-là, et avant ? A m'en tenir aux faits, le rendez-vous qu'elle m'avait fixé était un piège, et elle m'avait mis la boussole entre les mains, en me disant de la cacher, non de m'en débarrasser...

A la minute présente, était-elle en train de me dénoncer à la police ?

Assez ! J'avais envie de crier. Comment faire échec à cette folle nervosité ? Je me rendis compte que j'étais en seconde à plus de soixante. Je passai la troisième.

Puis j'eus honte d'avoir immédiatement « trahi » Daniel, pour sauver ma vie, certes, quand j'avais dit à Graham que quelqu'un allait le tuer... Puis j'essayai de me concentrer sur la conduite de la voiture, de réfléchir le moins possible.

J'y parvins presque.

Pont Winston-Churchill, un petit bout de cours Aristide-Briand, montée des Lilas...

Et si je n'étais pas au bout de mes peines ? Si Graham avait donné des ordres qui lui survivaient ? J'escaladai les marches la main crispée sur le Reil.

Rien, personne.

Me terrer dans ma petite maison, attendre le coup de fil de Julia.

Les marques sur le portail en bois et sur son cadre étaient bien en face l'une de l'autre.

Je m'enfermai soigneusement, bus un demi-litre d'eau, m'aspergeai le visage et examinai mieux cette maudite boussole, dont le rebord m'avait irrité la peau du bas-ventre. Je remarquai que le cadran était peint, traits et couleurs atténués, pâles, délicats. C'était joli et apaisant. Cela représentait le ciel et la mer, flots stylisés, et un navire, sans doute la *Santa María*, toutes voiles dehors, au centre.

Impossible d'ouvrir cette chose sans la briser. Et même en la brisant, les microfilms étaient peut-être – sans doute – dissimulés à la perfection. Par exemple dans l'épaisseur du métal. Dans ce cas, les découvrir et les extraire sans les endommager devait être un véritable travail d'artiste, exigeant des talents que je ne possédais pas... Mais si microfilms il y avait (me dis-je alors seulement, où avais-je la tête, fou que j'étais !), il ne fallait surtout pas y toucher ! Si « on » apprenait que la boussole était en ma possession, j'avais intérêt à être en mesure de la restituer...

Tout raconter à Daniel, l'appeler à mon secours encore, lui fourrer dans les mains boussole et pistolet et m'en remettre à lui ? Non. Pas dans l'immédiat. Il fallait d'abord que j'en sache plus à son sujet. Cette fois, il le fallait absolument. S'il était un malade mental, un paranoïaque grave, comme la voix du bon sens ne cessait de me le corner aux oreilles même à mes plus forts moments de doute, me confier à lui maintenant pouvait avoir les pires conséquences. Si aimable et amical qu'il me paraisse... Car enfin, je lui devais la vie... Ou bien lui devais-je, de quelque mystérieuse façon, le désastre qui m'accablait ?

La police furetait présentement chez les Tombsthay, interrogeait Julia.

Il me fallait prendre un parti et m'y tenir. Le meilleur. Jusqu'au moment où je cesserais d'estimer peut-être qu'il s'agissait du meilleur. Graham était mort. Seule Julia était au courant du meurtre. Je décidai de ne rien dire à personne et de trouver une bonne cachette pour la boussole.

Et d'attendre d'en savoir plus.

Je la fourrai dans un de ces récipients étanches nommés Tupperware. Mon père m'en avait donné deux. La femme de son ami Joseph faisait partie du réseau privé aux allures de société secrète qui vendait ces boîtes étanches, et elle organisait des réunions avec des soins et des airs de conspiratrice. Mon père, proie facile, s'en était laissé refiler des quantités de toutes formes et de toutes dimensions, il en avait d'assez exigus pour conserver cinq petits pois et d'autres assez gros pour abriter cinq courges. Après quelques secondes d'hésitation, je mis le Reil MU 2 à côté de la boussole.

Et j'allai enterrer le Tupperware derrière la maison, près de l'entrée du garage. J'avais remarqué là une plage de deux mètres carrés environ de terre fine et friable.

Je creusai, sans peine, au moyen d'une cuillère à soupe. Même accroupi et protégé par la maison, je devais lutter contre le vent.

Je creusai, enterrai, recouvris, piétinai, égalisai, dissimulai. Impossible de rien soupçonner.

Du beau travail, mais j'avais l'air fin.

J'avais laissé ouvertes les portes du garage et la porte de communication avec la cuisine, au cas où le téléphone sonnerait.

Ensuite, je pris une douche (mes habits étaient à tordre, jusqu'à la veste), me changeai et me mis à l'eau-de-vie de prune. Et j'attendis. Je passai un disque, pour moins entendre les rugissements du vent et tenter d'adoucir les pointes aiguës de l'anxiété, des sonates de Scarlatti transcrites pour guitare et jouées par Manuel Barrueco à une vitesse, avec un élan et une verve de claveciniste. Extraordinaire. Sans parler de ma fameuse tête de lecture. Malgré le vent, et bien que j'eusse réglé assez bas le volume sonore de l'appareil (pour ne rien perdre néanmoins des bruits de l'extérieur), on entendait le souffle du musicien si nettement qu'un spécialiste O.R.L. aurait pu évaluer l'écartement de ses narines et le nombre approximatif de ses poils nasaux, un peu de la même façon qu'on reconstitue tout entier un animal préhistorique de cent mètres de long à partir d'un éclat de cartilage trouvé dans la poussière d'un haut plateau.

Je n'avais pas regardé longtemps Graham mort, mais son visage, le visage de la mort, planait devant mes yeux.

Je buvais, je buvais.

Le téléphone sonna. Il était une heure du matin. Mon cœur s'arrêta de battre, et ne repartit que fort poussivement.

C'était Julia – ou quelqu'un d'autre ?

Je décrochai. Julia.

« Tout va bien.

– Graham est... vraiment mort ?

– Oui. C'est la deuxième balle qui l'a tué. Il l'a reçue en plein cœur. La première lui a seulement blessé la joue.

– Mais... Je ne suis pas certain, mais il me semble qu'il n'y avait pas de sang sur... à l'endroit du cœur ?

– Non. A peine. Le médecin a parlé d'hémorragie interne. Je n'en peux plus, David, mais je suis soulagée. Ne te fais pas de souci, c'est comme si l'affaire était classée.

– On t'a interrogée ? Qu'est-ce que tu as dit ?

– Oui. Un inspecteur. Il est très bien. Je me suis arrangée pour lui suggérer un déroulement des faits... Très bien, je veux dire qu'il est juste assez intelligent pour être certain qu'il s'agit d'un cambriolage et de rien d'autre. Je ne sais pas comment t'expliquer. Un idiot ou quelqu'un de très malin aurait pu être plus embêtant, tu comprends ? De toute façon, embêtant ou pas... Mais c'est mieux comme ça.

– Je comprends. Heureusement que ce n'est pas toi qui enquêtes... »

Elle eut un petit rire, en partie nerveux. On peut souhaiter la mort de quelqu'un et se trouver désemparé, voire malheureux le jour où elle survient. Ce n'était pas le cas de Julia. Combien de temps allait-elle attendre avant de rejoindre son amant, le vrai, le bon, l'éternel, en Tunisie, avant d'abandonner plus encore sa fille, Viviane, l'abandonnée, à sa vie de dérive, à son sort de navire privé de gouvernail sur un océan mauvais ? Julia me demeurait mystérieuse. Et l'une des idées folles qui m'effleurèrent l'esprit pendant cette période de folie est la suivante : était-il possible que Julia et Daniel fussent complices et m'eussent manœuvré pour...

Non. C'était parfaitement impossible.

« Il n'a pas trouvé que c'était un peu tôt, dix heures, pour un cambriolage ?

– Pas du tout. Il y a des attaques en plein jour, en pleine rue... Non. Et puis j'ai été très convaincante. Fatigués, nous nous étions couchés tôt, en plus je souffrais de ma cheville, j'avais pris un calmant et un somnifère, je me suis réveillée, Graham n'était plus là, je l'ai appelé, pas de réponse... "C'est le coup de revolver qui vous a réveillée ? – Franchement, je ne sais pas. Je ne crois pas. C'est plutôt la douleur, ou le vent, les deux..." David, si tu savais ce que je suis énervée, maintenant ! Ça me fait du bien de te parler. Et toi, comment tu vas ?

– Mal.

– J'aimerais être avec toi.

– Moi aussi.

– Essaie de ne plus y penser. C'est fini. Normalement, l'enterrement aura lieu mercredi. Je vais être débordée. On se verra après. J'ai envie de te voir. J'ai complètement oublié... Est-ce que Graham t'a parlé, avant... »

J'avais oublié aussi. La cassette, l'agression, tout me paraissait lointain.

« Très peu, il m'a seulement dit que c'était bien lui qui... »

Je pensai soudain : lui qui quoi ? Dans sa hargne, il ne m'avait pas laissé parler. La cassette, la matraque, les deux ? Les deux, selon Julia, c'était évident.

« Il était bien assez fou pour ça. Je n'aurais jamais cru. »

Enfin elle en vint à la boussole.

« L'inspecteur m'a demandé si je savais ce qui avait été volé.

– Qu'est-ce que tu as dit ?

– J'ai dit que non. Aucun problème, ç'aurait pu être vrai.

– Pourquoi n'as-tu pas parlé de la boussole ?

– Je ne sais pas. Je n'ai pas réfléchi. Inconsciemment, j'ai dû penser que tu serais encore plus tranquille. Ça n'a pas d'importance, si ?

– Non. »

N'en avait-elle pas parlé à cause de la présence de microfilms ?... Lui poser directement la question n'aurait servi à rien.

« Qu'est-ce que tu en as fait ?

– Je l'ai cachée. »

Elle ne demanda pas où. Je ne proposai pas de la lui rendre, mais, jouant l'effrayé, je tentai ce coup de sonde :

« Et si... je la jetais dans le Rhône ? J'ai peur...

– Comme tu veux. Si ça te tranquillise. Mais c'est dommage, elle vaut cher. Fais ce qui te rassure le plus, David. Je me moque de cette boussole. Si tu préfères la garder... et si un jour tu as l'occasion de la vendre sans danger, je te la laisse bien volontiers. »

Cette suggestion avait-elle pour but de m'inciter à ne pas la détruire ? Non, Julia était sincère. Je me laissais emporter par ma rage d'interprétation. Je ne pus m'empêcher, pourtant...

« Tu m'as dit un jour que Graham avait eu des activités un peu louches, à une certaine période de sa vie. Est-ce que tu penses qu'il a pu être mêlé à des histoires d'espionnage, d'espionnage industriel, des choses de ce genre ?... »

Je regrettai cette question. Elle était superflue de toute façon.

« Non. Je ne pense pas que ce soit allé jusque-là. Pourquoi ?

– Pour rien. Comme ça. Ça expliquerait ses méthodes.

– Essaie de ne plus y penser, David. Tu as des somnifères, chez toi ?

– Non. Tu as prévenu Viviane ?

– Non. Demain matin.

– Demande-lui quand elle veut me revoir, pour un cours. »

Ma voix tremblait. J'étais à bout.

« Couche-toi, David. Même si tu ne dors pas. Ne t'en fais pas. C'était Graham ou toi. Je ne sais plus ce que je dis, moi non plus, mais... j'aime mieux que ce soit lui. On se verra bientôt. Je voudrais arriver à te faire oublier ces mauvais moments... »

Je compris qu'elle n'avait pas fini sa phrase. Je la complétai aisément.

« Avant que tu partes ? En Tunisie ?

— Oui. Mais je ne partirai pas tant que... Je repousserai mon départ, jusqu'à ce que tu ailles bien. Je partirai quand tu voudras. »

Après avoir raccroché, je m'abandonnai au flux montant de quelques grosses larmes qui me soulagèrent. Sacrée Julia... Oui, c'était Graham ou moi. Je n'avais pas de remords, de vrai remords. Je ne ressentais rien sinon une grande confusion d'esprit.

Un cambriolage qui avait mal tourné... La mise en scène de Graham se déroulait selon ses vœux, à un détail près : c'était lui qui était mort et pas moi.

Je dormis quelques heures vers le matin, quand le vent tomba, d'un sommeil qui était plutôt une lutte contre le sommeil, et dont je sortis courbatu et malheureux. J'avais un gros bleu à l'épaule et à la hanche, et les os de mes chevilles étaient restés douloureux. Je téléphonai aussitôt à Julia. Rien de nouveau. L'inspecteur devait repasser la voir en fin d'après-midi, elle me tiendrait au courant.

« Tu m'as demandé si Graham m'avait parlé, avant... Je crois qu'il t'aimait. Il m'a dit que tu étais la femme de sa vie.

— Je sais... »

J'avalai un bol de café soluble, vraiment pas fameux. Le vent s'était calmé. Il faisait le temps beau et chaud des jours précédents.

Je ne voulais plus revoir Daniel pour l'instant. Je décidai de le lui faire comprendre. Je voulais briser l'espèce d'envoûtement où me tenait cette folle histoire. Oublier, vivre normalement.

Je l'appelai à midi et lui servis mon mensonge :

« Tu as réussi à me faire peur, hier. Finalement, je ne suis pas allé à mon rendez-vous. J'ai changé d'avis en cours de route, je suis rentré chez moi. Et j'ai bien fait... Tu ne sais pas ce que je viens d'apprendre ? »

Le voyage annulé de Graham Tombsthay, un cambrioleur surpris et armé, le meurtre... Daniel garda le silence, ruminant la nouvelle. J'étais à l'affût. J'aurais aimé voir son visage à ce moment.

« Qu'est-ce qu'on lui a volé ?

— Je ne sais pas. Julia Tombsthay ne m'a pas donné de détails. Mais je crois qu'elle ne sait pas non plus. »

Je continuai à jouer la petite comédie que j'avais mise au point. J'avais l'impression (non désagréable) d'inverser les rôles. C'était moi qui intervenais dans son histoire, qui lui fournissais des éléments d'interprétation inattendus. Vrais, faux, il était susceptible de se poser la question... A lui de se débrouiller avec ça !

« J'ai un soupçon, Daniel... ce n'est pas toi, quand même ! »

Il protesta avec une certaine violence. Pauvre Daniel !

« Comment veux-tu que ce soit moi ? Tu y allais, toi, et Graham Tombsthay était censé ne pas être à Lyon. Non, ce n'est pas moi ! J'ai peur pour la boussole, je suis sûr qu'elle a été volée.

— Peut-être par ces autres personnes rivales...

— Ce serait étonnant. J'aurai l'air malin, si j'ai été pris de vitesse ! Non, ce n'est pas possible. C'est trop tôt. Je ne sais pas... Il faut que je téléphone à Paris. »

Il semblait vraiment embêté. La mort de Graham semblait lui poser un vrai problème. C'était troublant. Je fus à deux doigts de lui dire la vérité, mais je me retins. Plus tard. Je finirais bien par savoir ce qu'il en était de lui et de sa mission...

« A moins que sa femme y soit pour quelque chose, dit-il encore.

— Non, elle n'y est pour rien.

— Qu'est-ce que tu en sais ? »

Il devint ouvertement hostile. Il ne parla pas de me revoir et me dit seulement qu'il téléphonerait bientôt. Je me sentis plus mal qu'avant de lui avoir parlé. Les heures et les jours à venir allaient être durs. J'aurais eu besoin de vrais amis et j'avais si peu d'amis. Je repris le téléphone. J'avais déjà commencé à faire le numéro de Varax, lorsque je me ravisai et appelai Edwige.

Je lui trouvai une voix du matin.

« Je ne vous réveille pas ?

— Non, mais presque. Je me lève à l'instant. Je me suis couchée tard cette nuit. J'ai reçu votre carte, merci. C'était bien, Paris ?

— Oui.

— Je voulais vous téléphoner. J'ai pensé à vous, hier soir. J'étais avec une amie, on a vu un film qui m'a beaucoup plu, au Cinématographe. Le metteur en scène est géorgien, il s'appelle Otar...

— Otar Iosseliani.

— Oui. *Il était une fois un merle chanteur.*

— Oui, c'est formidable. Je l'ai vu il y a deux ans aux Ateliers, j'y suis retourné le lendemain tellement j'avais aimé.

« – Vous dites ça sur un ton sinistre. Quelque chose ne va pas ?

– Non. Enfin... Je viens d'apprendre une nouvelle... Vous n'avez rien remarqué, hier soir ? Vous êtes rentrée à quelle heure ?

– Presque trois heures. Pourquoi ?

– M. Tombsthay, votre voisin, le père de mon élève.... Il a été tué hier soir par un cambrioleur.

– C'est incroyable ! Ça s'est passé comment ? »

Je lui dis ce que je pouvais lui dire.

« C'est incroyable ! répéta-t-elle. Dans une maison occupée, à dix heures du soir ! Il faut absolument que je fasse mettre un verrou supplémentaire chez moi, en bas. C'est pour ça que vous êtes si triste ?

– En partie. Je n'ai pas un moral de granit, en ce moment. Il m'en faut peu. »

Elle me proposa de venir déjeuner chez elle le lendemain. L'idée de retourner dans le quartier ne me plaisait guère, mais j'acceptai volontiers. J'étais content. J'avais même vaguement espéré qu'elle me dirait de passer aujourd'hui. Voire tout de suite...

Personne chez Varax. Je n'eus pas le courage de chercher dans l'annuaire le numéro de ses parents, où d'ailleurs il n'était peut-être pas. Viviane... J'avais envie de la voir. Mais c'était trop compliqué, beaucoup trop compliqué.

Je grignotai quelques biscuits. Je n'avais plus grand-chose à manger. Plus de produits frais. J'avais jeté des surgelés et des conserves s'étaient perdues le jour du déménagement. Après une heure de prostration et de ruminations stériles, je me levai soudain comme si on m'avait enfoncé une aiguille dans les fesses, choisis une cassette (le *Gloria* et le *Credo* de la

Messe en si mineur de Bach) et courus à la Toyota. Sortir, bouger, ne pas me terrer chez moi.

Aux grands maux les grands remèdes, je pris le quai, dépassai le pont Poincaré, quittai Lyon et roulai droit devant moi jusqu'à Bourg-en-Bresse, les haut-parleurs et mes oreilles vibrant de *Messe en si, Et incarnatus est, Crucifixus, Et resurrexit*. A Bourg-en-Bresse, je visitai la cathédrale de Brou (de Brou les morts ! me dis-je : mon énervement croissait, croissait, croissait !), je visitai, j'entends par là que je fis le tour de la cathédrale à grandes enjambées, le temps de laisser souffler le moteur de la Toyota moutarde (on ne voyait qu'elle sur le parking), puis je revins à Lyon toujours comme si on me fouillait les parties charnues avec la même aiguille.

Que j'eusse tué un homme me semblait parfois inscrit sur mon front. Je regardais différemment gens et choses.

Sur ma lancée, je traversai la moitié de Lyon. J'arrivai au centre commercial de la Part-Dieu et me garai dans le parking souterrain en montrant tous les signes extérieurs de la décision mûrement réfléchie, alors qu'en fait l'idée m'était venue à trois mètres cinquante avant l'entrée du parking.

Dans le magasin Jelmoli, j'allai voir les livres à la *Foire aux livres*. Un rayon spécial près des disques s'appelait « Foire aux livres ». Des maisons d'édition soldaient à certains grands magasins leurs livres qui ne se vendaient pas ou plus. Les livres, brassés par des centaines de clients, prenaient vite l'air d'avoir été déposés là par un camion à benne. Ils formaient un tas triste à voir, d'où l'on pouvait extraire aussi bien les *Sermons* de Bossuet qu'un ouvrage sur les champignons. Deux ans auparavant (déjà deux ans, me dis-je, comme le temps passe), j'avais acheté dix-huit volumes de *L'Histoire de France,* de Michelet pour le prix d'un chapeau de paille. Une fois sur cent on pouvait faire une affaire en or.

Ce ne fut pas cette fois-là. D'ailleurs je me bornai à farfouiller vaguement, et à remarquer au passage trois romans de Robin Ballester vendus ensemble pour le prix d'un, moins encore trente pour cent, trois livres délavés, pisseux, lugubres, dont Ballester resterait sans doute à jamais l'unique lecteur, *La Mercedes de Sidi-bel-Abbès, Pour qui sonne le glaviot* et *La Chère appâtée,* ouvrages dont les titres seuls indiquaient la pertinence de la pensée et le goût raffiné de la forme.

Au rayon disques, quelle ne fut pas ma surprise de tomber sur Martine, la rieuse et jolie Martine de Saint-Priest, avec son mari et ses deux enfants, en train d'acheter les *Etudes* de Chopin ou plutôt d'hésiter entre les versions de Pollini et de Claudio Arrau ! Le mari n'avait rien du crétin des Alpes que j'avais imaginé, il s'en fallait de beaucoup. C'était un grand type à la séduction rayonnante, aux mains fines, au sourire fin, qui formait avec sa femme un couple agréable à regarder. Quant aux deux enfants, un garçon et une fille, ils étaient beaux comme des anges, gais comme des pinsons et sages comme des images. Martine m'aperçut et sourit aussitôt.

« Tiens, bonjour ! Alors, vous avez plus de chance avec les bouchers ?

– Je ne sais pas, je n'ai pas racheté de viande. »

Je n'étais pas en état d'affronter autrui. Je me mis à transpirer. J'allais mal. Je m'en tins à ce bref dialogue qui ressemblait à une prise de contact codée entre deux espions dans un roman de Ballester et, les saluant avec des mouvements de tête de cheval effrayé, je tournai les talons.

Je quittai Jelmoli le cœur gros. Ce soir, me dis-je, j'irai chez mon père, rue Flachet. Il avait intérêt à être là. Cécile ? Non. C'eût été de mauvais goût. Chez mon père, mon seul foyer. Quel foyer ! Un foyer tout cassé. Nul flamboiement excessif dans l'âtre. Mais c'était le seul que je me connusse à des milliards de kilomètres à la ronde, le seul lieu où m'asseoir en ce jour d'épreuve, le temps de souffler un peu sur mes plaies à vif, pfou pfou.

J'avais tué Graham Tombsthay. J'avais tué un homme. Parfois, je n'y croyais pas. Parfois, je l'oubliais complètement.

Cours Aristide-Briand, au niveau de la montée des Lilas, je reconnus la BMW de Daniel. Il y avait une place juste derrière. Je me garai, après avoir lutté contre un premier mouvement de fuite.

Daniel venait d'arriver. Il grimpait à une trentaine de marches de moi. Je ne le hélai pas.

Au sommet, il se retourna et me vit. Il m'attendit sans rien dire, sans bouger. Nous étions très gênés tous les deux. Nous nous trouvâmes cinq minutes plus tard installés devant un Martini, de part et d'autre de ma table de Manufrance, dans la grande pièce, la moins petite plutôt, la pièce centrale, sans avoir échangé trois mots. Enfin Daniel se décida :

« J'ai téléphoné à Paris. Ce n'est sûrement pas des rivaux qui ont fait le coup. Trop d'impossibilités, trop de coïncidences. Mais Graham Tombsthay a été assassiné, et la boussole dont je t'ai parlé a sûrement été volée. Alors... Je ne sais pas ce que tu vas encore penser, David, mais... ils soupçonnent la femme de

Tombsthay. C'est normal. Moi aussi, j'y ai pensé tout de suite. Pas seule, bien sûr, avec un complice. »

Il me regardait comme s'il savait. Comme s'il cherchait à me faire avouer. Cela me mit en colère.

« C'est pour me raconter ça que tu es venu ? Pourquoi ? Qu'est-ce que tu me veux ?

— J'ai peur pour toi. Depuis le début. Ce n'est pourtant pas difficile à comprendre ! Tu te rends compte, hier soir, si tu t'étais trouvé là-bas ? »

Il alluma une de ses longues cigarettes brunes.

« Ça ne tient pas debout. Si Julia avait l'intention de tuer son mari hier avec un complice, elle ne m'aurait pas donné rendez-vous !

— Qu'est-ce que tu en sais ? Tu faisais peut-être partie du plan sans le savoir. On se serait peut-être servi de toi, d'une façon ou d'une autre... »

Ce que cherchait Daniel obstinément encore et toujours, utilisant cette fois le meurtre de Graham, c'était à me séparer de Julia. Il me voulait avec lui. A lui... Il était cohérent dans sa folie. Mais son insistance même le desservit : ce qui s'était passé la veille n'était qu'un accident, me dis-je, et à supposer, chose invraisemblable, que la boussole fût plus qu'une simple boussole, Julia n'en savait rien. Il avait vraiment fallu que la folie de mon ami (de mon ami : je trouvais Daniel pitoyable, touchant et je l'aimais beaucoup), que sa folie me contaminât pour que je doute un instant de l'innocence de Julia !

J'aimais beaucoup Daniel, mais à cet instant j'eus envie de le frapper, de lui avouer la vérité pour lui clore le bec et le ridiculiser, de le mettre à la porte de chez moi ! Et, de la voix douce que j'avais parfois quand j'étais fou de rage, je ne pus m'empêcher de lui dire que tout ça, c'étaient des histoires de fous.

Je regrettai aussitôt. Je l'avais blessé.

« Ça ne peut plus durer, David. On va finir par... Si tu veux, restons-en là. Ne nous voyons plus. Mais j'ai peur pour toi, vraiment. Et j'en ai assez que tu ne me croies pas. Tu m'as toujours pris pour un malade. Qu'est-ce qu'il te faut, comme preuve ? Ecoute... Si tu veux, viens demain chez moi à cinq heures. On doit me téléphoner demain à cinq heures pour des instructions définitives. Tu prendras l'écouteur. Viens, si tu veux. Je ne peux pas te dire mieux. »

Il ajouta, dans un élan :

« Je voudrais t'aider, de toutes les façons. Te donner de l'argent. Tu vis comme un malheureux. J'ai beaucoup d'argent, ça ne me gênerait pas de t'en donner. Et même si ça me gênait... Je suis fatigué. Ma vie est finie. Je me répète ça tous les jours. Pourtant, je suis content de t'avoir rencontré... »

Je crus qu'il allait se mettre à pleurer, ou venir me prendre dans ses bras, ou je ne sais quelle bizarrerie embarrassante. Non. Il se domina.

« Je m'en vais. Peut-être à demain. »

D'un geste indélicat, dont je ne l'aurais pas cru capable, il souleva le matelas de mon lit.

« Qu'est-ce que tu as fait du pistolet ? »

Peut-être aurais-je dû lui répondre que je l'avais jeté. Je n'en eus pas la présence d'esprit.

« Je l'ai mis ailleurs, je trouvais ridicule de l'avoir là.

— Où l'as-tu mis ? »

Que dire ? J'étais surpris.

« A côté, dans la cuisine. Dans le placard à compteurs. »

Il n'alla pas jusqu'à vérifier. Je l'accompagnai dehors. C'était un grand garçon vigoureux, délicat, séduisant. Et qui faisait grand cas de moi. Il n'avait pas l'air fou du tout.

Je décidai de ne pas aller le lendemain à son rendez-vous truqué : il pouvait très bien faire téléphoner une de ses connaissances. Il ne fallait plus entrer dans son jeu.

Julia m'appela peu après. Tout se passait comme prévu. En l'absence d'autres éléments, l'inspecteur ni trop bête ni trop intelligent s'en tenait à la thèse du cambriolage raté. L'habileté du malfaiteur à repérer le coffre et à l'ouvrir, sa détermination à tuer si c'était nécessaire dénotaient le spécialiste. Le retrouver ne serait pas facile. Aucun indice, aucune piste. La proportion de faits divers de ce genre qui restaient sans dénouement était alarmante. Pour Julia et pour moi, affaire classée.

Elle avait vu Viviane, laquelle avait accueilli sans broncher la nouvelle du décès de son père. Elle était d'accord pour qu'on reprenne les cours dès le vendredi suivant.

« Elle m'a fait peur, dit Julia. Je savais que les rapports avec son père n'étaient pas merveilleux, mais à ce point... Ma fille me fait peur. J'ai l'impression que ce n'est pas ma fille. Je crois qu'elle le détestait encore plus que moi.

– Plus qu'elle ne te détestait toi ?

– Non, plus...

– Oui. Peut-être aussi qu'elle est bouleversée, on ne peut pas savoir.

– Ça m'étonnerait.

– Comment va ta cheville ?

– Mieux. »

Le Progrès soir consacrait trois colonnes à la mort de Tombsthay, avec photo en première page et tout. Une importante personnalité lyonnaise, et d'ailleurs nationale, et même à vrai dire internationale, un industriel prestigieux et exemplaire, un homme d'idées et un homme d'action, un inventeur, mieux, un créateur, disparaissait bêtement.

Je fus impressionné, mal à l'aise, angoissé, prêt à pleurer en lisant l'article, ridiculement mélodramatique.

Je n'avais pas tué Graham. Voilà ce que je devais me dire et me répéter. Je ne l'avais pas tué, il s'était tué lui-même. Telle était la vérité vraie, la vérité profonde !

Finalement, la compagnie de mon père fut idéale ce soir-là. Reposante, distrayante. Aucune tentation de lui faire des confidences. Je n'avais qu'à boire et l'écouter parler de ma mère.

A onze heures, je téléphonai à Varax. Il essayait désespérément de me joindre de son côté. Je fus heureux d'entendre sa voix. Tout en bavardant avec lui, je pris la décision de lui raconter bientôt mes folles aventures. J'avais besoin que quelqu'un sût tout. Ce serait Varax.

Mon père avait du Trinoctal dans sa pharmacie. J'en pris deux comprimés avant de me coucher, à trois heures du matin. Le mélange d'alcool et de somnifère fut explosif. Je me mis à me dessécher de soif. Trop énervé pour reposer, mais trop abruti pour marcher, je me rendis plusieurs fois à la cuisine à quatre pattes en me cognant partout. Je buvais des litres d'eau. Quand j'essayais de rester immobile dans le lit, des millions de bestioles aussitôt me couraient sous la peau. J'avais l'impression atroce que la vermine était en train de me dévorer vivant. Enfin, je sombrai dans une somnolence hagarde.

Je m'éveillai à dix heures et demie, la bouche pâteuse et l'esprit en déroute. Mais j'avais faim.

A l'heure qu'il était, Graham devait être sous terre.

IX

J'absorbai, hirsute et grognon, un petit déjeuner maussade, pain de mie sous plastique qui avait l'apparence et le goût de la sciure, beurre rance, confiture épaisse et durcie dans laquelle on aurait eu du mal à enfoncer une pointe acérée fût-ce à coups de marteau, café soluble à l'arôme toujours plus insaisissable, et lait UHT écrémé stérilisé homogénéisé, ce genre de lait qui reste frais vingt ans, nettement plus coloré que l'eau du robinet mais de saveur plutôt moins prononcée.

Néanmoins, je m'en suis mis jusque-là.

Je n'aurais plus faim chez Edwige, pensai-je en envoyant claquer au plafond une bille de confiture que j'étais enfin parvenu à arracher au pot.

Mais j'eus faim chez Edwige. D'abord parce qu'elle s'était terriblement trompée dans les temps de cuisson et que le repas ne fut prêt qu'à deux heures, ensuite parce que c'était tellement bon, civet de lièvre, etc., que ça se mangeait tout seul. Nous déjeunâmes au rez-de-chaussée, dans une pièce qui manquait d'intimité.

« Sans l'inconvénient des travaux, me dit-elle, je

crois que je ferais installer une cuisine au premier. J'aime de plus en plus le premier étage de cette maison. Et de moins en moins le rez-de-chaussée. Il faut que je fasse mettre des verrous, ou même que je fasse blinder la porte. Il y a déjà deux verrous, mais l'un est cassé et l'autre pas très efficace, à mon avis. »

Elle avait lu deux articles sur la mort de Tombsthay. Toute la matinée, il y avait eu beaucoup de va-et-vient au 27 *bis*, à cause de l'enterrement. Elle avait envoyé un petit mot de condoléances à Julia.

« Je ne savais pas que M. Tombsthay était un industriel aussi connu, dit-elle. Une vraie célébrité. »

La conversation devint plus libre quand nous montâmes au premier pour le café et le cognac. Nous en étions à ce point des relations où il devient agréable de parler de son passé, de son enfance. De sa vie. Edwige Ledieu avait beaucoup aimé sa mère. Elle fut tout attendrie quand je lui dis que j'allais bientôt revoir ma propre mère. Edwige était bien habillée et sentait bon. Elle s'était assise à côté de moi sur le canapé où l'on enfonçait jusqu'aux épaules. Nous buvions trop de cognac. Ses cheveux étaient magnifiques. Je ne pensais plus du tout à son visage. Je me souvins de l'avoir désirée très fort le soir de *Party Girl*. Je commençais à me détendre, lorsqu'elle me dit :

« Vous n'avez plus reçu de film montrant votre vie privée ? »

Je lui en voulus d'aborder ce sujet, que je croyais tacitement banni à jamais entre nous. Elle aussi sans doute. Il était visible qu'elle cédait à une impulsion du moment. Le ton n'était pas agressif, mais l'intention certainement, même si elle ne le savait pas.

J'étais trop fragile en ce moment, trop énervé et épuisé pour résister à ce jeu trouble et périlleux. Je lui dis doucement :

« Non. Ma vie privée ne vous intéresse plus ? Vous ne me suivez plus avec une caméra ? »

D'un instant à l'autre, nous étions devenus ennemis, comme deux animaux qui se tournent autour et se reniflent tranquillement et tout d'un coup se bondissent dessus et s'entre-dévorent en poussant des cris lamentables qui font se retourner la rue entière.

Mais cela pouvait également changer d'un moment à l'autre, et changea en effet.

« Vous avez de la chance d'avoir une vie privée », dit Edwige.

Son regard était fixe et vague. Elle aussi était folle à sa façon. Et elle buvait trop. Que voulait-elle me dire ? Qu'elle ne connaissait pas d'hommes ? Qu'elle n'en avait jamais connu ? Je la croyais assez forte et assez orgueilleuse — et assez folle — pour s'être dérobée à toutes les sollicitations. Les raisons d'agir ainsi ne devaient pas lui manquer. Soupçonnait-elle ma liaison avec Julia ? Oui, je ne pouvais plus en douter.

« Vous êtes en train de penser que je suis folle et que je bois trop ? Je bois depuis que je suis levée. Mais je ne suis pas ivre. Je ne suis jamais ivre. Un peu folle, d'accord. Ma mère me l'a souvent dit. Je n'arrive pas à croire qu'elle est morte. Je buvais moins avant, elle me surveillait. A propos de cassette, vous voulez qu'on mette un film ?

— Non. J'aurais bien aimé, mais... une autre fois.

J'ai une espèce de malaise. J'ai pris des somnifères, hier soir, je n'aurais pas dû. Je me repose cinq minutes et j'y vais. »

J'avais un coup de pompe terrible. Le repas trop riche, le cognac, le café, l'attitude d'Edwige, tout était de trop.

« Vous voulez vous allonger ? Vous voulez une tisane ?

– Non, ça va passer. »

Nous restâmes silencieux. Au moment où j'allais tenter de m'extirper de cette grande ventouse de canapé en regrettant l'absence d'une corde à nœuds suspendue au plafond, Edwige murmura : « J'ai eu une amie... », puis elle se tut. Toujours ce regard vague qui ne regardait rien. Je posai ma main sur la sienne un bref instant, si bref qu'elle aurait pu se demander, et moi également, si main posée il y avait eu, et je me levai.

Le canapé : tchiiiiououououflflfl...

Je traversai la pièce. Malgré ma répugnance, je jetai un coup d'œil par la petite fenêtre. J'en avais envie depuis mon arrivée. Envie et peur. Je m'attendais presque à voir le jardin des Tombsthay bouleversé, labouré, ravagé. Différent. Non, il était semblable à lui-même, aussi régulier, aussi parfait qu'avant. Les longues tiges souples fleuries du massif au cœur duquel j'avais chu avaient repris leur place comme immuable.

Edwige s'approcha et regarda aussi. Elle avait surmonté sa petite crise bien irritante et bien touchante.

« J'aimerais avoir un jardin comme ça. Ce sont des joncs.

– Quoi ?

271

– Ce joli massif, là, juste devant la façade. Je me demande comment s'y prend le jardinier pour les faire pousser aussi bien. Ce n'est pas particulièrement humide, ici. »

Il ne me plaisait pas outre mesure de parler joncs, ces végétaux dans lesquels on se retrouve parfois couché sur le dos, la nuit, un homme au-dessus de vous ricanant et dirigeant une arme droit sur votre tête. Assez, assez ! Je m'imaginai en train de secouer Edwige par les épaules et de lui crier : Assez, assez, arrêtez de me parler de ces joncs !

On aurait dit qu'elle savait. C'était éprouvant.

Nous descendîmes.

« Le restaurant à deux heures du matin ne me réussit pas, dit-elle. Moi non plus, je ne me sens pas très bien. Je crois que je vais essayer de dormir un peu. »

Elle entrouvrit la porte du bas. Les verrous en étaient effectivement chétifs.

« Excusez-moi, ma compagnie ne doit pas être très tonifiante, aujourd'hui.

– Elle ne l'est jamais beaucoup, dit-elle avec ce sourire retenu qui lui donnait l'air malicieux.

– Je suis désolé, je...

– Je plaisantais. Je n'aime pas que vous soyez malheureux. Vous aviez une voix, au téléphone...

– Ça ira mieux la prochaine fois. J'ai des soucis, des gros.

– Ne vous en faites pas. Je suis certaine qu'il n'y a pas lieu. Tout s'oublie, vous verrez. Je vous demande de ne pas vous rendre malheureux. »

Oui, on aurait dit qu'elle savait ! Et qu'elle jouait à me torturer, mais comme ces enfants cruels qui rudoient, pincent, frappent pour le plaisir de consoler ensuite.

La consolation vint. Vite, à la fois craintive et décidée, elle caressa ma joue, copiant le geste de Julia au parking Antonin-Poncet, elle caressa ma joue là même où l'odieux Graham, cent ans auparavant, l'avait obscènement pincée.

Et moi, je m'avançai et embrassai Edwige sur les deux joues, puis j'ouvris la porte en grand et m'en fus d'un pas trop accablé pour ne pas être naturel.

Je dormis une heure tout juste.

Je n'avais pas touché ma guitare depuis le jour où j'étais parti pour Paris. J'en éprouvais une sensation curieuse au bout des doigts, une sensation de manque, de fourmillement, presque de blessure. Le souvenir d'un cours de philosophie sur les sensations me revint. Le professeur, Pierre Jouguelet, que j'avais tant aimé, auteur d'un roman posthume intitulé *Les Jardins suspensus*, roman publié par les soins de Jean Lacroix, Jouguelet, disais-je, avait parlé des dents arrachées qui continuent de faire mal et des manchots qui ont toujours conscience de leur bras amputé, souffrent de ce bras quand le temps change, etc. A quoi nous autres élèves (lycée du Parc, 1963, un lundi à la récréation de seize heures, en été), tout emplis de subtil humour lycéen, avions ajouté entre nous l'exemple du décapité qui s'obstine à se peigner après l'exécution et du castrat qui se gratte les couilles à longueur de journée.

Je jouai quelques notes, sans conviction.

Je pris une douche.

A cinq heures moins vingt-cinq, j'étais certain de

ne pas aller chez Daniel. A cinq heures moins vingt, je descendais presque en courant les marches de la montée des Lilas. Et à cinq heures moins trois, j'étais devant sa porte, rue Chazière, zone campagnarde et résidentielle de la Croix-Rousse.

Cette porte était entrebâillée. Je sonnai, puis je frappai, pas de réponse.

Je poussai la porte. J'entrai.

Mon regard tomba sur le parapluie bleu à carreaux. Il ressemblait à une ombrelle.

J'appelai, doucement, plus fort : Daniel n'était pas là. Etait-il allé aux cigarettes ? A la poste chercher un envoi recommandé ? Piquer une tête dans la piscine ? Etonnant, à l'heure où peut-être je devais arriver. Etonnant surtout qu'il n'ait pas fermé sa porte. M'avait-il laissé un message ? Je fis le tour de l'immense studio, grand à lui seul comme toute ma maison. Je ne vis rien.

L'odeur de tabac semblait sourdre des murs.

Je sortis sur le balcon. Plus le moindre souffle d'air. La chaleur était accablante. On entendait des bruits de balles de tennis, des éclats de voix féminines. Au bord de la piscine, un couple âgé prenait le soleil. J'étais las. Je me serais volontiers vautré dans un des fauteuils en rotin. J'aurais fermé les yeux. J'aurais fermé mon esprit aux soucis de la vie, à la vie elle-même.

Je revins dans la pièce. Je décidai d'attendre un peu.

A cinq heures pile, le téléphone sonna. Je sursautai. Mais que faisais-je là, sinon attendre que le téléphone sonne ?...

Je laissai sonner quatre fois, cinq fois, six fois. A la septième, je décrochai. J'entendis :

« Forest ? »

La voix était basse et monocorde. Il fallait deviner que c'était une interrogation.

J'hésitai, et... non, je n'hésitai pas : je marmonnai un vague « oui » sur un ton vaguement plus haut que ma voix naturelle :

« Oui... »

Qui était l'interlocuteur ? Daniel, qui contrefaisait sa voix et espérait que je répondrais « oui », comme je venais de le faire, pour en savoir plus ? Un ami de Daniel, chargé par lui de jouer cette comédie ? Ou bien était-ce vraiment... ? Dans ce dernier cas, était-ce « oui » qu'il fallait répondre, ou y avait-il un code, une formule, un mot de passe, une prise de contact traditionnelle entre Daniel et ses employeurs ?

La voix basse et monocorde dit alors :

« Même chose. Confirmé. Mettez de côté celui qui a l'objet et reprenez-le-lui le plus vite possible. J'insiste : le plus vite possible. A coup sûr par la femme. Ce devrait être facile. »

Devais-je m'esclaffer, avoir peur, hurler dans le téléphone : « Assez, Daniel ou qui que ce soit, la plaisanterie n'est pas drôle et ne fait rire personne » ? Ou bien répondre... quoi ? Mais l'embarras d'une décision et d'une réponse me fut épargné. A peine la dernière syllabe prononcée, on raccrocha, clonk ! tuiiiiiiiiii...

J'aurais bien mérité une volée de bois vert, et je me la serais bien donnée. J'étais comme les héros des histoires fantastiques, terrorisés mais qui s'arrangent néanmoins pour se trouver dans le château hanté à l'heure où il est notoire que le fantôme passe en faisant bruire ses chaînes. Une volée de bois vert.

Mon trouble et mon incertitude étaient plus grands encore.

J'explorai mieux le studio, n'hésitant pas à commettre quelques indiscrétions, à la recherche d'un indice.

J'en trouvai un.

Dans le tiroir inférieur d'une petite commode dont les autres tiroirs contenaient des habits, surtout des sous-vêtements, il y avait des livres, rangés debout comme sur une étagère. Entre un ouvrage traitant de l'unité italienne et un autre de la guerre civile espagnole, je mis la main sur un catalogue intitulé *Objets anciens, rares ou introuvables*, publié à Marseille en 1939 par Eroff et Eroff, éditeurs. Il tombait en loques. Le cuir de la reliure avait la couleur de la corde. Sur la page de garde, il y avait des noms inscrits à la main et deux tampons, le tout illisible.

Je feuilletai ce catalogue avec la fébrilité de qui ne doute pas de la découverte.

Les photographies d'objets étaient indistinctes, mais je reconnus immédiatement la boussole de la *Santa María*, page 29. Quelques lignes pâlies m'apprirent qu'un artisan de Gênes, Allessandro Cendro, en avait exécuté trois copies dès 1506, l'année même de la mort de Colomb. Deux avaient échoué aux U.S.A., l'une dans un musée de Philadelphie, l'autre chez un particulier. La troisième circulait en France. Mais le plus intéressant était qu'au-dessus de la photographie quelqu'un avait griffonné à la main, récemment, à l'encre violette, ces mots : *Nice, vendu à G. Tombsthay (Lyon), 68 000 F.*

J'en conclus que le catalogue avait pu appartenir à un commissaire-priseur au commentaire facile qui, le jour de la vente, aurait consigné le nom de Graham, la somme atteinte par la boussole, etc., soit machinalement, soit dans quelque intention personnelle. Puis le catalogue, perdu, vendu, volé, aurait fini entre les mains de Daniel. Daniel, fou, avait retrouvé sans peine la trace de Graham Tombsthay à Lyon, avait rôdé autour de sa maison, m'avait vu, avait organisé tout son délire autour de cette boussole et de ma personne, aidé par les circonstances, quelques coïncidences...

Et ce coup de fil, à l'instant, c'était lui...

Ou ce n'était pas lui. Mon hypothèse était incertaine. On avait pu remettre ce catalogue à Daniel pour qu'il examine à loisir l'objet qu'il devait dérober. Mais, dans ce cas, n'aurait-il pas mieux dissimulé le catalogue ? Pas forcément.

Plus j'en savais, et moins j'en savais...

Je lui laissai un petit mot : *Je suis passé. Etonné que tu ne sois pas là. Ta porte était ouverte. Appelle*, et je m'en allai. Sa voiture n'était ni dans la rue ni au parking de l'immeuble.

C'est seulement en rentrant chez moi qu'un soupçon me vint, plus effrayant, plus concret, plus logique d'une certaine façon : et si Daniel était en danger ? S'il lui était arrivé quelque chose ? Si les « rivaux » dont il parlait avaient retrouvé sa trace, l'avaient enlevé ?...

Je savais que Varax n'était pas libre ce soir-là, sinon je lui aurais demandé de venir me tenir compagnie.

Julia ne répondait pas. D'ailleurs, que lui dire ? Je ne réussirais qu'à l'affoler avec une histoire à dormir debout.

Je lus, ou plutôt je relus, ou plutôt tentai de relire *Le Tour d'écrou* de Henry James, puis *La Clé de verre* de Dashiell Hammett. Impossible de me concentrer. J'appelai vingt fois chez Daniel. Daniel, peut-être en danger de mort. Et moi, à qui un mystérieux correspondant demandait ridiculement de « mettre de côté » l'homme qui détenait la boussole...

Les événements, la nuit, la solitude me plongèrent dans un état d'attente angoissée, attente de catastrophe, de choses extraordinaires qui pouvaient se manifester à chaque instant.

Et cette attente, si j'ose dire, ne fut pas déçue. Cela commença, ou recommença, dès le lendemain matin.

Le téléphone sonna à dix heures et demie. Je somnolais. Je m'étais endormi à l'aube. Je fus instantanément couvert de sueur.

« Quelqu'un a enlevé Viviane, me dit Julia à peine eus-je décroché. Tu sais ce qu'on me réclame ? La boussole. On me rappellera ce soir à sept heures. Evidemment, je ne dois rien dire à la police. Mais on ne m'a pas fait de menaces précises. Si j'ai la boussole, on me donnera des instructions pour l'échange. Je n'y comprends rien. Tu ne l'as pas jetée, au moins ? »

J'étais à peine capable de parler.

« Non. Je l'ai enterrée à côté de chez moi avec le pistolet. C'est un homme qui t'a téléphoné ?

– Oui. Ça a duré trente secondes.

– Il avait une voix... comment ?

– Il avait une voix normale. Je ne sais pas quoi te dire. Rien de particulier. Je ne comprends rien à cette histoire de boussole. Si encore on me demandait une grosse somme d'argent... »

Cette fois, je ne pus faire autrement que lui parler de Daniel. D'éventuelles activités secrètes de son défunt époux. De microfilms. D'âpres rivalités dans la course à la boussole...

« Mais ton ami est un fou dangereux ! s'écria-t-elle. C'est peut-être lui qui a enlevé Viviane, non ? Qu'est-ce que tu en penses ? Tu crois qu'il en serait capable ?

— Je ne sais pas. Oui, je crois que oui. Je vais m'en occuper tout de suite.

— C'est pour ça que tu me demandais l'autre jour si Graham avait été mêlé à des histoires d'espionnage industriel ?

— Oui. Tu es absolument certaine qu'il n'y a rien, dans cette boussole ?

— Absolument certaine, non. Maintenant, plus rien ne m'étonnerait de la part de Graham. J'en suis certaine sans en être absolument certaine, qu'est-ce que tu veux que je te dise... Regarde. Tu n'as qu'à regarder.

— J'ai déjà regardé. Il faudrait toute la casser. Et encore, si les microfilms sont bien cachés, ça ne servirait à rien. Et imagine que ce soit vrai... On risque de faire une grosse bêtise. Ça suffit comme ça. Attendons ce soir. Dis-moi... Pourquoi m'as-tu donné justement cette boussole, l'autre soir, et pourquoi ensuite n'en as-tu pas parlé à la police ?

— Mais je t'ai déjà expliqué, David ! Je n'ai pas réfléchi, souviens-toi, je t'ai donné ce qui avait le plus de valeur à la maison, le seul objet de valeur qui était dans un coffre. Et après, quand on m'a interrogée, je n'ai pas vu l'utilité d'en parler, dans ton intérêt, c'est ce que j'ai pensé sur le moment !

— Est-ce que Graham savait que tu pouvais ouvrir le coffre de son bureau ?

— Mais bien sûr, qu'il savait ! Où veux-tu en venir ? Qu'est-ce que tu imagines ? Tu ne trouves pas que c'est assez compliqué comme ça ?

— Excuse-moi. Moi aussi, je suis énervé, tu sais. Tu comprends ? Je n'en peux plus.

— Non, c'est moi qui te demande pardon. Qu'est-ce que tu vas faire ?

— Toi, ne fais rien, ne bouge pas, et surtout n'en parle à personne. Je vais d'abord aller à Saint-Cyr voir les copains de Viviane. Je te tiendrai au courant. Au pire... si je ne trouve rien, je serai chez toi à sept heures avec la boussole, et on verra bien. Quand as-tu vu Viviane pour la dernière fois ?

— Hier après-midi. Elle est venue le matin pour l'enterrement, puis elle est revenue l'après-midi. Des personnes de la famille voulaient absolument la voir. J'ai été obligée de la supplier. Elle a fini par dire oui. Je ne tenais pas à ce qu'on sache qu'elle n'habitait plus ici. Elle est repartie à trois heures et demie.

— Elle a pris un taxi ? »

Ce genre de questions que j'avais si souvent entendues dans les films me venait naturellement aux lèvres.

« Non, elle était en mobylette, les deux fois. Une petite mobylette Motobécane, je crois, rouge. Elle l'avait empruntée à un de ses copains. Ça l'amusait de circuler en mobylette.

— Elle était habillée comment ?

— Son *jean*, tu penses. Un chemisier en soie blanche flottant, un peu grand pour elle. Elle avait quand même mis un soutien-gorge pour la circonstance. »

Je fis chauffer de l'eau et appelai Daniel. Je laissai sonner trois bonnes minutes. Personne.

Je transportai la casserole. L'eau crépitait venimeusement contre les parois, et je recevais des gouttes brûlantes sur les mains et le visage. J'avais envie de tout jeter à travers la pièce, et des insultes à l'adresse de la création entière m'étouffaient. Je versai l'eau dans un bol, crr crr crr, en tenant mon visage éloigné, et j'ajoutai la poudre de café à goût de tisane amère.

C'était trop chaud et trop mauvais. Mes organes de la déglutition protestaient en se convulsant comme une poignée de serpents qu'on agace avec la dernière cruauté. Je me levai de table, affichant un calme dangereux, et renonçai à ce breuvage que l'Inquisition n'aurait pas dédaigné de faire avaler de force à ses suspects.

Pour aller à Saint-Cyr, je m'en tins par prudence à un trajet connu : je descendis d'abord jusqu'au pont Morand, traversai le premier arrondissement, franchis le pont La-Feuillée et remontai les quais de Saône jusqu'au niveau du pont Masaryk. Là, je pris à gauche un petit bout de la rue Masaryk, puis la rue de Saint-Cyr à droite.

Ça roulait bien.

Je suivis l'interminable rue de Saint-Cyr, longeai Saint-Didier, dépassai le lycée Jean-Perrin (où j'avais passé, un jour lointain, un oral d'examen). Il me paraissait peu probable qu'on eût enlevé Viviane entre le boulevard des Belges et le lycée Jean-Perrin. C'était à partir de là que je devais faire attention.

La route était déserte et grimpait dur. On s'enfonçait dans la campagne.

J'arrivai au carrefour dangereux de la route de Saint-Fortunat. Un an avant à peu près, on avait remplacé le stop par un feu rouge.

Saint-Cyr-au-Mont-d'Or. L'école de théologie protestante était proche, et la route de Saint-Romain, et donc la maison où habitait Viviane. Si quelque chose s'était passé sur le trajet...

J'imaginai la petite Motobécane ahanante, Viviane, la fée Viviane essoufflée elle aussi, obligée de pédaler pour aider le moteur et arriver jusqu'au feu, ouf. Là, elle posait le pied à terre. Toute songeuse. Son père mort et enterré. Sa mère non moins indifférente qu'avant, plus peut-être. Pas une fois au cours de la conversation, me dis-je, Julia n'avait vraiment exprimé de crainte concernant le sort de sa fille, son angoisse, d'éventuels mauvais traitements... Ce n'était pour elle qu'un épisode fâcheux, voire agaçant.

Rue de Saint-Cyr, carrefour de Saint-Fortunat. Coin idéal. C'était ici ou nulle part. Viviane, chemisier blanc flottant, lourds cheveux châtains plus décoiffés que jamais, longues cuisses ouvertes de part et d'autre de la pétrolette qui n'en mérite pas tant, freine pour empêcher le poussif engin, plus apte à reculer dans les côtes qu'à les escalader, à la ramener à Lyon en un rien de temps, et songe à son père mort et enterré, à sa mère indifférente, à sa drôle de vie, à moi peut-être, à qui elle s'est confiée si librement. Le feu est rouge. L'homme qui la guette (Daniel) sort des broussailles, arrive par-derrière, lui applique un tampon de chloroforme sous le nez. Expédie à coups de pied la moto pour rire dans le fossé tout proche où il la dissimule *grosso modo* à coups de talon. Traîne sa chaude et divine proie à sa voiture garée à quatre mètres de là, route de Saint-Fortunat. Roule jusqu'à une maison abandonnée qu'il a repérée auparavant... Les maisons abandonnées sont nombreuses, Dieu sait pourquoi, dans les environs de tous ces villages des Monts d'Or, Saint-Cyr, Saint-Didier, Saint-Romain, Collonges, et font la joie des enfants ou jeunes adolescents qui, montés des bas-fonds de Vaise, écument parfois mais non sans une pointe de timidité craintive ces hauteurs cossues. Rien à voir avec les hordes semblables de Décines ou Vaulx-en-Velin qui, elles, agressent tout ce qui bouge après neuf heures du soir, le dépouillent, le dénudent et le clouent aux portes en bois des garages sans la moindre timidité craintive. Autres quartiers, autres mœurs.

Je m'arrêtai malgré le feu vert. Ma foi en mon hypothèse était si forte (les doutes viendraient plus tard) que les indices naissaient comme par miracle sous mon regard avide (à moins qu'on ne les eût placés, ces indices, précisément pour que je les visse ? Mais attendons, attendons) : à peine avais-je contourné la Toyota que je perçus du rouge dans le fossé : c'était la Motobécane.

Je ne m'étais pas trompé. Ça sentait à plein nez le coup monté par Daniel. Oh ! que ça sentait fort ! Ça sentait comme un cadavre de putois enfermé depuis quinze jours dans un coffre de voiture au mois d'août en plein désert.

Je brûlai le feu devenu rouge et m'engageai dans la petite route de Saint-Fortunat. Je roulai cinq cents mètres, à faible allure. Après un coude, il y avait à gauche un chemin non goudronné d'une trentaine de mètres qui conduisait à une maison.

La maison abandonnée.

De même qu'à l'instant mon regard à l'affût de rouge s'était dirigé sans hésitation sur la mobylette cachée à la diable dans le fossé profond, à droite de la rue de Saint-Cyr, au niveau du carrefour Saint-Fortunat, de même, présentement, j'aperçus aussitôt le capot blanc de la BMW garée sous le feuillage d'un acacia, près de la maison.

Je laissai la Toyota route de Saint-Fortunat, et m'avançai d'un pas décidé dans le chemin.

Pas d'autre voiture que la BMW.

La maison, petite, ancienne, d'un étage, était située sur un terrain racheté par l'entreprise immobilière Lafaye pour être divisé en parcelles et bâti de villas, comme me l'apprit un écriteau déjà sale et délavé. Elle était dégradée mais pas trop.

La porte n'était pas, ou plus, fermée à clé.

J'entrai.

Je fis le tour du rez-de-chaussée, où les propriétaires avaient laissé trois meubles branlants qui ne les intéressaient plus, puis je grimpai l'escalier à la rampe poussiéreuse et aux marches craquantes auxquelles adhéraient encore çà et là de petits bouts de tapis rouge.

L'étage comportait deux pièces, l'une donnant sur l'avant de la maison, l'autre sur l'arrière. Toutes deux étaient fermées à clé. Je m'y attendais.

« Daniel ! » criai-je après une brève hésitation.

Et si...

Non.

Une réponse me parvint (je m'y attendais aussi), trois secondes plus tard, de la pièce donnant sur l'avant (je m'y attendais encore : il avait guetté mon arrivée) :

« David ? Vite ! Enfonce la porte, la serrure ne tient pas ! »

Je marchai sur la porte, levai la jambe droite et crac ! il y eut un craquement mais la serrure ne céda pas, elle céda à mon deuxième assaut.

Je trouvai Daniel sur le sol dans une pièce vide, les mains prises dans des menottes et les pieds dans des espèces de menottes. Son blouson traînait par terre dans un coin. Il était en chemise, la manche gauche relevée. Il y avait des traces de sang sur son avant-bras.

« Il faut se dépêcher, ils ne vont sûrement pas tarder à revenir, me dit-il d'une voix pâteuse. Ils ont une Lancia bleue. Ils m'ont fait une piqûre hier soir, je viens de me réveiller. Comment as-tu fait ?

– Est-ce que Viviane Tombsthay est à côté ? »

Il fit l'étonné.

« Je n'en sais rien. Mais il y a quelqu'un.

– J'y vais.

– Attends ! Enlève-moi d'abord ça ! Il y a un trousseau de petites clés dans le coffre de la BMW, dans un chiffon marron. »

J'hésitai. Oui. Je fonçai, trouvai les clés, remontai.

« Si c'est Viviane, elle ne t'a pas vu ?

– Je n'ai vu personne. Seulement les deux types qui m'ont amené là.

– Si c'est Viviane, tu ne diras pas que tu étais là. Je dirai que tu es un ami et qu'on l'a retrouvée ensemble.

– Pourquoi ?

– Laisse-moi faire. On parlera plus tard. »

Je ne me reconnaissais plus.

A la septième petite clé, menottes et pedottes s'ouvrirent.

« Rabats ta manche de chemise. Mets ton blouson. Secoue la poussière. »

Je sortis, marchai sur la porte d'en face, crac ! la serrure sauta du premier coup. Dans l'état où j'étais alors, je serais passé à travers un mur de béton, tête en avant. Emporté par mon élan furieux, je me cognai la joue contre le chambranle. Aucune importance. J'aurais continué ma progression même gravement assommé.

Viviane était couchée sur le ventre, sur un sommier métallique à deux places, noir de rouille. Menottes aux mains. Rien aux pieds, mais les menottes étaient fixées au treillis du sommier. A elle aussi, on avait fait une piqûre. Non, deux. Je vis deux marques à la saignée du bras droit. Et la seringue, brisée, sous la fenêtre, et un flacon d'alcool, et un morceau de coton avec une tache rouge au milieu. Le fracas n'avait pas vraiment réveillé la belle endormie. Elle gémit, bougea, essaya de se mettre sur le dos, mais les menottes l'en empêchaient.

J'avais tué Graham Tombsthay. A cet instant, je crois que j'aurais volontiers tué Daniel.

« Enlève-lui ces menottes. Quand elle se réveillera, parle le moins possible. Laisse-moi parler. »

Il obéit. J'étais un autre homme. Je mis Viviane sur le dos, avec précaution, soulevai sa tête, caressai ses joues, lui parlai doucement...

Daniel s'était écarté. Je sentais peser son regard sur nous.

Ses longs cils battirent. Elle ouvrit les yeux.

« C'est moi, n'ayez pas peur, c'est fini. On vous a enlevée, on a demandé une rançon à votre mère. Mais c'est fini, tout va bien. C'étaient des amateurs, des voyous. J'ai vu votre mobylette dans le fossé. On va partir. On vous a fait une piqûre de somnifère. Vous pouvez marcher ? »

Elle pouvait, en s'appuyant sur moi. Elle vit Daniel.

« C'est un ami, il m'a accompagné. »

Elle ne sembla pas le reconnaître.

Ses premières paroles furent pour me dire que je saignais à la joue. Je m'essuyai.

« Ce n'est rien, dis-je. Trente points de suture, une greffe de la mâchoire, deux mois d'hôpital et il n'y paraîtra plus. »

Elle s'accrocha à moi, blottit son visage dans mon cou et se mit à rire ou à pleurer, je ne savais trop. Daniel me fixait. Je le fixais aussi. Il baissa les yeux.

« Allons-y, dis-je. Prends-la par l'autre bras. »

Nous descendîmes.

« J'ai dormi depuis hier, dit Viviane. Je ne me souviens de rien, sauf qu'au feu rouge quelqu'un m'a attrapée par-derrière et m'a mis un gros coton sur la figure. Je n'ai vu personne. On est où, là ?

— Tout près du feu rouge. Vous voulez que je vous ramène boulevard des Belges, ou... là où vous habitez maintenant ? »

Elle n'hésita pas :

« Là où j'habite maintenant. Je vous montrerai le chemin. C'est à cinq minutes. Qu'est-ce qu'il faut faire, il faut prévenir la police ?

— Pas forcément. On verra tout à l'heure. »

Je fus jaloux de celui ou de ceux qui allaient s'occuper d'elle, et auprès de qui elle souhaitait si spontanément se réfugier.

Devant la maison, tout en marchant, je regardai dans l'herbe autant que je pus, à la recherche d'une clé.

Daniel avait suivi la petite Tombsthay le jour de l'enterrement de son père. Il l'avait enlevée. Chloroforme, piqûre, mise en scène complexe et habile. Il m'avait attendu. Pendant que je montais l'escalier, il avait jeté par la fenêtre la clé avec laquelle il s'était enfermé, puis il s'était mis aux mains et aux pieds des objets en métal.

Bravo. Travail d'artiste.

Je ne vis pas de clé. Sans doute l'avait-il jetée loin. Et dans quelle direction ? Sans parler de la végétation amazonienne. Il aurait fallu huit jours à un régiment de chasseurs alpins pour la repérer. Avec une récompense de cent millions au gagnant pour aiguiser leur ardeur à la tâche.

Je n'insistai pas. « Il faut se dépêcher, ils ne vont pas tarder à revenir »… Je n'en croyais rien, je ne croyais pas un mot de ce que Daniel n'allait pas manquer de me dire. Mais le risque, même d'une infinie ténuité, était encore démesurément grand. Malgré moi, j'avais hâte de quitter les lieux.

Nous arrivâmes à la Toyota moutarde.

« Je vous laisse », dit Daniel.

Je lui lançai un regard noir. Je ne pouvais tout de même pas le retenir de force. Viviane le remercia et lui serra la main, légèrement penchée en avant, le poids du corps portant sur sa jambe droite, ce qui faisait saillir sa poitrine à peine un peu forte, et donnait à sa jambe gauche, touchant alors le sol par la seule pointe du pied, une courbure très gracieuse. On aurait passé sa vie à la contempler ainsi, tout éberlué à l'heure de mourir que le temps ait fui si vite.

Daniel ne la regardait pas en face.

« Installez-vous, dis-je à Viviane, j'arrive. »

Je fis quelques pas avec Daniel.

« Où tu vas ?

— Je passe prendre mes affaires rue Chazière et je vais m'installer à l'hôtel. C'est plus sûr.

— Quel hôtel ?

— *Sofitel*.

— Ce n'est pas un peu voyant ?

— Justement. Et il faut vite que je rappelle Paris, ils ont dû...

— Pas la peine. J'ai répondu, hier. La porte était ouverte. Je t'ai laissé un mot. »

Il joua la stupéfaction à merveille.

« Tu as répondu ? Tu es venu ? Qu'est-ce que tu as répondu ?

— J'ai dit oui quand on m'a demandé si j'étais Daniel Forest. On m'a dit de récupérer la boussole et de tuer celui qui l'a volée. »

Je le scrutais. Mais son regard, son attitude, sa manière de parler, tout sonnait juste.

« Pourquoi as-tu fait ça ?

— C'est bien ce que tu voulais, non ? Que j'entende moi-même les ordres ? Tu parles d'une preuve ! »

Il allait protester. Je l'interrompis durement :

« On n'a pas le temps. Tout à l'heure, dans le hall du *Sofitel*.

— Si tu veux.

— Tu me donnes ta parole que tu y seras ?

— Oui, mais pourquoi tu...

— Tout à l'heure.

« – D'accord. Comment rentrer à Lyon sans reprendre la rue de Saint-Cyr ? »

Il pensait à tout. Je me sentis un peu ridicule en lui répondant. J'avais envie de lui crier en plein visage de ne pas se fatiguer. Plus tard, la colère...

« Continue sur Saint-Romain, passe la Saône, et reviens par Fontaines-sur-Saône, Sathonay-Camp, Caluire. »

Je lui tournai le dos et rejoignis Viviane.

Je démarrai.

« Comment m'avez-vous retrouvée ?

– La chance. Votre mobylette dans le fossé. Je vais vous laisser chez vos amis et repartir tout de suite.

– Vous pouvez rester, si vous voulez.

– Je ne peux pas. J'aimerais bien. Je préviendrai votre mère, elle doit attendre près du téléphone. »

Elle eut un vague haussement d'épaules.

« Vous vous sentez mieux ?

– Ça va. J'ai encore sommeil. Je ne peux même pas dire que j'ai eu peur, je ne me suis rendu compte de rien, jusqu'à ce que vous veniez me réveiller. Merci.

– C'est fini. Essayez de ne plus y penser. Vous n'avez pas de chance, en ce moment. Votre père... »

Elle ne répondit rien. Pas un mot sur son père. Elle ignorait certes ce qui s'était passé à Paris trois ans auparavant. Pourtant, dans un coin secret de son esprit, elle devait savoir...

Je m'arrêtai au carrefour et fis tenir tant bien que mal la mobylette dans le coffre de la Toyota.

« Comment ça se fait que ma mère vous ait averti, vous ? Vous couchez ensemble, hein ?

– Non. C'est par hasard. »

Elle avait de la suite dans les idées. Elle n'insista pas.

La maison, 3, route de Saint-Romain, à vingt mètres de la route, était une ancienne ferme, éloignée de toute habitation visible.

Je coupai le moteur.

« Si vous vous sentez mal, dans la journée, n'hésitez pas à faire venir un médecin. Mais je ne pense pas. Dormez, si vous avez sommeil. Je pense à une chose : apparemment, vos amis ne se sont pas inquiétés de votre absence ?

— Je n'avais pas dit quand je reviendrais. Je ne le disais pas chez moi, alors... »

Je réfléchissais depuis un moment.

« Bon. Ne leur parlez de rien. Dites que vous avez été malade. Pour la police, je m'en occupe. Ce n'est pas sûr qu'il faille la prévenir, maintenant que c'est fini.

— Pourquoi ?

— Faites-moi confiance, faites bien comme je vous dis. Je vous expliquerai plus tard. D'accord ?

— Oui. Normalement, on nous installe le téléphone demain matin. Vous m'appellerez ? »

Elle me donna le numéro. Une petite arrière-pensée me taquinait. Précaution superflue. Néanmoins...

« Si vous sortez, ne sortez pas seule. Vous ne risquez plus rien, mais on ne sait jamais.

— D'accord. Merci pour tout. C'est dommage que vous n'ayez pas le temps.

— Je regrette aussi, mais je ne peux pas faire autrement. Ah ! J'oubliais... Je vous ai apporté une bricole de Paris. »

Je plongeai la main dans la poche intérieure

gauche de ma veste et en retirai le porte-clés bien emballé. Elle défit le paquet en me regardant à trois ou quatre reprises, la tête penchée, ses cheveux croulant sur ses cuisses. La lourde et petite guitare de métal était encore plus jolie que je ne m'en souvenais. Elle me remercia simplement et nous descendîmes de voiture en même temps.

Viviane avait repris des couleurs et elle marchait droit. Elle récupérait vite. Un jeune homme de haute taille sortit de la maison et vint vers nous.

Je posai la mobylette contre un arbre.

Viviane me présenta le jeune homme : Michel.

« J'ai été un peu malade, je n'avais pas le courage de remonter en mobylette. »

Michel Karm-Vidad, le nouveau... Lui n'était pas de la race des Jean-François et des Alain. Brun, grand, solide, sûr. Je me sentis très triste. Je refusai son invitation à prendre un verre avec eux.

« Il ne peut pas rester, dit Viviane. Une autre fois. »

Elle m'embrassa sur les deux joues, deux baisers appuyés, frais et chauds, ce genre de baiser de femme dont la sensation de frais et de chaud s'incruste dans votre épiderme pour des jours et des jours, résistant aux lavages, aux changements de la température extérieure, et aux baisers d'autres femmes.

Puis ils se dirigèrent vers la maison. Son ami la tenait aux épaules. Je les suivis des yeux, immobile, les mains dans les poches, attendant qu'elle se retourne. Certain qu'elle se retournerait. Et elle se retourna, au dernier moment, et me cria en agitant la main :

« A bientôt, hein ? »

Je fis oui de la tête. J'étais triste.

Des embouteillages sur les quais de Saône me retardèrent, et aussi le coup de fil à Julia. Trois cabines étaient en panne, devant une quatrième une queue longue comme la retraite de Russie piaillait et piaffait d'humeur lynchante. Finalement, j'appelai d'un café près du pont de l'Homme-de-la-Roche. Le patron était petit, chauve et muet, et il sentait âprement des aisselles. Il m'indiqua l'emplacement du téléphone avec un vaste sourire qui révélait des dents noires, absentes ou fausses.

Je fis à Julia le compte rendu des deux dernières heures et lui donnai rendez-vous chez elle en fin d'après-midi, avant sept heures, bien que le coup de téléphone annoncé n'eût plus de raison d'être.

J'arrivai au *Sofitel* sans avoir vu de Lancia bleue. Daniel m'attendait dans le hall. Il avait déjà pris une chambre.

« Allons-y », dis-je.

La chambre, au quatrième étage, donnait sur les quais du Rhône. Il y faisait frais, presque trop. Malgré la densité de sauterelles des voitures défilant sur le quai, on entendait peu de bruit, juste un lointain grondement comme de quelqu'un qui se serait raclé continûment la gorge dans les caves de l'établissement.

« Tu permets que j'aille me laver un peu ? »

Daniel, maussade, assis sur le rebord du lit, jambes écartées, coudes posés sur les cuisses, mains pendantes, permettait. Je passai à la salle de bains. Soudain, je n'avais plus rien à lui dire. A quoi bon ? Je me reprochai ce nouveau rendez-vous. J'aurais dû lui dire adieu tout à l'heure.

Je me trouvai une tête de mort vivant. Cheveux coiffés en pétard, sang, sueur, insomnie. Dégoût. Je me décrassai la face sans conviction et revins dans la chambre. Je m'assis sur le lit à côté de mon ami fou dans une posture aussi conquérante que la sienne.

« Tu sais ce que je crois ? Je crois que tu as enlevé Viviane et que tu as monté toute cette mise en scène pour me convaincre que je ne sais qui en veut à je ne sais quels microfilms. Mais là, tu es allé trop loin. Ça devient grave et dangereux. Il faut que tu arrêtes cette comédie. »

Je parlais avec lassitude, sur le ton de la récitation. Je ne hurlais pas en sifflant de colère entre chaque mot, comme j'avais prévu.

« Tu crois ce que tu veux. Mais tu es fou. Ce que tu viens de dire...

– Bon, allez, raconte. Qu'est-ce qui s'est passé ?

– Hier, à midi, deux types m'attendaient chez moi. Ils m'ont demandé où était la boussole. Ils m'ont... interrogé.

– Tu veux dire qu'ils t'ont torturé ? »

Il ne répondit pas. Il alluma une cigarette.

« Fais voir les marques. Si on t'a torturé. »

Il soupira.

« Le plus petit et le plus salaud avait un revolver à barillet à six coups. Il m'a dit qu'il y avait une balle. Il a fait tourner le barillet, il m'a mis le revolver sur la tempe et il a appuyé, six fois. Ça ne laisse pas de marques, mais généralement c'est très efficace. Après, ils ont été convaincus que je ne savais rien.

– Pourquoi ta voiture était-elle à Saint-Cyr ?

– Parce qu'un des types, le même, m'a fait conduire ma BMW là-bas. L'autre était dans une Lancia bleu foncé.

– Pourquoi ?

– Je ne sais pas. A mon avis, ils avaient l'intention

de se débarrasser de moi. Je m'étais garé dans la rue. Une voiture qui ne bouge pas, ça se remarque, dans ce quartier. Peut-être que quelqu'un aurait prévenu la police et que les recherches auraient commencé plus tôt. Je ne sais pas. Tu es plus emmerdant qu'eux », ajouta-t-il avec son beau sourire, pour l'heure fugitif et fatigué.

Je cherchais certes à le prendre en défaut. Mais, si je le harcelais ainsi de questions, n'était-ce pas également dans l'espoir secret de ne pas le prendre en défaut, et qu'il répondrait à toutes de façon convaincante ou plausible – poussé que j'étais à mon insu par ce goût pervers de l'extraordinaire et du désastre, par ce goût du pire que nous avons tous, nous autres hommes ?

Question insondable.

« Je me demandais d'où tu sortais cette histoire de boussole. Maintenant, je sais. J'ai vu chez toi l'espèce de catalogue de vente aux enchères.

– Tu as fouillé ? Décidément, je te connais mal. Et alors ? Je l'ai reçu par la poste. Pour que je sache exactement ce que je devais voler. Ce que je dois toujours retrouver... »

Etait-ce une menace ? Il avait légèrement changé de ton. Non, impossible. Pourtant je me sentis gêné, coupable, sentiment auquel j'échappai par une nouvelle attaque :

« Ça ne t'étonne pas qu'on n'ait pas mieux caché la mobylette ?

– Quelle mobylette ? Cachée où ? Si tu me racontais, toi aussi ? »

Belle riposte, qui fit renaître ma colère. Je ne pouvais que raconter. Daniel m'écouta avec une attention agaçante, puis me dit :

« Tu l'as vue parce que tu la cherchais, cette mobylette. Si j'ai bien compris, c'est un endroit où personne n'a de raison de descendre de voiture. On l'aurait retrouvée dans un an. Peut-être. »

Bien. Mais pourquoi Daniel ne reparlait-il plus du coup de fil auquel j'avais répondu à sa place ? Parce que le sujet l'embarrassait ?

« Tu m'as fait téléphoner par quelqu'un, hier, ou c'était toi ? Je sais que c'est plus facile de forcer sa voix dans l'aigu que le contraire, mais quand même, je dirais plutôt que c'était toi.

— Laisse tomber, David. N'insiste pas. Tu es décourageant.

— Pourquoi ont-ils laissé ta porte ouverte en partant ? »

J'étais pris dans le vertige de mes propres questions. Comme si c'était moi qui me piégeais et me torturais. Pour mettre fin à cet insupportable mouvement, il m'aurait fallu... une arme, que j'aurais posée contre la tempe de Daniel, en le sommant d'avouer la vérité !

« Elle est dure à fermer. Même si on la claque, on croit qu'elle est fermée et cinq minutes plus tard on l'entend s'ouvrir. Ça m'est arrivé souvent.

— Tu l'as laissée ouverte pour que je puisse entrer et répondre au téléphone. Tu as tout arrangé, tout ! »

Il se leva d'un coup, en souplesse.

« David, maintenant, c'est moi qui en ai assez. Est-ce que tu comprends que je suis en train de te supporter ? Personne ne me parle jamais sur ce ton. C'est d'autant plus... dégueulasse que c'est toi qui ne dis pas la vérité ! C'est toi qui me racontes des histoires !

– Quelles histoires ?

– Le soir où le mari de ta maîtresse a été tué, tu y étais, David... Ce n'est pas toi qui as changé d'avis en cours de route, c'est moi. Je n'étais pas tranquille. J'ai foncé et je suis arrivé à temps pour te voir entrer chez Tombsthay. »

Aïe. Je sentis venir la catastrophe, comme un orage menaçant qui assombrit soudain le paysage, fait baisser la température de plusieurs degrés et affole les bêtes.

« Et alors ?

– Alors j'ai vu ce qui s'est passé. Un cambriolage ! Elle est maligne, Mme Tombsthay...

– Comment as-tu pu voir ?

– J'ai attendu un moment. J'ai failli repartir. Puis j'ai fait le tour et je me suis approché de la maison par le parc. J'étais derrière la haie. Je voyais tout le jardin. »

Oui, catastrophe...

« Pourquoi me dis-tu ça maintenant ? Pourquoi ne m'as-tu rien dit avant ?

– Parce que je voulais que tu m'en parles, toi, le premier. Parce que je voulais que tu me fasses confiance. Que tu me croies. Depuis le début, tu ne me crois pas, malgré les preuves. Pourquoi ? Qu'est-ce que tu as contre moi ? Et maintenant, c'est toi qui me trompes ! Tu m'as bien eu, David. Jamais je n'aurais pensé...

– Tu m'as vu... le tuer ? » dis-je d'une voix d'outre-tombe.

Il écarquilla les yeux. Il me dominait de sa haute stature. Son visage, pendant un instant, prit une expression de véritable sauvagerie. Je crus qu'il allait me frapper, au point que je me levai précipitamment et lui fis face.

« Qu'est-ce qui te prend ? Qu'est-ce que tu as ?

– C'est incroyable, David, incroyable ! Encore maintenant tu essaies de la défendre ! Tu n'as jamais arrêté de la défendre, contre moi ! Je l'ai vue, elle, tuer son mari dans le jardin, devant la maison, devant la grande fenêtre ! Tu ne vas quand même pas nier ça ? »

Un fou. Un fou qui me poussait à bout. J'aurais aimé le jeter à terre, l'assommer et partir après avoir mis le feu à la chambre. Je respirai profondément. Il fallait que je me calme, il le fallait absolument. Mon corps ne pourrait plus supporter longtemps cette tension infernale. Je me dominai de justesse.

« Daniel... Son mari devait être en voyage, je te l'avais dit. Il est rentré à l'improviste. Il a drogué sa femme et il m'a attendu. Il m'a menacé avec une arme. J'ai sauté par la fenêtre, il m'a rattrapé. Je lui ai tiré dessus. Je ne pouvais pas faire autrement. Avec le pistolet que tu m'as fourré dans les mains... Je n'en peux plus. Je m'en vais. Je ne veux plus discuter. »

Il me barra la route.

« Tu me dégoûtes ! Je ne peux pas supporter que tu me prennes pour un con. Tu te fous complètement de moi. Espèce de... »

Je n'y tins plus. Je levai le bras, poing fermé. Il recula d'un pas, laissant une jambe en avant pour m'empêcher d'avancer, se protégea de son bras gauche et ferma le poing droit, prêt à frapper lui aussi. Nous étions comme deux déments, debout face à face dans cette chambre de clinique pour riches où seul manquait le flacon du goutte-à-goutte. Deux déments en pleine crise. Une fois de plus j'avais cédé à l'entraînement de sa folie.

Je baissai le bras. Daniel cria :

« Dans quel état crois-tu que j'étais, hier, quand le petit salaud a appuyé la sixième fois sur sa détente ? Je me disais que j'allais crever pour toi ! Parce que... Je ne sais pas ce que vous avez combiné exactement, la bonne femme et toi, mais je suis sûr que c'est toi qui l'as, la boussole ! Après ce que tu as dû lui raconter et après ce qu'elle a fait, ça m'étonnerait qu'elle l'ait gardée chez elle. Je suis sûr qu'elle te l'a donnée. Tu m'as trompé. Tu m'avais promis... Tu me dégoûtes ! Dans mon métier, les types comme toi, on s'en débarrasse. C'est toi qui l'as, David ? »

Je hurlai :

« Oui, c'est moi ! »

Silence. On n'entendit plus que nos halètements.

« Dans ce cas, dit Daniel, soudain calme, tu sais ce qui me reste à faire. On te l'a dit hier au téléphone. »

J'eus une quinte de toux. Trop d'énervement. Et trop de fumée, il n'arrêtait pas d'allumer des cigarettes.

« Adieu, Daniel. Ne cherche plus à me revoir. Je te demande seulement de me foutre la paix. »

Je le frôlai au passage et marchai vers la porte.

« David ! »

C'était un cri de désespoir.

Il me retint à l'épaule, mais sa prise était douce. Je me retournai.

« David... On est fous tous les deux. Je ne veux pas que tu partes comme ça. Pourquoi ne me crois-tu pas ? Pourquoi ne m'as-tu jamais cru ? Et pourquoi ces mensonges ? »

J'eus encore l'impression vague, troublante, effrayante et un peu exaltante que nos rôles étaient inversés.

« Adieu.

– David... »

Il effleura ma joue du bout des doigts et aussitôt laissa retomber son bras. Je dis doucement :

« C'est toi qui me dégoûtes. »

Je sortis sans me retourner et claquai la porte derrière moi.

C'était fini. Je croyais que c'était fini.

La faim me tenailla. J'allai dévorer un énorme steak au *Gaucho*, dans le quartier des Brotteaux. Ce restaurant se trouve dans l'immeuble qu'on a construit à l'emplacement de l'ancien cinéma Astoria. L'Astoria était une merveilleuse salle de quartier, de beau quartier, où j'avais vu tant de films et devant laquelle j'étais passé chaque matin huit années durant, tout le temps de mes études au lycée du Parc. En culottes courtes, au début. Je regardais les photos. Je rêvais sur les affiches. Certains jours bénis, je pouvais payer ma place et j'entrais. La disparition de l'Astoria m'avait attristé. Ah ! bulldozer aveugle, c'était l'édifice de mes souvenirs que tu jetais à bas !

Je bus trois bières avec le steak et les pommes allumettes, dont j'engloutis double ration.

Daniel avait-il vraiment tout inventé, tout mis en scène ? Etait-ce possible ? Le doute recommençait à poindre en moi, ténu, lancinant, sournois et intermittent comme un début d'abcès dentaire. N'avais-je pas fait preuve d'une injustice monstrueuse en le traitant aussi durement ? Puis je dus subir les assauts d'un remords plus pénible encore : Daniel ne risquait-il pas de se suicider ? Si j'étais si sûr qu'il était un malade mental...

Je résistai, au doute et au remords.

Je me rendis chez Varax sans téléphoner. Il était là. Je lui racontai tout, de mon enquête parisienne à la grande scène de dénouement au *Sofitel* en passant par la boussole, les microfilms, mon meurtre obligé, l'enlèvement de Viviane... A un moment au moins, je perçus le glauque et impitoyable éclat du soupçon dans son œil de brave type : il me croyait cinglé. Mais ce fut très bref. Il poussa des « oh ! », des « ah ! », des « alors ça ! » et des « ben merde alors ! » en quantités prodigieuses, sur tous les tons et à toutes les hauteurs, puis il lui fallut se calmer, je m'étais bien calmé, moi !

Daniel était fou, tout était fini, je devais oublier : il n'y avait rien d'autre à dire, il me le dit avec toute la force de son affection.

Il but une tasse de café, moi le reste de la cafetière.

Un sommeil invincible me gagna. Je me jetai sur son lit et perdis conscience une demi-heure. Au réveil, je ne savais pas si j'avais dormi cinq minutes ou huit jours. Mais je savais que le sommeil en retard, comme titillé par ce bref anéantissement, pesait dix mille fois plus lourd sur mes frêles épaules.

J'usai de la salle de bains de Varax. Je me rasai, me lavai les cheveux et restai sous la douche longtemps, longtemps, à en assécher le Rhône.

Malgré mes tracas, je me souvins de l'article qui devait paraître dans *Le Progrès*, concernant les activités musicales du gros. L'article était paru. Je le lui réclamai. Varax se tortilla, transpira, rougit, bava de satisfaction.

Je le quittai.

« A bientôt, mon vieux Varax. Tu ne peux pas savoir le bien que ça m'a fait de te parler. A partir de demain, on va se voir souvent. On discutera, on fera de la musique, on fera les cons. On va rattraper tout ce temps d'amitié perdu. »

La fatigue me rendait larmoyant, mais j'étais sincère, et, ce fut plus fort que moi, je l'embrassai.

A six heures et demie, je sonnai au 27 *bis,* boulevard des Belges. Je m'étais garé rue Barrême. Edwige...

Julia accourut, soucieuse et toute mignonne.

« C'est fini, lui dis-je. Tout est rentré dans l'ordre. Essayons de ne plus y penser.

— Viviane ne m'a pas téléphoné. Elle aurait pu au moins me téléphoner.

— Elle doit dormir, avec le somnifère. Ça n'a pas dû être drôle pour elle... »

Je m'avachis dans le petit salon. Le grand me faisait peur.

« Alors, tu es sûr que c'est ton copain ?

— Presque. Oui, j'en suis sûr.

— Parce que si ce n'est pas lui... On va peut-être chercher à me faire du mal ? J'y ai pensé tout l'après-midi.

— Non, c'est lui. Et puis qu'est-ce que tu veux qu'on te fasse, maintenant ? »

Sabot, le chat roux, ne venait pas me dévisager avec insolence, ni me planter dans le corps ses sales petites griffes.

« Tu crois qu'on va rappeler à sept heures ?

— Non.

302

– A quoi tu penses ?

– Au chat. Sabot.

– Il n'est plus là. Viviane a voulu le prendre. Je me demande pourquoi, je sais qu'elle ne l'aime pas. »

Nous attendîmes sept heures. Mais il n'y eut pas de coup de fil. Daniel, Daniel... Que faisait-il maintenant ?

Je passai la nuit avec Julia, chez elle. Nous le souhaitions tous les deux. Pendant cette nuit, je fus le maître des lieux. Au diable, Graham, sa mort était effacée, j'étais lui ! Je jouissais de sa somptueuse demeure. Je « baisais » la femme de sa vie.

Son fantôme nous ficha la paix.

Nous fîmes l'amour plusieurs fois, avec juste assez de désespoir pour que nos banales sensations naturelles se communiquassent illico à l'âme où elles se transmuaient en joie surnaturelle et un peu effrayante.

J'allai jusqu'au bout de ma fatigue.

A quatre heures du matin, Julia me dit qu'elle prévoyait de partir bientôt. D'un jour à l'autre.

« Je sais », lui dis-je.

Je la quittai à neuf heures moins le quart. Impossible de dormir. Je ne tenais pas en place.

Montée des Lilas, devant ma petite maison blanche, je tombai sur le facteur. Il avait un paquet à la main. C'était comme dans un cauchemar familier, ou comme dans un film burlesque. Je savais que ce messager souriant, mécanique, ignorant du destin et amateur de gros pourboires m'apportait une cassette, une autre. Et je savais déjà les images qui y étaient encloses.

X

Je donnai cinq francs au facteur. J'avais commencé avec cinq francs, maintenant c'était le tarif.

J'entrai dans ma petite maison relativement fraîche.

Pas d'indication d'expéditeur, pas de lettre d'accompagnement. Mon nom et mon adresse, non plus dactylographiés, mais écrits en majuscules. Cassette vidéo BASF. Au bioxyde de chrome. Fabriquée en Allemagne.

Je tendis le bras vers le téléphone. Il sonna. Julia.

Trois secondes après mon départ, me dit-elle, le facteur la tirait du lit et lui remettait...

« Moi aussi, dis-je. Alors ?

— Alors, quelqu'un a tout filmé.

— On me reconnaît ?

— Non. Je ne crois pas.

— D'où ? C'est filmé d'où ?

— De la maison de la voisine. Mlle Ledieu. Je crois. Tu m'as dit qu'elle était sortie, ce soir-là ? Tu peux venir ?

— J'arrive. »

Mais je ne partis pas tout de suite. Je restai quelques instants assis sur mon lit. Je regardai le soleil, le ciel bleu. Les arbres. Les contours des choses étaient flous, comme si je les voyais à travers un écran, comme si...

La mort, debout à ma porte et regardant jusqu'au fond de ma maison, ses bras écartés soulevant ses draperies...

Ma montre avait dû avancer un peu. J'appelai l'horloge parlante.

Allons, il fallait y aller. Je me levai.

Je vécus le jour le plus terrible de ma vie. Je connus, ce vendredi 21 juillet-là, un avant-goût de l'enfer. Mais je ne m'en rendis pas vraiment compte alors. C'était trop extraordinaire et trop fou. Et j'avais des énergies insoupçonnées. Les dernières, mais elles furent efficaces.

Je redescendis les marches.

Daniel, ou Edwige ? Ou l'homme de main de Graham, qui avait pris goût à la mise en scène et continuait d'exécuter les ordres, mais à titre personnel et dans l'espoir d'un gros profit ? Mais il y aurait eu une lettre, une menace, un avertissement quelconque. En tout cas, j'étais presque certain que le cinéaste, pour l'instant au moins, n'avait pas mêlé la police à ses manœuvres. Le jeu se jouait avec Julia et moi.

Je me garai rue Barrême à la même place, la place que j'avais quittée trente-cinq minutes plus tôt.

Julia était très énervée. Elle ne s'était pas coiffée. Ses boucles brunes paraissaient plus volumineuses autour de son visage, ce qui ne lui messeyait pas, au contraire. Elle faisait terriblement jeune.

« C'est facile d'entrer au 27, dis-je. Les verrous sont foutus. Est-ce que c'est Daniel ? Mais non, ce n'est pas Daniel ! »

Si grande avait été mon agitation qu'une idée me frappait alors seulement : un espion n'avait aucune raison de pénétrer chez Edwige pour filmer, il se serait posté dans le parc ! Donc, c'était bien Edwige la coupable...

Mais Edwige elle-même serait descendue dans le parc, si elle avait vraiment eu l'intention de... Et puis Daniel, qui n'en était pas à une folie près, et à qui j'avais souvent parlé d'Edwige, avait bien pu...

Ma tête menaçait d'exploser.

« Qui que ce soit, dit Julia, un fou, une folle ou un maître chanteur, j'en ai assez. »

Clac ! fit le magnétoscope.

Le film avait été pris de chez Edwige, sans le moindre doute, de la petite fenêtre du premier. Il commençait, abruptement, par ma chute dans le massif de joncs, et même la fin de la chute.

Une seconde à peine s'écoulait. Graham arrivait, avec plus de précipitation que dans mon souvenir. Il tendait le bras, il allait tirer, lorsque mon propre bras surgissait parmi les joncs comme un gros jonc, et aussitôt Graham s'agitait bizarrement, il tombait en arrière, ne bougeait plus.

Je me relevais, jetais un coup d'œil sur l'homme étendu, mettais le pistolet dans ma poche, rentrais dans le salon...

C'était tout. Rien à voir avec *Autant en emporte le vent*, malgré le vent. Un très très court métrage. Une œuvre ramassée, austère, sans fioritures, sans explications psychologiques, sans effort de dramatisation : une image noir et blanc, un seul plan, la tempête, la nuit mal éclairée, un bras qui se lève et pan pan ! la mort. Un personnage couché, un autre debout, puis cet autre couché et le premier debout. Fin.

Le grand vent fait se mouvoir comme des flots les masses de verdure. Le silence absolu achève de faire ressembler la scène à un bref cauchemar.

Je tremblais. Je me serais bien passé de cet impitoyable retour en arrière.

On me voyait peu, mal, jamais de face. Une personne de sexe masculin, dont la silhouette ressemblait vaguement à la mienne... Un tel document, à supposer qu'il tombe jamais entre les mains de la police, était certes susceptible de mettre en branle une enquête serrée et dangereuse, mais ne pouvait en aucun cas servir de preuve contre moi.

Julia, muette, tendue, ses lèvres épaisses moins épaisses que d'habitude, ôta la cassette du magnétoscope et la remplaça par la mienne. Elle avait son petit air impénétrable.

« Juste pour voir », dit-elle, devant mon attitude de protestation.

Clac ! fit le bouton enfoncé.

Dès la sortie de Graham, je lui demandai fermement d'arrêter. Elle arrêta, soulagée elle aussi.

« D'accord. C'était pour vérifier que c'était bien un double. Tout ce qu'on veut, c'est nous casser les pieds. Je ne crois même pas à un chantage, tu as raison, il y aurait un mot. Je vais partir, David. Je n'en peux plus de toutes ces histoires.

— Quand ?

– Tout de suite. J'ai le temps de faire mes valises et de prendre l'avion de onze heures quarante.

– Pour Tunis ?

– Oui.

– Tu es attendue ?

– J'ai déjà téléphoné... Oui, je serai attendue. J'ai aussi appelé l'aéroport. Tu ne m'en veux pas ?

– Non. C'est peut-être mieux comme ça. Et Viviane ?

– Je lui ai préparé une lettre avec les clés de la maison d'Almería. Qu'elle fasse ce qu'elle veut. De toute façon, je reviendrai après l'été. J'aurai des tas de choses à régler. Mais dans l'immédiat... il faut que je parte. Je ne peux plus me voir ici.

– Je comprends. »

Trois quarts d'heure plus tard, à dix heures et demie, je quittai pour toujours cette maison du diable et son jardin de maléfices, et je conduisis Julia à Satolas.

Pendant la route, je guettai dans le rétroviseur la BMW de Daniel, mais je ne vis rien.

La séparation, sans être déchirante, fut pénible. Le meurtre de Graham, nous en étions tous deux les auteurs... Beaucoup de plaisir et beaucoup de mort nous liaient. Je n'étais pas près d'oublier.

Elle me chargea d'envoyer ou de remettre à Viviane la clé et la lettre. Et elle me laissa un numéro de téléphone où je pourrais la joindre, dans une villa avec jardin de la banlieue de Tunis.

« Appelle-moi. Demain, ce soir, quand tu veux et tant que tu veux. Je penserai à toi. Je pense à toi. On se reverra. »

Nous nous embrassâmes. Elle entra dans la salle d'attente avec vingt minutes d'avance. Elle se retourna pour me faire un petit signe et disparut à mes yeux, et tout fut fini.

Je pris un solide petit déjeuner dans une cafétéria de Satolas, où la climatisation consistait en un vent polaire qui gelait l'eau dans les carafes et faisait pleurer les bébés.

A onze heures quarante, je vis s'envoler l'avion de Tunis, celui-là même que Graham aurait dû prendre le fameux jour.

Je téléphonai à Viviane. Y avait-il du nouveau, concernant... ? Non, lui dis-je, rien de nouveau, et il n'y en aurait probablement pas. Nous en reparlerions. Mais le mieux était de n'y plus penser.

Viviane allait tout à fait bien. Elle avait beaucoup dormi. Elle s'était réveillée tôt le matin. Depuis, elle jouait de la guitare. Si cela ne me dérangeait pas, elle aurait souhaité reprendre les cours.

« Bien sûr, dis-je. Aux jours et aux heures habituels ? Lundi prochain ? »

Nous étions vendredi. Elle n'aurait sans doute pas dit non si je lui avais proposé le jour même. Mais j'avais absolument besoin de me reposer. Le samedi et le dimanche ne seraient pas de trop. Aujourd'hui, j'allais chiper deux Trinoctal à mon père et rentrer me coucher et dormir, dormir.

Je lui appris comme en passant que sa mère était partie quelque temps pour Tunis. Elle ne répondit pas. Elle devait se demander en quel honneur j'étais informé des faits et gestes de Mme Tombsthay. Le silence qui s'installa était de ceux qui font commettre des maladresses pour les rompre.

« Elle avait besoin de se reposer, de se changer les

idées après la mort de votre père, et après ce qui vous est arrivé...

– Pensez-vous ! Elle est bien débarrassée. D'ailleurs je crois qu'elle a quelqu'un, à Tunis. »

Autre silence, moins pesant. Tant pis, elle saurait, elle savait déjà.

« Elle m'a chargé de vous remettre une lettre et les clés de votre maison à Almería. »

Les clés du château en Espagne me faisaient tout drôle dans la poche. Moi aussi, j'aurais aimé partir, fuir... Avec Viviane ?

Un renseignement ne coûtait rien. Je me renseignai. Un avion s'envolait pour Malaga tous les mardis, à treize heures. Arrivée, quinze heures. A Malaga, je louais une voiture... Mais l'argent ? Les tarifs réduits pour les vols longue distance étaient surtout séduisants sur les dépliants publicitaires, où se détachaient en caractères énormes : « – 30 % », « – 40 % », « moins cher que la voiture », etc. Mais si on parvenait à déchiffrer les pattes de mouche auxquelles renvoyait tel ou tel astérisque (un microscope perfectionné de laboratoire d'avant-garde n'aurait pas été superflu), on se rendait compte que ces réductions spectaculaires ne concernaient en fait qu'une marge très restreinte de la population. Il fallait avoir moins de cinq ans ou plus de quatre-vingts, être invalide à plus de soixante pour cent, avoir besoin ou envie de partir un 4 décembre (les années bissextiles seulement) à cinq heures du matin en se présentant à l'aéroport la veille à la même heure, muni d'un dossier justificatif dont l'établissement exigeait des mois de démarches, et accompagné de six autres voyageurs au moins. Dans ces conditions, si toutefois le pays d'arrivée était la Terre de

Feu ou l'Archipel du Goulag, et si on s'engageait par écrit à y demeurer plus de cinq ans (mais moins de quinze), on bénéficiait effectivement de prix avantageux.

Je laissai tomber. J'essuyai mes yeux tout mouillés de larmes d'effort.

Mon père me donna sa vieille boîte de Trinoctal, il venait d'en acheter une autre. Il en restait cinq.

« Ta joue ? dit-il de sa voix forte et bien placée.

– C'est rien, je me suis cogné. »

Il m'apprit que ma mère arrivait de Lausanne par le train, dimanche à onze heures et demie.

« Brotteaux ou Perrache ? demandai-je stupidement.

– Perrache. »

Je dormais en escaladant la montée des Lilas.

Au sommet, horreur, je remarquai que les marques sur le portail et son cadre n'étaient pas en face. Cela me réveilla tout net, aussi sûrement que si trois escouades de pompiers avaient dirigé sur moi les plus puissantes de leurs lances à incendie, celles qu'ils utilisent quand un immeuble de huit étages crache flammes et fumées jusqu'aux premiers nuages.

Je m'arrêtai. N'avais-je pas tout simplement oublié de me livrer à ma manœuvre habituelle, à savoir cigogner le total pour faire coïncider les marques ? (J'aimais ce mot, cigogner, que mon père utilisait toujours quand il fabriquait ses mouvements perpétuellement immobiles, et que je l'aidais à la cave.) Il me semblait que non. J'étais presque sûr de n'avoir pas oublié. Mais presque seulement... J'étais affolé en partant. Avais-je même pensé à fermer la porte à clé ?

Je ne savais plus. Impossible de me souvenir. Plus je réfléchissais et moins je me souvenais. Paradoxalement, dans un état de moindre épuisement j'aurais sans doute passé outre. Mais mon extrême fatigue rameuta les peurs et les anxiétés de ces derniers jours. Je décidai d'être prudent et d'entrer par le garage.

Mais si quelqu'un m'attendait chez moi, on allait me voir faire le tour de la maison... Une seule solution : arriver par la rue de Verdun.

Je dégringolai les marches, repris la Toyota, fonçai. Montée de la Boucle, rue Pasteur, rue de l'Oratoire, rue de l'Orangerie, rue de Verdun. C'était la première fois que je prenais ce trajet.

Au fond, je ne croyais pas vraiment qu'il y eût quelqu'un chez moi guettant mon arrivée. Phénomène de pure nervosité, qui me faisait repousser le moment de me coucher avec volupté, un peu comme on se relève alors qu'on vient juste de se glisser douillettement dans son lit pour vérifier qu'on a bien fermé le gaz.

Tant par précaution que par impossibilité radicale d'aller plus loin en voiture, je me garai rue de Verdun et continuai à pied. Quartier défoncé. Je coupai à travers tas de sable et bétonnières.

Le soleil cognait. Il devait faire bon à Almería, au bord de la mer avec Viviane...

Ma mère était née dans la province d'Almería, à Cuevas del Almanzora exactement.

J'atteignis le garage. Je déterrai le pistolet et remis

soigneusement la terre sur la boussole dans son Tupperware.

Nous jouons tous parfois. Je le répète, par fatigue et par nervosité, je jouais aux Indiens.

J'enfonçai la clé dans la serrure du garage et tournai doucement, doucement, comme si je désar-morçais une mine et que la maison risquât d'exploser à chaque millimètre.

Parfait. J'entrai dans le garage. Même exercice délicat, plus délicat encore, pour la porte de commu-nication avec la cuisine. Aucun bruit, bravo. Per-sonne dans la cuisine.

La porte entre cuisine et salle de séjour était entrebâillée de deux centimètres. Oui, je l'avais laissée ainsi.

Etais-je fou ?

Je faillis renoncer à toute précaution, l'ouvrir d'un bon coup du plat de la main, traverser mon logis à grand fracas, comme d'habitude. Non. Je me retins. Au point où j'en étais, autant finir le jeu...

Le pistolet à la main, je m'approchai avec des remuements de dindon. Curieux comme une débau-che de mouvements favorise une démarche silen-cieuse. Mes pieds se posaient bien à plat, sans heurts du talon.

Je poussai la porte de trois centimètres supplémen-taires. Par bonheur, elle ne grinçait ni ne craquait.

Daniel était là. Il me tournait le dos. Il portait une chemise blanche, tachée de sueur entre les omopla-tes. Il était assis à ma table Manufrance, les bras croisés semblait-il, le dos rond mais la tête relevée, ce qui plaquait sur sa chemise une bonne longueur de ses cheveux clairs.

Il ne fumait pas.

Je rangeai le pistolet dans ma poche, fis comme si j'arrivais normalement et ouvris la porte d'un geste franc.

« Daniel ? »

Il sursauta, se retourna sans se lever.

« Tiens, tu rentres par-derrière ?

– Ça m'arrive. Qu'est-ce que tu fais là ? Comment es-tu entré, toi ? »

Une atmosphère d'hostilité tendue s'installa sur-le-champ.

« Tu n'avais pas fermé à clé. Il fallait que je te parle. Je n'avais pas envie d'attendre dehors.

– Je n'ai pas vu ta voiture. Et pourquoi t'es-tu enfermé ?

– Comme ça. Il fait moins chaud. Je me suis garé de l'autre côté du pont, place...

– Général-Leclerc ?

– Oui. J'ai fait un tour au parc, et j'ai passé le pont à pied. (Il ajouta, après un silence :) J'ai simplement poussé le portail, sans remettre les marques en face. »

Je n'avais donc pas oublié.

Pourquoi pas ? S'il avait vraiment voulu me surprendre, il aurait en effet cigogné...

Je m'assis en face de lui, à l'autre bout de la table. Je vis qu'il avait posé son blouson sur le lit. Je mourais de sommeil.

J'étais furieux. Que lui dire ?

Il redressa le torse, sa main disparut sous la table, et l'instant d'après il braquait sur moi, sur mon visage, un pistolet gros comme trois fois le Reil.

Ce que j'avais craint arrivait. Ma foi, je l'avais bien cherché... Je n'aurais jamais dû revoir Daniel.

Avait-il fouillé dans la cuisine, dans le placard à compteurs ? Sûrement. Je soupirai :

« Pourquoi ? Qu'est-ce que tu veux ?

– La boussole.

– Elle est enterrée près de la porte du garage, derrière la maison, là où la terre est plus fine. Il y a aussi ton pistolet. »

J'avais peur. Qu'il prenne la boussole et qu'il s'en aille ! Tueur, malade mental, les deux, je m'en moquais. Je ne voulais plus le voir, je voulais qu'il parte, qu'il ne soit plus là. Et je voulais dormir.

Mais il ne bougea pas. L'arme restait dirigée sur moi. Ses coudes étaient posés sur la table, sa main gauche soutenant son poignet droit.

« Je croyais qu'il était dans le placard à compteurs ? Tu m'as menti sans arrêt, David.

– Prends cette boussole et va-t'en. Et range ça, je t'en prie !

– Tu n'as pas compris, David. Je dois te tuer. »

Nous y étions. Nos deux folies allaient porter leur fruit détonant et meurtrier. Il était trop tard. Oui, je l'avais bien cherché !

« Mais pourquoi ? C'est la boussole qui t'intéresse, avec les microfilms ? Prends-la et laisse-moi tranquille, je ne dirai rien à personne, je te le jure.

– Je ne te fais plus confiance. D'ailleurs, il ne s'agit plus de moi. Il y a les ordres. Tu les as entendus toi-même. On me les a répétés ce matin. Cette affaire a trop duré. Jusqu'à maintenant, les gens qui m'emploient ont toujours eu satisfaction. Ils n'ont jamais douté de moi. Je ne veux pas que ça commence. J'ai dit au téléphone que l'affaire serait réglée dans la journée, elle le sera. »

Une bouffée d'intense chaleur brûla mon front et

mes oreilles. J'avais de plus en plus peur. C'était sérieux. Ce détraqué s'apprêtait bel et bien à me tuer. Je me mis à transpirer et à trembler...

Le Reil MU 2, dans ma poche... Mais contre un professionnel (le mot professionnel me vint à l'esprit), je n'avais aucune chance.

« Arrête, Daniel ! Réfléchis ! Qu'est-ce que tu vas faire ? Tu vas...

– Je vais prendre des vacances. Comme toujours après un travail. Je vais envoyer la boussole à Félix André. Félix, c'est le prénom. Poste restante, Paris IXe. Je recevrai mon salaire deux jours après par le même moyen, à Bellecour. M. Dominique Lenaour recevra trois cent mille francs et on n'entendra plus parler de lui. C'était mon nom à Lyon. Moi, je partirai. »

Pas un professionnel, un fou. Il accumulait les détails pour mieux me convaincre. Par la poste, des microfilms et trois cent mille francs ! Enfin, ce n'était pas le moment de le contrarier... Mais il devina à quoi je pensais.

« Décidément, David, tu es têtu... Les échanges les plus importants et les plus dangereux se font tout bêtement par la poste. C'est une des méthodes les plus sûres. »

Soudain, je me rappelai avoir entendu ça dans un film. *Le Piège*, de John Huston, avec Paul Newman. Il s'agit de diamants. Le chef des services secrets anglais explique la même chose à Newman.

Je bredouillai :

« Tu ne vérifies pas que la boussole est bien...

– Je t'ai dit que je sais toujours quand quelqu'un ment. Enfin, presque toujours. Si tu m'avais cru, toi,

316

on n'en serait pas là... Tant pis. Je regrette, David, je ne peux pas faire autrement. Adieu. »

J'avais laissé pendre ma main droite près de ma poche. Je m'agitai brusquement comme si je venais de recevoir une décharge électrique, je saisis le Reil, le sortis de ma poche, le braquai sur Daniel...

Mais je ne tirai pas. Je n'avais pas perdu toute lucidité. Mon geste avait été rapide, ce n'était pas si mal ma foi pour un amateur dont le seul entraînement avait été la fréquentation des salles de cinéma, mais Daniel aurait eu trois ou quatre fois le temps de tirer, et il ne l'avait pas fait. Je repris espoir.

« Daniel, je t'en supplie ! On va faire des bêtises ! Arrête, Daniel, range ça, je t'en supplie ! »

Comme lui, j'avais posé le coude sur la table. Les deux armes, la grosse et la petite, étaient à un mètre l'une de l'autre. Nos doigts étaient crispés sur les gâchettes. Combien de temps s'écoula ainsi ? Peu. Une éternité. Je ne sais. Daniel, sûr de lui, eut un soupçon de sourire moqueur.

« Adieu, David... »

Je vis, je sus qu'il allait tirer, qu'il tirait, je vis de façon certaine son doigt se replier, son regard devenir froid, son visage prendre cette expression sauvage...

Le bruit fut effroyable. La détonation me creva les tympans.

Le Reil MU 2 était peut-être une arme silencieuse, mais nous étions dans une étroite pièce fermée, et non en plein air un jour de grand vent. Assourdissant. Mes yeux se rouvrirent. Une tache rouge apparut entre les yeux de Daniel, s'agrandit aussitôt, se déforma, un filet rouge glissa sur l'arête du nez, grossit, se répandit de part et d'autre, sur tout le visage me sembla-t-il, tout son visage ne fut plus qu'une tache rouge...

Il s'écroula d'un coup, sur la table, bras en avant. Quel était ce nouveau mystère ? Je ne pouvais croire que j'avais tiré avant lui. Son gros pistolet s'était échappé de ses mains et avait glissé jusqu'à moi. Absurdement, avant toute autre chose je le pris et l'examinai, comme s'il pouvait me donner la solution.

Il me la donna.

Le chargeur était vide. Pas de balles. Daniel avait bien tiré, mais...

Horreur, catastrophe, remords éternel ! Daniel s'était suicidé, et il avait choisi cette forme de suicide ! Comme Paul Newman, encore lui, dans *Le Gaucher* d'Arthur Penn, comme Kirk Douglas dans *El Perdido* de Robert Aldrich, comme Alain Delon dans *Le Samouraï* de Jean-Pierre Melville, il avait provoqué un duel truqué, il avait mis en scène sa propre mort ! Mais était-il bien...

Je hurlai :

« Daniel ! »

Je me dressai, envoyant valser ma chaise. J'allai vers lui. Sans la moindre répugnance, j'enlaçai son torse par-derrière, je touchai sa poitrine à la recherche de son cœur battant, puis je tendis le bras et saisis son poignet, le bout de mes doigts appuyant sur son pouls. Hélas !... Dans cette position, presque couché sur lui, ma joue posée sur sa nuque, je m'abandonnai un bref instant, et fus secoué d'un sanglot irrépressible...

Il était mort.

Je me relevai. Il fallait agir. Je n'étais pas responsable. Il fallait me tirer de ce mauvais pas, dissiper ce cauchemar.

C'est alors que l'idée me vint. Oui, l'affaire serait réglée dans la journée !

Je mis les deux armes dans un sac en plastique vert qui traînait. Je fouillai le blouson de Daniel. Je pris ses papiers (au nom de Dominique Lenaour) et les clés de la BMW.

Puis j'allai déterrer la boussole.

Le plan de Daniel n'était pas infaillible : quand j'étais arrivé et que je m'étais posé des questions au sujet du portail, j'aurais pu fuir sans demander mon reste. Mais si je décidais d'entrer, alors... je m'arrangeais pour entrer armé, par-derrière... Je pensai à l'enlèvement de Viviane. Daniel avait l'art des mises en scène, l'art d'amener les autres à s'y conformer...

Désespéré de ne pas être cru, et désespéré de vivre, il s'était vengé en organisant ainsi son suicide. Il me laissait un terrible remords, de terribles ennuis. Il me laissait surtout le doute, ce doute qu'il avait semé et entretenu en moi, dont il savait qu'il m'était intolérable, comme il est intolérable à tout homme...

Un paranoïaque dont l'idée fixe était que je le croie, à tout prix. Mais il avait compris que ma certitude ne serait jamais, ne pouvait être absolue. Alors il m'avait laissé en héritage le besoin de savoir, encore et encore, le doute, au moins le doute. Il avait pris soin de me donner les détails de l'échange entre la boussole et l'argent, sachant ce que je serais tenté de faire, ce que je ne manquerais pas de faire, obéissant pour ainsi dire à ses dernières volontés !

Vengeance, certes, mais aussi... Daniel s'était attaché à moi, m'avait aimé jusqu'à la fin : il y avait un autre héritage... Si je me débrouillais bien, les trois cent mille francs ne seraient-ils pas à moi ? J'allai jusqu'à me dire qu'il avait posé son blouson sur le lit pour m'éviter l'épreuve de fouiller son cadavre ! Je dus retenir de nouvelles larmes.

Je tremblais.

L'édifice de mon raisonnement me parut tout à coup d'une fragilité de papier. Daniel m'avait dit souvent que c'était moi qui étais fou...

Agir ! Maintenant, il fallait agir !

Je calai la boussole dans le Tupperware avec du coton, un paquet entier, surtout du côté du verre.

Un filet de sang progressait sur la table en tortillonnant.

Outre la boussole et les armes, je n'emportai que deux choses : ma Ramirez, et une photographie de Cécile et moi vieille de plusieurs années.

Cette fois, je fermai bien tout à clé.

Sous le pont Winston-Churchill. Pas de clochards, pas de pêcheurs. Ce n'était pas le coin. Personne en vue. Je m'accroupis sur la berge, tout au bord du Rhône. Je laissai aller le sac en plastique de la couleur de l'eau. Le courant l'emporta sur quelques mètres, puis il coula.

Grande poste de Bellecour. Je réclamai un carton pour emballer.

« Quelle dimension ?

— C'est pour envoyer ça. »

Je montrai le Tupperware, presque craintivement. L'employé me tendit un carton à plier soi-même.

« Deux francs cinquante. »

J'enrageai un bon moment. Je réussis à fabriquer un emballage qui aurait épousé fidèlement les formes d'une lampe à pétrole la plus tarabiscotée. Je redéfis le carton et le posai à plat. Du calme. Je pris le temps de lire le mode d'emploi et recommençai. Le résultat fut satisfaisant. Parfait. C'était la dimension idéale. L'employé avait l'œil.

J'écrivis l'adresse : *M. FÉLIX ANDRÉ, POSTE RESTANTE, PARIS IXe*, en lettres majuscules. Daniel aurait-il fait comme ça ? Peu importait. S'il y avait eu quelque particularité à respecter, l'animal n'aurait pas manqué de me le faire savoir...

Je l'imaginai mort, dans la maison... Une vague de pitié me submergea. Pauvre Daniel !

Mais je n'étais responsable en rien. C'était lui le responsable. Mon deuxième meurtre... Comment supporterais-je de retourner chez moi ? Car je devrais y retourner une fois...

Agir, agir !

Je quittai la poste où, par ces grosses chaleurs, ça sentait le gratin tiède.

Varax resta comme terrassé par un coup de masse.

« Et ce n'est pas fini, mon pauvre vieux ! Il faut que tu me rendes un grand service. Si tu peux. Si tu ne peux pas, je ne vois pas comment je vais m'en sortir... »

La perspective de m'aider le dopa. Il essuya un litre

de sueur à son front. Son œil enfoncé de gros patapouf s'alluma.

« Tu sais, cette espèce de bombe que nous a montrée ton père, qui explose en hauteur et qui détruit complètement un cheval... Est-ce que tu pourrais m'en procurer une pour ce soir ?

– Facile, dit Varax avec un rien de suffisance. Pourquoi ? »

J'expliquai pourquoi. Varax, l'homme qui transposait les opéras de Wagner pour deux xylophones, Varax, que je savais depuis toujours sympathiquement fêlé, fut transporté d'enthousiasme par mon projet.

« Tu as raison, c'est la seule solution ! Bravo ! Ecoute, mon père sera à l'usine vers cinq heures. Je vais y aller avec mon sac de gymnastique. Ça fait dix ans que j'ai laissé tomber la gymnastique, mais j'ai toujours mon sac. Je dirai à mon père que je m'y suis remis. Il va être content, il va en parler à ma mère toute la soirée. Ils ne me font jamais de remarques, mais je sais qu'ils me trouvent un peu gros. Après tout, c'est de leur faute. Je vais faire celui qui s'intéresse à la fabrication. Mon père va se demander ce qui m'arrive, enfin bref. Une fois dans le hangar, pas de problème. A un moment, hop, je me balade de mon côté et j'en fourre un vite fait dans mon sac, tu as vu, c'est gros comme une cacahuète.

– Tu es sûr que ça va marcher ? dis-je, plein d'espoir.

– Presque sûr.

– Tu ne risques pas d'avoir d'ennuis après ?

– Après, on s'arrangera toujours. De toute façon, on commence à trouver ces pétards sur pas mal de chantiers. Non, le plus embêtant... Tu es certain que les autres maisons sont assez loin ?

– Il n'y a pas d'autres maisons. C'est des chantiers, justement.

– Bon. »

Néanmoins, il avait l'air chiffonné. La moindre pensée de Varax se lisait sur son visage.

« Qu'est-ce qu'il y a ?

– La boussole... Tu crois que tu as bien fait de l'envoyer ?

– Je veux savoir.

– Tu n'en sauras pas beaucoup plus.

– Je sais. J'ai pensé aller à Paris cette nuit et guetter demain à la poste...

– Et alors ? Si c'est un copain de ton Daniel Forest qui vient récupérer le paquet, il a sûrement des consignes et il ne dira rien. Et si c'est... quelqu'un d'autre, on ne te dira rien non plus. Tout ce que tu risques, c'est des ennuis en plus.

– Ouais. De toute façon, je suis trop crevé. »

Etape suivante de mon plan : je téléphonai à Robert Vinkelzstein, 852 52 10. Je n'avais oublié ni le nom, ni l'adresse, ni le numéro de téléphone.

« Prends l'écouteur, si tu veux », dis-je à Varax.

C'était ce qu'il espérait. Il se précipita sur l'écouteur comme un chat affamé sur un kilo de mou.

« Allô ? fit une voix sans caractéristique particulière.

– M. Vinkelzstein ? Je suis un ami de Daniel Foreste. Je vous appelle de sa part. J'aurais besoin de vous voir rapidement.

– Aujourd'hui ? Tout de suite ?

– Si c'était possible, oui.

– Vous pouvez passer dans une heure.

– D'accord, dans une heure. »

Nous raccrochâmes en même temps.

Je n'en revenais pas, Varax non plus.

« Ça, au moins, c'était vrai, lui dis-je. Je sais que ça ne prouve rien, mais c'est quand même troublant. »

Il réfléchit. Depuis que j'étais arrivé, il transpirait à grosses gouttes, à vraies grosses gouttes.

« Non, ça ne prouve rien. Vu son milieu... Fils de général, un peu paumé... Il pouvait très bien connaître un faussaire à clientèle friquée. Mon père en a connu un comme ça à Turin. C'est même à partir de petits trucs vrais du même genre qu'il devait se raconter ses histoires de contrats... Tu ne lui as pas parlé de la deuxième cassette ?

– Pas pensé. J'avais l'esprit ailleurs. Ça n'aurait rien changé. »

Je me fis propre avant d'aller à mon rendez-vous. J'empruntai une cravate à Varax. (9, quai Claude-Bernard, cours particuliers, projections vidéo, appartements, bains-douches, explosifs, friperie...)

Se garer dans le quartier de la préfecture n'était pas une mince affaire. Je finis par trouver une place cours de la Liberté, devant l'Eglise réformée, justement une Mercedes partait, à mon quatrième passage, conduite par une femme maigre, d'une cinquantaine d'années, très bien habillée et maquillée. J'eus le temps de l'observer car elle s'arrêta aussitôt en double file, descendit de voiture et vint me tendre avec le sourire sa carte de stationnement sur laquelle il restait du temps. Son geste m'étonna. Ce genre d'attention vient plutôt d'habitude de jeunes conducteurs de 2 CV branlantes. Je la remerciai chaleureusement.

Je descendis la rue de Bonnel. Sur un trajet de cinquante mètres, je repérai bien une vingtaine d'uniformes. Je m'attendais à chaque instant à ce qu'ils accourent, me tombent dessus en vrac et m'ensevelissent comme dans un court métrage de Buster Keaton.

Le 19 était un immeuble ancien, beau et triste comme ils le sont tous dans le quartier.

J'étais exact au rendez-vous à dix secondes près, Robert Vinkelzstein aussi : il m'ouvrit la porte au moment même où je sonnai. Il ressemblait à un notaire, un huissier ou un avocat, voire un médecin, et son appartement à un appartement de notaire, d'huissier ou d'avocat, voire de médecin. On se rendait compte au premier coup d'œil qu'on n'avait pas affaire à un bricoleur, de ceux qui changent les plaques des Fiat 127 volées le samedi soir après le bal *rock* au bord du canal de Jonage. Un aristocrate dans sa branche. Il me fit asseoir en face de lui, dans un bureau cossu, exactement comme pour une consultation.

Je lui dis que je voulais une carte d'identité et un passeport au nom de Michel Padilla (le nom de jeune fille de ma mère).

Il parla le moins possible, se bornant aux questions indispensables. Pas un mot de Daniel. Puis il me fit passer dans une pièce sur cour et là prit dix photos de moi.

« Venez lundi à midi avec vingt-trois mille francs en argent liquide, ce sera prêt », me dit-il.

Rien d'autre. Il me reconduisit avec cérémonie et me salua d'un simple mouvement de tête.

Varax m'avait laissé une clé de son appartement. En l'attendant, j'écrivis une lettre à mes parents ainsi rédigée : *Mes chers parents, Essayez de ne pas trop m'en vouloir du grand chagrin que je vais vous faire. Vous savez que je vais mal depuis longtemps. Aujourd'hui, je n'en peux plus. J'aime mieux disparaître. C'est ce que je veux, et je ne souffrirai pas. J'ai trouvé une solution, je ne souffrirai pas : dites-vous bien cela. Je vais disparaître dans une explosion, sans peur et sans souffrance. J'agis avec calme et lucidité. Je ne suis pas fou. Ne vous torturez pas avec l'idée que j'aurais pu me soigner, aller mieux : ce n'est pas vrai. Je vous aime et je vous embrasse, aimez-moi toujours, David.* Et une lettre à Cécile : *Ma chérie, Tu sais que j'ai souvent pensé au suicide (tu ne le sais que trop, mon pauvre lapin : pardon de t'avoir rendue si malheureuse). Jusqu'à maintenant, le courage me manquait d'appuyer sur une gâchette ou ce genre de choses. Mais j'ai trouvé (sur un chantier !) une solution radicale, rien à faire moi-même, pas de souffrance. Ne m'en veux pas trop. Tu sais que c'était inévitable, un jour ou l'autre. Ne te torture pas avec l'idée que j'aurais pu aller mieux, me soigner : ce n'est pas vrai, d'ailleurs tu le sais. Je te souhaite de toutes mes forces d'être heureuse toujours. Je t'ai aimée de toutes mes forces. Je t'embrasse, je t'embrasse, sois heureuse, David.*

Ensuite, je sombrai dans une grande tristesse, comme si j'allais mourir vraiment. Les larmes ruisselaient sur mes joues.

J'essayai de manger et de dormir, mais bien entendu ne réussis ni à manger ni à dormir. Je bus du café, tasse sur tasse.

Je mis France-Musique. Je tombai sur une nouvelle émission qui s'appelait *Cris de bêtes*, consacrée aujourd'hui aux singes. On entendait toutes sortes de singes pousser toutes sortes de cris. Je coupai France-Musique.

Alors je marchai de long en large dans l'appartement, allant de la pièce musique, où je pianotais trois notes (« Ah ! Il s'en va le bateau, triste et serein »), aux fenêtres donnant sur le quai, regardant se hâter le Rhône vers la mer (les armes avaient-elles coulé, ou le courant était-il assez fort pour les charrier entre deux eaux de pont en pont ?) et plonger les joyeux baigneurs de la belle piscine municipale.

Je vivais un rêve. Pas même un mauvais rêve, c'était au-delà du mauvais, un état d'irréalité où tout était différent, en moi et hors de moi.

A sept heures, par la fenêtre, je vis le gros Varax descendre du taxi qui le ramenait de Pierre-Bénite.

Il bavait d'excitation. Il avait l'objet, le briquet infernal, au fond de son grand sac bleu et blanc marqué « ASVEL ».

« J'ai discrètement cuisiné mon père. Il ne restera rien du corps, pas un ongle. Et pas grand-chose de la maison. C'est facile de cuisiner discrètement mon père, il suffit de jeter un coup d'œil perplexe sur ses explosifs et tu en as pour deux heures. Dis donc, tes papiers ?

— Tout va bien. Ils seront prêts lundi à midi. Vingt-trois mille francs. Tu pourras me les avancer quelques jours ?

— Evidemment, tant que tu voudras. »

Suivirent alors les heures les plus longues et les plus brèves de ma vie. Le temps se traînait lamentablement, à l'allure réticente du chien à qui un maître juste mais sévère ordonne de s'approcher parce qu'il a fait ses besoins sur la tarte au flan au frais dans la pièce du fond – mais quand je regardai ma montre à onze heures du soir, j'eus l'impression que trois minutes à peine s'étaient écoulées depuis le retour de Varax, comme si un pan de durée avait chu dans je ne sais quel abîme.

Il me fallut dépenser une certaine énergie pour empêcher Varax de m'accompagner.

« Alors tu as bien compris, me répéta-t-il encore : tu règles le temps ici, et tu abaisses le petit marteau, là. Et si tu prends un malaise après avoir mis le mécanisme en route ? Non, il faut que j'aille avec toi !

– Non, Varax, non.

– Tu as mangé un peu ?

– Un peu. »

Le souvenir du *Roi de la Saucisse* me revint. Je parlai à Varax avec une bonne humeur forcée de ce haut lieu de la gastronomie.

« A propos de marchandises pas chères... », dit-il.

Et il me raconta avec un entrain non moins forcé celle du marchand d'éventails qui vendait ses éventails à un prix dérisoire, mais ils cassaient dès qu'on s'en servait. Le client revenait se plaindre. Le marchand expliquait alors que pour ce prix-là, c'était la tête qu'il fallait agiter, pas l'éventail.

« Ha ha ! » conclut Varax.

Nous nous embrassâmes en nous donnant de petites tapes dans le dos, comme Lino Ventura dans *Le Deuxième Souffle*.

« A tout à l'heure. Je reste à ma fenêtre, c'est ce que je fais quand il y a un feu d'artifice.

– A tout à l'heure, Varax. Et je te dis merci mille fois, au cas où je ne reviendrais pas... »

Je n'avais pu retenir cette plaisanterie douteuse qu'il prit plutôt mal, espèce de con, c'est malin, etc.

Je partis pour mon dernier voyage montée des Lilas – et pour mon troisième meurtre...

Je postai les deux lettres.

Je marchais sur les nuages. Le chemin de nuées ne cédait pas, mais au contraire donnait à mon pied un élan, une force et une légèreté surnaturels.

Je garai la Toyota. Créneau réussi. Puis je me dis que j'aurais pu aussi bien faire un tonneau et me garer sur le toit en esquintant dix autres véhicules, puisque je ne toucherais plus jamais cette élégante massiveté moutarde dont le creux du siège avant gauche avait la forme exacte de ma fesse.

J'ouvris mon portail. Pas un bruit, pas de lumière.

J'ouvris ma porte. J'allumai.

Daniel se figeait dans la position où je l'avais laissé. Tout ce sang, mon Dieu, tout ce sang ! Une odeur flottait. J'eus envie de vomir. Une de ces envies qui... Dix secondes après j'avais vomi, aux toilettes, je tirai la chasse et tout, alors que j'aurais pu rendre en courant de pièce en pièce pour qu'il y en ait bien partout sans conséquence aucune pour l'avenir. L'habitude.

Pauvre Daniel ! J'essayai de ne pas le regarder. Qui s'inquiéterait de sa disparition, et dans combien de temps ? Ma gorge se serra. Amitié morte...

Mais j'agissais. J'étais porté, hissé, tiré par mon idée. Mes pieds ne touchaient pas le sol. Je volais.

Avais-je autre chose à prendre dans cette maison, outre ma guitare et cette photographie, dans ma poche, qui ne me quitterait jamais ? Non. Si. A un moment, la cassette contenant la *solea* de mon cher Serranito se trouva à portée de ma main, je m'en emparai.

Je plaçai la petite bombe jaune sous la chaise. Je réglai le temps sur sept minutes. Le temps de m'éloigner assez. Il était peu probable, dans ce quartier, à cette heure-ci et pendant ce bref délai qu'une colonie de vacances vînt jouer au ballon prisonnier dans le jardin.

J'abaissai le petit marteau, avec un frisson. Non. Sept minutes.

Le mécanisme allait-il fonctionner ? Oui, Varax avait dit oui.

Adieu, Daniel.

Je jetai les clés sur le lit et m'en allai.

Je traversai au pas de course le pont Winston-Churchill et me postai de l'autre côté sur le quai.

J'attendis.

Je priai pour que l'explosion ait bien lieu, il s'en fallut de peu que je joignisse les mains.

Elle eut lieu. Sept minutes après mon départ. Un grondement crépitant ébranla la colline et une colonne de feu monta dans le ciel, illuminant la douce nuit lyonnaise.

Puis plus rien, quelques flammèches, de vagues rougeurs, des fumées tourbillonnantes et calmes aussitôt.

Adieu, Daniel, ami fugitif !

J'étais mort. Je m'étais « mis de côté ». J'avais bien

rempli le contrat. La précieuse boussole, récupérée, était en route pour Paris. Le gêneur, l'*outsider* qui la détenait abusivement, venait de voler en poussière !

Une formidable exaltation s'empara de moi. Jusqu'à lundi midi, je n'étais personne ! Je n'étais ni mort ni vivant, je n'étais plus David Aurphet et pas encore Michel Padilla. Joie, terreur sacrée ! Pendant quelques dizaines d'heures, il m'était donné de jouir de l'éternité !

Combien de temps demeurai-je ainsi, à contempler la colline, le ciel, la nuit d'été ? Peu de temps : les pompiers ne lambinent pas, et je perçus dans le lointain l'avertisseur de leur voiture dont le fatigant pin-pon déchira mon extase.

Agir.

La place Général-Leclerc était à dix mètres derrière moi. Je trouvai la BMW. Je la mis en route.

Je pris le quai Achille-Lignon, puis le boulevard Laurent-Bonnevay. Arrivé au pont de Croix-Luizet, je tournai à gauche, franchis le canal de Jonage et m'enfonçai dans Vaulx-en-Velin par l'avenue Roger-Salengro.

J'abandonnai la belle voiture blanche en pleine Z.U.P. J'étais tranquille. Dans trois heures elle serait volée, repeinte, plaques d'immatriculation changées.

Un bus tout neuf me ramena à Cusset. Par prudence, d'ailleurs excessive, je ne voulus pas prendre de taxi.

A la station de métro de Cusset, je téléphonai à Edwige.

Puis j'appelai Varax. Tout va bien, lui dis-je.

Edwige Ledieu est chez elle, je passe la voir, à plus tard dans la nuit.

Le métro me laissa aux Brotteaux. Je gagnai à pied le 27, boulevard des Belges.

Edwige vint m'ouvrir, vêtue de sa longue robe fendue sur le côté. Sans un mot ou presque, nous montâmes au salon du premier. Je m'effondrai dans le canapé qui m'accueillit gloutonnement.

Edwige me proposa aussitôt du cognac. Elle en remplit deux verres et s'assit dans un fauteuil en face de moi, bras croisés.

« J'ai reçu une autre cassette. Mme Tombsthay aussi. On a filmé de chez vous. De cette pièce. De cette fenêtre. (Je montrai la petite fenêtre du pouce, sans me retourner.) C'est vous ?

— Je vous en prie, ne parlez pas sur ce ton. Vous me faites peur.

— C'est vous ?

— Oui. »

Depuis quelques heures, j'en étais sûr. Je le savais.

« La première fois aussi ?

— Non. C'est vous qui m'avez donné l'idée...

— Mais pourquoi ? Où vouliez-vous en venir ?

— Je ne sais pas. Là, dit-elle simplement, écartant les mains pour nous désigner, nous et la situation.

— Mais pourquoi ? Pourquoi m'avoir invité à déjeuner ? Vous saviez que j'avais tué quelqu'un. Vous m'invitez à déjeuner, vous ne me dites rien, et le lendemain vous m'envoyez cette cassette... Je n'ai fait que me défendre, ajoutai-je. Il ne devait pas être chez lui. Il avait drogué sa femme. C'était lui ou moi. »

Je haletai.

Une grande incertitude passa dans le regard d'Edwige.

« Vous dites que vous l'avez tué ? »

Etait-elle plus folle que je ne pensais ? Elle n'avait rien filmé du tout ! Elle me le faisait croire seulement, et maintenant elle savait !

Je balbutiai :

« Mais alors vous...

— Où l'avez-vous passée, votre cassette ?

— Chez Mme Tombsthay, pourquoi ?

— Elle a passé la vôtre ou la sienne ?

— Les deux. D'abord la sienne, puis le début de la mienne. Je ne supportais plus de... »

Elle m'interrompit encore :

« Vous ne l'avez plus revue par la suite, la vôtre ?

— Non, ni l'une ni l'autre. Déchirées, comme les premières.

— Attendez... »

Elle se leva et alla plonger le bras dans son placard à cassettes. Son déplacement rapide dans la pièce m'apporta une bouffée de son parfum, qui sentait vraiment bon. Elle rapporta une cassette BASF et la glissa dans le magnétoscope.

Je lui dis d'une voix très douce (pour ne pas hurler en écrasant le magnétoscope à coups de télévision) :

« Pourquoi ? Je n'ai aucune envie...

— S'il vous plaît. Laissez-moi un autre petit plaisir de mise en scène... Vous allez voir. »

Elle fit défiler la bande un instant à vitesse rapide, arrêta, mit en vitesse normale.

Voir quoi ? Qu'est-ce que j'allais voir ?

Je vis.

Graham étendu. Le vent, le vent qui faisait ressembler le jardin à la mer, je l'ai dit. Julia arrivait seule : c'était donc après mon départ. Elle ramassait l'arme de Graham, le petit Reil semblable au mien. Graham bougeait, on le voyait nettement bouger, lever un bras, le glisser sous sa tête.

Julia lui tirait une balle en plein cœur. Elle rentrait vite dans la maison.

Ma première balle s'était perdue dans la nature. La seconde lui avait fracassé la joue. Il était tombé en arrière, sa nuque avait heurté le dallage, il s'était sérieusement assommé, mais il n'était pas mort le moins du monde.

Julia avait profité de l'occasion. Les circonstances l'incitaient à satisfaire son vœu profond, elle n'avait pas résisté. Occasion rêvée. Plus tard, elle avait effacé son méfait. Quelques boutons à manipuler...

Elle avait tué Graham. Sous les yeux de Daniel, arrivé à ce moment précisément, dissimulé dans le parc. Donc, Daniel n'avait pas menti. Et si Daniel n'avait pas menti pour cela, pour le reste peut-être non plus ? Ce qui venait de m'être révélé remettait tout en question...

« J'ai d'abord cru que vous saviez, dit Edwige. Que vous étiez d'accord, complice. Une histoire d'adultère compliquée, crapuleuse, écœurante. J'étais écœurée.

— Vous avez cru ça ?

— Au début, oui. Mettez-vous à ma place. Après tout, vous aviez une arme, vous...

— Je vous expliquerai.

— Mais l'idée m'est venue très vite que Mme Tombsthay vous avait peut-être trompé. J'ai réfléchi. Je l'ai espéré de toutes mes forces... Et puis il y a eu votre coup de fil. C'était bizarre. J'ai pensé que vous vouliez me parler, vous confier, et je vous ai proposé de passer. Mais vous n'avez rien dit. Je vous ai même tendu la perche... Alors j'ai envoyé la cassette. Si vous étiez au courant de tout, tant pis, j'étais à l'abri. Je vous avais dit que je n'étais pas chez moi ce soir-là, quelqu'un pouvait entrer facilement, je vous avais parlé des verrous... Et si vous ne saviez pas la vérité... eh bien, je vous l'apprenais. De toute façon, je souhaitais que vous me parliez le premier, que vous veniez vers moi, comme ce soir... Mme Tombsthay... Dans les deux cas, je n'étais pas mécontente de l'embêter un peu. J'ai été jalouse dès que je vous ai vus ensemble, la première fois. C'est avec vous que je voulais faire connaissance. C'était ridicule. Je ne sais pas ce qui m'a pris... Et encore plus jalouse quand on s'est rencontrés à la sortie du Royal, vous vous souvenez ? Vous voyez, j'ai beaucoup d'aveux à vous faire...

— Vous mentez bien. J'ai vraiment cru que vous étiez allée au cinéma.

— J'y suis allée. J'ai bien vu *Il était une fois un merle chanteur*, avec une amie, et après au restaurant, mais plus tôt. En fin d'après-midi. Je suis rentrée tôt. Je vous ai vu de loin. »

Décidément, toute la ville m'avait vu... Elle continua :

« J'ai pris ma belle caméra et je me suis postée à la fenêtre ici. C'était machinal. Par jeu, vous comprenez ? Je jouais à l'espionne. »

Je comprenais très bien.

« C'est vous qui m'aviez mis cette idée en tête. Je m'imaginais cachée dans le jardin et filmant ce qui se passait dans la maison. Bien entendu, je ne serais jamais descendue. Et j'étais certaine qu'il ne se passerait rien dans le jardin, c'était idiot. Mais je faisais comme si. Et il s'est passé quelque chose, quelque chose d'incroyable. Vous êtes tombé dans le massif de joncs... J'ai mis la caméra en route... »

Je ne l'écoutais plus vraiment. Je suivais mes pensées, et j'émis la dernière à haute voix :

« Je devais tuer quelqu'un...

— Mais vous n'avez tué personne !

— Si. »

Je lui racontai tout.

La bouteille de cognac était presque vide.

« Vous m'en voulez ?

— Un peu. Non.

— Qu'est-ce que vous allez faire, maintenant ?

— Partir. Argent ou pas, j'ai décidé de partir lundi. En Espagne, avec Viviane Tombsthay, si elle veut bien m'accompagner... »

Dernière surprise pour elle. La pire, peut-être. J'étais très gêné de lui parler de ce projet.

« Vous l'aimez ?

— Je ne sais pas. Mais il faut que je parte avec elle. Je ne sais pas comment vous expliquer. »

Elle tenta de parler d'autre chose :

« Je pense à vos faux papiers... S'il y a un contrôle sérieux, ou si vous êtes obligé un jour de reprendre votre nom... Ça ne peut pas durer toujours, si ? Ou simplement si vous avez envie de reprendre votre nom... Je suis sûre que vous en aurez envie.

— Je me débrouillerai. Troubles mentaux. Faux suicide. On a vu pire. »

Il y eut un silence, que je ne cherchai pas à rompre.

« Et... jusqu'à lundi ?

— Je vais aller chez Varax Varaxopoulos, cet ami...

— Vous ne voulez pas rester ici ? »

Nous nous regardâmes. Le moment était venu.

« Si », lui dis-je.

Je téléphonai à Varax.

Puis à mon père, à Cécile, personnes aimées dont je voulais qu'elles sachent que j'étais vivant, malgré la lettre qu'elles allaient recevoir et malgré ce qu'elles liraient dans les journaux. Pas un mot ne serait vrai, ni de l'une ni des autres. J'avais besoin de changer de peau, j'avais simulé un suicide, leur dis-je simplement, et c'était déjà bien assez extraordinaire. Mon père et Cécile me connaissaient, Cécile surtout, je les mettais devant le fait accompli, il n'y avait rien à dire. C'était comme ça. Il faudrait qu'ils jouent la comédie, et qu'ils la jouent bien...

Je leur annonçai ma visite pour dimanche.

Restait Viviane. Je ne pouvais pas ne pas la prévenir, la laisser croire à ma mort.

Elle n'était pas encore couchée, « oh ! non », me dit-elle. J'entendais dans le téléphone d'horripilantes bouffées de cette musique dite *pop*. Elle accueillit la nouvelle sans grand étonnement. Rien ne l'étonnait vraiment. Elle vivait une drôle de vie. Elle avait rencontré son père pour la première fois à douze ans, elle avait été violée, elle avait eu mille amants, son père venait d'être assassiné, on l'avait mystérieusement enlevée pendant vingt-quatre heures, sa mère était partie pour Tunis sans crier gare, et maintenant son professeur de guitare lui annonçait qu'il avait fait exploser son domicile pour faire croire à sa mort...

Je lui fis jurer solennellement de garder le secret. Elle jura. J'avais confiance en elle.

Je ne parlai pas de mes projets de voyage. Pas cette nuit, au téléphone. Ce n'était pas le moment. Lundi.

Je couchai dans le lit d'Edwige, avec elle. Un petit lit. Nous étions très serrés. Elle n'avait jamais eu d'amants. Des amies, oui, une surtout. Mais pas d'hommes. Elle fut heureuse et moi aussi. Son visage n'avait plus la moindre importance, je n'y pensais pas, je le trouvai beau. Il était beau.

Nous fûmes heureux. Je me repus de son odeur, de ses cheveux dont une petite lampe éclairée loin du lit multipliait les reflets roux, de sa chair neuve, de ses mains fines, fermes, élégantes, que je serrai et embrassai mille fois et dont elle caressa mille fois mon corps.

Je vainquis ma mauvaise fatigue, j'en émoussai les arêtes meurtrières, je la transformai en bonne, en délicieuse torpeur, et je m'endormis paisiblement au matin et je dormis comme un ange tout le samedi sans me réveiller, sans me retourner, sans bouger.

Je m'éveillai à sept heures du soir. Ma première pensée fut pour Daniel disparu. Réduit à néant, comme s'il n'avait jamais existé.

J'avais rencontré un ami. Daniel me manquerait toujours.

Puis je pensai à diverses choses. Puis je m'étirai en ronronnant et me levai.

L'après-midi, Edwige s'était baladée dans le centre et m'avait acheté plein d'habits, des sous-vêtements, deux vestes, deux pantalons, et même des lunettes de soleil.

« Etrange suicide », titrait *Le Progrès*. « Oui, c'est un bien étrange suicide qui... », « police perplexe », « rien retrouvé du corps », « le père et l'ancienne amie du désespéré ont confirmé que... », « coup soigneusement préparé », « idée fixe », « chantiers pas assez surveillés »... Un gros paragraphe en page deux. Pas de photo de moi, mais une photo de la maison, de l'absence de maison plutôt. Pauvre M. Lampéda ! Généralement, les propriétaires convoquent les huissiers lorsqu'un locataire indélicat cochonne la moquette ou la peinture, au pire lacère les tapisseries ou casse trois carreaux de la salle de bains, mais alors là ! Le malheureux n'allait retrouver de sa maison que des traces de poussière blanche sur les arbres alentour... Mais après tout, je n'avais fait qu'exécuter avec un peu d'avance le travail des démolisseurs officiels. D'ailleurs, Lampéda devait être assuré, l'assurance paierait. Et puis, pensai-je encore, ne venais-je pas de lui fournir la merveilleuse occasion d'un discours aisément compréhensible par ses interlocuteurs malgré son infirmité, la matière d'une anecdote idéale à raconter compte tenu de ses possibilités de langage des plus limitées, une anecdote qu'il ne se lasserait pas de répéter avec jubilation jusqu'à la fin de ses jours ? Allait-il en émettre, des « paf » ! Si une malheureuse panne de voiture lui en inspirait joyeusement cinquante, l'explosion de sa maison ! « Au fait, monsieur Lampéda, vous avez toujours votre petite maison montée des Lilas ? – On. – Ah ! bon. Vous l'avez revendue ? – On. – Ah ! ça y est, la commune l'a démolie ? – On on. – Mais alors qu'est-ce qui s'est passé ? – Paf paf ! Papapapaf ! Plossion, paf, PAF, PAPAF ! », il en aurait pour huit jours à chaque fois, Mme Lampéda serait obligée de le bâillonner pour s'assoupir un peu la nuit.

  « J'espère que vous aimez la viande, dit Edwige, j'ai acheté une grosse tranche de filet, énorme. Vous aimez la viande ?

  – J'adore la viande, surtout le filet. Vous avez bien fait, je n'en mange pas très souvent. De la viande fraîche, je veux dire.

  – Pourquoi ?

  – J'ai horreur des bouchers.

  – Pourquoi ?

– Ils me servent mal. »

Elle rit. Elle me tournait le dos.

« Il y en a un formidable, vers le milieu de la rue Duquesne.

– Je le saurai quand je reviendrai. »

Elle me regarda.

« Vous allez vraiment revenir ?

– Oui. Mais j'ai besoin d'un petit voyage. Le mois d'août ailleurs qu'à Lyon. Il le faut. Je ne serai pas le seul Lyonnais à quitter Lyon en août, si ? »

Je la pris dans mes bras, l'embrassai, la tins serrée.

« On va en voir, des films, à la rentrée ! » dis-je.

Les habits m'allaient à ravir, tous.

La tranche de filet disparut de mon assiette comme par magie.

A neuf heures, je téléphonai à Julia. La communication était bonne. On aurait dit qu'elle me parlait de la maison d'à côté, du 27 *bis*. Elle comprit immédiatement au ton de ma voix que je savais.

« Tant mieux, dit-elle un peu plus tard. Au fond, je souhaitais que tu saches. J'avais peur. Non, j'avais honte. J'aurais été incapable de t'avouer... Mais tu te souviens, quand j'ai voulu passer ta cassette, c'était pour ça, pour que tu saches. Tu m'as dit d'arrêter. Je n'ai pas eu le courage d'insister. Si tu ne m'avais pas dit d'arrêter... De toute façon, David, j'avais l'intention de t'en parler un jour ou l'autre. Tu me crois ? »

Je la croyais.

Je la mis au courant des derniers événements. Je lui appris ce qui était arrivé à Daniel Forest, à la petite maison de la montée des Lilas, ce qui était arrivée aussi à David Aurphet...

Et je lui appris que son mari, Graham Tombsthay, avait jadis violé sa fille Viviane. Au cas où elle aurait eu de vagues remords, pour qu'ils soient plus vagues encore...

Je lui dis tout. Il fallait tout dire. Edwige, mon projet de départ avec Viviane, tout. A la fin, nous échangeâmes des paroles apaisées.

Nous promîmes de nous revoir.

Je passai plusieurs heures avec mon ami Varax Varaxopoulos. La nuit précédente, il avait rêvé sans arrêt que son pied gauche explosait. Quand il le regardait, il était intact, mais dès qu'il détournait les yeux, boum, il explosait. Je le quittai à deux heures du matin en emportant ma Ramirez et les vingt-trois mille francs.

Le premier étage du 27, boulevard des Belges était éclairé quand je rentrai. Edwige m'attendait. Je dormis avec elle.

Je regardais Cécile. Je la dépassais d'une tête. Je me penchais légèrement sur elle. J'étais vêtu d'une chemise à carreaux. Derrière nous, on apercevait les tourniquets chargés de livres de la Maison de la Presse, plus loin les vitres éblouissantes de la Fnac, plus loin encore la perspective un peu floue de la rue de la République, jusqu'aux Terreaux. Le soleil se couchait place Bellecour. Le ciel avait une teinte rose pâle, irréelle. Autour de nous, les nombreux piétons semblaient également irréels.

La chevelure de Cécile, ouverte en deux parties égales comme par une barque invisible, ne laissait voir du front qu'un triangle, pointe dirigée vers le haut, plage de chair nettement délimitée par les cheveux : le symétrique et l'inverse exacts de l'autre triangle, lui avais-je dit un jour de badinage amoureux, une de ces phrases pas toujours très malignes que se disent les amants, et depuis, quand je l'embrassais là d'une certaine manière à certains moments, il arrivait que nous fussions plus émus que nous n'aurions dû l'être par un simple baiser sur le front.

Tant d'années, déjà...

Cécile regardait droit devant elle, mais pas vraiment le photographe. Il avait surgi de la cohue et nous avait tendu le cliché polaroïd avec un gentil sourire. J'avais coutume de refuser tout ce qu'on me proposait dans la rue, mais le petit photographe, qui me ressemblait à part la taille, était si sympathique, son geste si timide malgré son insistance apparente... Et la photo nous avait plu. Prise à la sauvette, elle était néanmoins bien composée. L'imperfection même des couleurs semblait recherchée comme un effet d'art. Surtout, Cécile y était au mieux de sa beauté. Et nous étions, à cette époque-là, au mieux de notre amour...

Je rangeai la photographie et me rendis place Raspail.

L'entrevue fut sereine. Le passé n'était plus insupportable. Je me dis, bêtement, que la vie était bête.

J'allai déjeuner rue Flachet. Ma mère pleura, moi aussi. Et mon père aussi.

Ils formaient un beau couple. Lui bronzé, la moustache élégante. Ma mère de plus en plus séduisante d'année en année.

Je pleurai, mais ce n'était pas douloureux.

De vrais jeunes mariés. Un couple parfait. J'étais en trop, là au milieu. Je renonce à m'expliquer davantage.

Ils m'interrogèrent avec insistance sur mon « suicide », évidemment. Ma mère me dit qu'aussi loin qu'elle se souvenait j'avais toujours été un peu foutrac.

Quand je rentrerais de vacances, m'avertit mon père, je verrais fonctionner son mouvement perpétuel. Cette fois, c'était imminent. Et il était sûr de son coup.

Je les laissai seuls en milieu d'après-midi, après une dernière tasse de café. Je montrai à ma mère ma main que j'écartai à hauteur de visage :

« J'ai toujours ta bague. A moins de me couper le petit doigt... »

A huit heures le soir, je me mis au lit avec Edwige pour une longue nuit d'amour et de sommeil.

Le lundi matin, lunettes de soleil sur le nez, cheveux coiffés en avant, je me présentai à la poste de Bellecour. Rien, pas de paquet. Pas encore ?

Midi fut l'heure de ma renaissance officielle. Dans son appartement feutré de la rue de Bonnel, à quelques mètres de la préfecture, Robert Vinkelzstein empocha vivement les vingt-trois mille francs et me remit les papiers. Il ne fut pas plus bavard que le vendredi. Il inspirait une grande confiance. Cette fois, il me serra la main.

J'étais Michel Padilla.

Lundi seize heures, grande poste de Bellecour. La même employée bègue me dit :

« Oui, il y a qué... qué... quelque chose. »

Il y avait quelque chose, un paquet adressé à M. Dominique Lenaour, poste restante. Elle me rendit la carte d'identité de Dominique Lenaour en demandant à sa collègue du guichet d'à côté de lui passer un autre gâteau au chocolat, tant pis, encore un, le dernier.

Je déchirai la carte dès que je fus sorti de la poste, en mille morceaux, dans une corbeille à papiers. Dominique Lenaour avait cessé de vivre.

Je rejoignis Edwige. Je me donnai un bon coup de genou sous le menton en me pliant en trois pour m'installer dans son Austin mini.

Le paquet contenait trois cent mille francs. Le salaire pour la boussole aux microfilms, ou l'ultime héritage de Daniel, mon bienfaiteur ?

Je ne saurais jamais. Jamais.

Nous passâmes une heure au bar de l'*Hôtel des Etrangers*, rue Stella. Assis côte à côte sur une confortable banquette de cuir.

« Vous vous souvenez, quand vous m'aviez tendu le programme des C.N.P... »

Elle se souvenait à peine. Elle n'avait rien remarqué de spécial. J'avais tout imaginé.

Elle se laissa aller contre moi. Je la tins enlacée. Nous savourions l'instant présent.

La séparation, la mort n'existaient plus.

« C'est là, au 3. »

Le taxi s'arrêta. Je lui demandai d'attendre quelques instants. Il accepta sans enthousiasme. J'hésitai, puis laissai dans la voiture ma guitare et un sac de voyage bleu au fond duquel j'avais disposé les trois cent mille francs.

Je descendis.

Viviane et ses amis, neuf personnes en tout, étaient assis dans l'herbe devant la ferme. Ils buvaient des sodas, ils riaient, ils chahutaient, un ballon voltigeait et renversait un verre vide.

Sabot rôdait. Il courut se cacher quand il m'aperçut.

Viviane se leva. Elle vint m'embrasser, fit de vagues présentations. Il y eut un joyeux murmure de bon accueil.

Je lui tendis la lettre et les clés de la maison espagnole.

« Et votre guitare ? dit-elle. Vous êtes venu en taxi ?

– Ma guitare est dans le taxi. Je ne m'arrête pas. Je suis simplement venu vous porter ça. J'ai décidé de partir en vacances, j'en ai besoin. En Espagne du Sud, justement. Ma mère est née dans la province d'Almería. Je suis aussi venu vous demander... si vous vouliez m'accompagner, partir avec moi. »

Je parlais doucement, mais quelqu'un m'entendit. La nouvelle circula. Le silence se fit. J'étais debout avec Viviane, les autres étaient assis. Le moteur Diesel du taxi grésillait désagréablement.

« Oui, dit Viviane. Quand ?

– Tout de suite. Enfin, demain, il y a un avion pour Malaga à une heure de l'après-midi. Mais si vous voulez m'accompagner maintenant... J'ai envie d'être avec vous maintenant, tout de suite.

– Oui. J'en ai pour une minute. »

Elle sourit, se retourna d'un coup et se dirigea vers la maison.

« Tu t'en vas, Viviane ? cria une fille.

– Oui. Vous vous occuperez du chat. »

Je regardai Michel Karm-Vidad. Nous nous regardâmes. Je ne savais rien de lui. Que se passait-il dans sa tête à cet instant ? Quand Viviane revint avec sa guitare et un sac de voyage bleu, d'un bleu à peine plus foncé que le mien, il se leva, s'approcha d'elle. Elle lui dit quelques mots. Elle l'embrassa sur les deux joues.

Il ne m'adressa pas d'au revoir, les autres si, un murmure perplexe.

Aller à l'hôtel ? Certes non. En cette occurrence, l'agence Varaxopoulos me parut tout indiquée.

Il laisserait un jeu de clés chez la concierge, me dit-il, et irait dormir chez Arlette, aucun problème, mon cher David, d'accord je suis un peu jaloux, tu sais ce que c'est (Varax était un garçon franc, qui disait tout), mais enfin tu vas revenir, qu'est-ce qu'on va se marrer à la rentrée, etc.

Plus tard, nous nous retrouvâmes, Viviane et moi, dans l'agréable appartement du quai Claude-Bernard. Nous bavardâmes longtemps, de trente-six sujets, personnels et généraux. De toute la soirée je n'eus pas un mot, pas un geste ambigus.

Nous dormîmes dans des pièces différentes.

Le matin à six heures, vêtue de rien, elle vint me rejoindre avec une simplicité parfaite.

« Je ne peux plus dormir.

— Moi non plus. Depuis longtemps, déjà.

— Je vous ai entendu bouger. Je peux venir vers vous ?

— Oui. »

Elle se glissa dans mon lit. Nous restâmes allongés côte à côte, sans parler, dans la semi-obscurité. Puis je mis ma main dans la sienne. Elle la serra très fort.

Je ne savais pas ce que la vie me réservait. Nul ne sait ce que la vie lui réserve. Mais la vie pour l'heure me fit la grâce d'une joie infinie. La mort n'existait pas, et, en cette fin de nuit du 24 au 25 juillet, j'aimai Viviane à en mourir.

C'était curieux ce que j'avais vécu pour en arriver là. Tout le monde était responsable. L'univers entier s'y était mis. Le mystère avait feint de lever tous ses voiles. Je n'avais jamais vu de microfilm. Je ne savais même pas comment c'était fait, à quoi ça ressemblait. Sans doute à une rognure de plastique. Je ne savais rien, sinon la joie infinie des instants passés.

Je laissai à Varax une enveloppe avec à l'intérieur vingt-trois mille francs.

A treize heures, Viviane et moi, nous nous envolâmes pour Malaga.

Littérature

Cette collection est d'abord marquée par sa diversité : classiques, grands romans contemporains ou même des livres d'auteurs réputés plus difficiles, comme Borges, Soupault. En fait, c'est tout le roman qui est proposé ici, Henri Troyat, Bernard Clavel, Guy des Cars, Frison-Roche, Djian mais aussi des écrivains étrangers tels que Colleen McCullough ou Konsalik.

Les classiques tels que Stendhal, Maupassant, Flaubert, Zola, Balzac, etc. sont publiés en texte intégral au prix le plus bas de toute l'édition. Chaque volume est complété par un cahier photos illustrant la biographie de l'auteur.

ADLER Philippe	C'est peut-être ça l'amour	2284/3★
	Bonjour la galère !	1868/2★
	Les amies de ma femme	2439/3★
AMADOU Jean	Graine de tendresse	2911/2★
	Heureux les convaincus	2110/3★
AMADOU J. et KANTOF A.	La belle anglaise	2684/4★
AMADOU, COLLARO & ROUCAS Le Bébête show		2824/5★ & 2825/5★ Illustré
AMIEL Joseph	Les droits du sang	2966/8★ (Mars 91)
ANDREWS Virginia C.	Fleurs captives :	
(voir aussi p. 26)	-Fleurs captives	1165/4★
	-Pétales au vent	1237/4★
	-Bouquet d'épines	1350/4★
	-Les racines du passé	1818/4★
	-Le jardin des ombres	2526/4★
	-Les enfants des collines	2727/5★
	L'ange de la nuit	2870/5★
	Cœurs maudits	2971/5★ (Mars 91)
ANGER Henri	La mille et unième rue	2564/4★
APOLLINAIRE Guillaume	Les onze mille verges	704/1★
ARCHER Jeffrey	Les exploits d'un jeune don Juan	875/1★
ARSAN Emmanuelle	Le pouvoir et la gloire	2109/7★
ARTUR José	Les débuts dans la vie	2867/3★
ATWOOD Margaret	Parlons de moi, y a que ça qui m'intéresse	2542/4★
AURIOL H. et NEVEU C.	La servante écarlate	2781/4★
AVRIL Nicole	Une histoire d'hommes / Paris-Dakar	2423/4★
	Monsieur de Lyon	1049/3★
	La disgrâce	1344/3★
	Jeanne	1879/3★
	L'été de la Saint-Valentin	2038/2★
	La première alliance	2168/3★
	Sur la peau du Diable	2707/4★
	Dans les jardins de mon père	3000/3★ (Juin 91)
AZNAVOUR-GARVARENTZ	Petit frère	2358/3★
BACH Richard	Jonathan Livingston le goéland	1562/1★ Illustré
	Illusions / Le Messie récalcitrant	2111/2★
	Un pont sur l'infini	2270/4★
BAILLY Othilie	L'enfant dans le placard	3029/2★ (Juin 91)
BALLARD J.G. (voir aussi en S-F)	Le jour de la création	2792/4★
BALZAC Honoré de	Le père Goriot	1988/2★
BANCQUART Marie-Claire	Photos de famille	3015/3★ (Mai 91)
BARRET André	La Cocagne	2682/6★
BATS Joël	Gardien de ma vie	2238/3★ Illustré
BAUDELAIRE Charles	Les Fleurs du mal	1939/2★

BÉARN Myriam et Gaston de   *Gaston Phébus*
1 - Le lion des Pyrénées   2772/**6**★
2 - Les créneaux de feu   2773/**6**★
3 - Landry des Bandouliers   2774/**5**★

BÉART Guy   L'espérance folle   2695/**5**★
BEAULIEU PRESLEY Priscilla   Elvis et moi   2157/**4**★ Illustré
BECKER Stephen   Le bandit chinois   2624/**5**★
BELLEMARE Pierre   Les dossiers extraordinaires   2820/**4**★ & 2821/**4**★
Les dossiers d'Interpol   2844/**4**★ & 2845/**4**★
BELLETTO René   Le revenant   2841/**5**★
Sur la terre comme au ciel   2943/**5**★
BELLONCI Maria   Renaissance privée   2637/**6**★ Inédit
BENZONI Juliette   Un aussi long chemin   1872/**4**★
Le Gerfaut des Brumes :
-Le Gerfaut   2206/**6**★
-Un collier pour le diable   2207/**6**★
-Le trésor   2208/**5**★
-Haute-Savane   2209/**5**★
BERBEROVA Nina   Le laquais et la putain   2850/**2**★
Astachev à Paris   2941/**2**★
BERG Jean de   L'image   1686/**1**★
BERTRAND Jacques A.   Tristesse de la Balance...   2711/**1**★
BEYALA Calixthe   C'est le soleil qui m'a brûlée   2512/**2**★
Tu t'appelleras Tanga   2807/**3**★
BISIAUX M. et JAJOLET C.   Chat plume (60 écrivains...)   2545/**5**★
Chat huppé (60 personnalités...)   2646/**6**★
BLAKE Michael   Dances with wolves   2958/**4**★
BLIER Bertrand   Les valseuses   543/**5**★
BORY Jean-Louis   Mon village à l'heure allemande   81/**4**★
BOULET Marc   Dans la peau d'un Chinois   2789/**5**★ Illustré
BRADFORD Sarah   Grace   2002/**4**★
BRUNELIN André   Gabin   2680/**5**★ & 2681/**5**★ Illustré
BURON Nicole de   Vas-y maman   1031/**2**★
Les saintes chéries   248/**3**★
Dix-jours-de-rêve   1481/**3**★
Qui c'est, ce garçon ?   2043/**3**★
C'est quoi, ce petit boulot ?   2880/**4**★
CARDELLA Lara   Je voulais des pantalons   2968/**2**★ (Mars 91)
CARRERE Emmanuel   Bravoure   2729/**4**★
CARS Guy des   La brute   47/**3**★
Le château de la juive   97/**4**★
La tricheuse   125/**3**★
L'impure   173/**4**★
La corruptrice   229/**3**★
La demoiselle d'Opéra   246/**3**★
Les filles de joie   265/**3**★
La dame du cirque   295/**2**★
Cette étrange tendresse   303/**3**★
La cathédrale de haine   322/**4**★
L'officier sans nom   331/**3**★
Les sept femmes   347/**4**★
La maudite   361/**3**★
L'habitude d'amour   376/**3**★

Photocomposition Assistance 44-Bouguenais
Impression Brodard et Taupin
à La Flèche (Sarthe) le 25 janvier 1991
6276D-5 Dépôt légal janvier 1991
ISBN 2-277-22943-1
Imprimé en France
Editions J'ai lu
27, rue Cassette, 75006 Paris
diffusion France et étranger : Flammarion